GAEA

Gaea

偵探冰室・貓

陳浩基、譚劍、莫理斯、黑貓C、夜透紫、柏菲思、望日——著

偵探冰室・貓

目錄

序

《偵探冰室》這個結合香港元素和推理小說的合集系列，由二〇一九年開始至今，每年的交稿日均是三月三十一日。身為deadline fighter的我，稿件大都在截稿日前幾天才交妥，之後忙於清理寫稿時積壓的出版社行政工作，所以這幾年來，我都是到了社交平台開始充斥著各種愚人節消息，才驚覺四月已經來臨，趕不及為自己或出版社製作一些假的出版消息——其實今年我有想過反其道而行，在四月一日提早公布《偵探冰室》第四集的主題，相信不少讀者會以為是愚人節惡搞，很難想像到我們這群推理作家竟然會眞的選擇「貓」為主題吧？

由二〇一九年起，香港人持續在社會低氣壓和疫情陰霾下生活，身心都飽受煎熬，筆者去年也曾出現輕微情緒問題，腦海中偶爾會浮現出可怕的念頭。我們今年因此選擇了可愛的「貓」作為《偵探冰室》的主題。儘管多少受小說類型的影響，推理作家的筆下難以盡是輕鬆愉快的故事，但我們仍期望能透過本書讓讀者在繃緊的生活中稍微放鬆一下。

在《偵探冰室》系列創辦之時，我和一眾作家希望能夠透過此計畫推廣華文推理創作和閱讀風氣，並讓讀者認識到更多的香港作家。我們不忘初心，在系列來到第四個年頭之際，邀請了兩位新面孔夜透紫和柏菲思加入。她們二人已有相當的推理創作經驗，這次交出的作品亦很有意思，實在是爲一直以來陽盛陰衰的《偵探冰室》作家班底增添了色彩。未來我們將繼續物色適合的作家加入和輪替，期望能爲本系列持續綻放動力和新鮮感。

《偵探冰室．貓》繼續保留了「作者訪談」環節，讓讀者從作品以外的另一個角度對一眾作家有更多的認識。一如以往，作者訪談的內容與該年的主題有關，這次的討論自然是環繞著貓和動物。但討論跟動物有關不代表會流於表面，作者之一譚劍就在訪談中表示，這次的問題難度是歷年之冠。到底我們討論了什麼話題？我先在此賣個關子，留待大家稍後自行細味。

常言道「休息是爲了走更遠的路」，在快要令人窒息的環境下生活，我們更要懂得調節呼吸，適時用力地喘一口氣。期望大家在《偵探冰室．貓》內與各式各樣的貓咪碰面，吸一下貓，稍稍歇息。

望日

二〇二二年五月三十一日

作者介紹

陳浩基

香港中文大學計算機科學系畢業，台灣推理作家協會海外成員。二〇〇八年以童話推理作品〈傑克魔豆殺人事件〉入圍第六屆「台灣推理作家協會徵文獎」決選，翌年又以續作〈藍鬍子的密室〉及犯罪推理作品〈窺伺藍色的藍〉同時入圍第七屆「台灣推理作家協會徵文獎」決選，並以〈藍鬍子的密室〉贏得首獎。之後，以推理小說《合理推論》獲得「可米瑞智百萬電影小說獎」第三名，以科幻短篇〈時間就是金錢〉獲得第十屆「倪匡科幻獎」三獎。二〇一一年，他再以《遺忘．刑警》榮獲第二屆「島田莊司推理小說獎」首獎。

他的長篇作品《13．67》（二〇一四年）不但榮獲二〇一五年台北國際書展大獎、誠品書店閱讀職人大賞、第一屆香港文學季推薦獎，更售出美、英、法、加、義、荷、德、韓、日、泰、越等十多國版權，並售出電影及電視劇版權。本書同時獲得二〇一七年度日本「週刊文春推理Best 10（海外部門）」及「本格推理Best 10（海外部門）」兩大推理排行榜冠軍，爲首次有亞洲作品上榜，另外亦獲得二〇一八年本屋大賞翻譯部門第二名、第六回翻譯推理讀者賞第一名及第六回Booklog大賞海外小說部門大賞。

二〇一七年出版以網上欺凌、社交網絡、黑客及復仇爲主題的推理小說《網內人》。另著有科技推理小說《S.T.E.P.》（與寵物先生合著）、科幻作品《闇黑密使》（與高普合著）、異色小說《倖存者》、《魔蟲人間》、《山羊獰笑的刹那》、《筷：怪談競演奇物語》（與三津田信三、薛西斯、夜透紫、瀟湘神合著）、《氣球人》、奇幻輕小說《大魔法搜查線》、短篇集《第歐根尼變奏曲》、童話推理《魔笛：童話推理事件簿》等等。目前於《皇冠雜誌》連載短篇推理企劃《12》。

譚劍

曾任程式設計、系統分析、項目管理等工作。以結合人工智能和香港文化的《人形軟件》（台灣版書名為《人形軟體》）獲首屆「全球華語科幻星雲獎」長篇小說獎金獎。探討未來科技與七宗罪的《黑夜旋律》入圍「九歌30長篇小說獎」。科幻武俠短篇小說〈斷章〉獲選入《華文文學百年選・香港卷2：小說》。以台南文化為背景的奇幻小說《貓語人》系列入選台灣文化部一〇七年「年度推薦改編劇本書」。並獲倪匡科幻獎、可米瑞智百萬電影小說獎、BenQ華文世界電影小說獎等，入圍台北文學獎年金獎助計畫。香港書展年度主題「科幻及推理文學」作家之一。另著有科幻短篇集《免費之城焦慮症》（收錄〈香港科幻小說發展史〉）。

英國倫敦大學電腦及資訊系統學士，英國布拉德福德大學企管碩士。台灣推理作家協會國際會員。好奇如鯊魚。喜歡旅行、動物和大自然。與家人和一隻愛撒嬌的狗住在西太平洋一個小島上。

莫理斯

土生土長香港人，英國劍橋大學法律系畢業，以「一國兩制」爲論文題目進修博士學位期間，曾爲香港基本法諮詢委員會擔任法律研究及翻譯工作。留英講學多年後，於二〇〇一年回港轉投影視製作，其後於二〇一一至二一年間亦曾在香港大學法律系兼任客席副教授之職。魔改柯南道爾名著的偵探小說系列《香江神探福邇，字摩斯》目前已推出了兩集，現正安排出版不同地區版本和續集，並希望把系列籌拍成劇集。

黑貓C

香港理工大學電子及資訊工程學系畢業。二〇一五年開始在網上連載科幻、奇幻小說，翌年以武俠小說《從等級1到武林盟主》系列出道。他涉獵多種類型寫作，同年以數學爲主題創作推理小說《歐幾里得空間的殺人魔》，並於二〇一七年獲得第五屆「金車・島田莊司推理小說獎」首獎。另著有奇幻輕小說《末日前，我把惡魔少女誘拐回家了！》系列。最新的推理小說《崩堤之夏》以反對《逃犯條例修訂草案》運動為背景描寫香港人的故事。

夜透紫

電腦學系畢業後轉戰跨文化研究學系。曾任職兒童電視遊戲設計師、手機遊戲劇本寫作。以短篇小說〈Presque Vu〉參加第八屆「倪匡科幻獎」獲佳作獎，其後描寫繁簡漢字大戰的《字之魂》在第三屆「台灣角川輕小說大賞」獲得銅獎，共出版四集。

因為貓是液體，希望自己的文字也能像貓一般，不喜歡被類型限制。橫軸在令人不安那一端有《人臉書》、《筷：怪談競演奇物語》（能夠與三津田信三、薛西斯、瀟湘神、陳浩基合著是筆者的榮幸）。溫馨感人那一端有《二次緣古物雜貨店》，買賣香港人情記憶。縱軸在理性邏輯那一端有宅女偵探《小暮推理事件簿》（全四冊）、寫給大埔社區的情書《貓耳摩斯》。腦洞大開那一端有非常歡樂的《第一次變魔王就上手》，以及目前正在KadoKado連載、無以名狀的《推理什麼的不重要啦你要吃章魚燒嗎》。電子書《后羿追月》大概在中間，重寫中華神話的軟科幻故事，建議配搭月餅閱讀。

夢想是可以和貓咪一起宅在家寫作看書，而且不會餓死。

柏菲思

九十後作家，女性，香港人，現居英國。小學時期受日本文化影響，自學日語，曾用日語創作並由MYNAVI出版推出作品。對外國文化和語言研究深感興趣，另自學韓語。

二〇〇八年開始網上創作；二〇一四年獲「明日獵星輕小說大賞」金獎，商業出道；二〇一九年以《強弱》獲第六屆「金車・島田莊司推理小說獎」特優獎；二〇二一年以《孤島教室》獲選第十八屆「香港教育城十本好讀」中學生最愛書籍第四名。其他作品獲「港都文學獎」、「文學創作者文學獎」等。

寫作題材多變，擅長寫悲劇、人性黑暗面。著有犯罪小說《嗜殺基因》、《腐屍花》，推理小說《強弱》，校園小說《孤島教室》，小說集《格子裡的男人》。短篇散見各大文學雜誌。

望日

香港科技大學土木及結構工程學工學士、土木工程學哲學碩士。曾任職香港政府一級行政主任。輟筆多年後，仍對寫作念念不忘，爲實現以創作爲終身職業的夢想，遂毅然丟棄鐵飯碗全職寫作，集中於創作科幻及推理小說。

二〇一五年以科幻小說《黑色信封》出道；同年年底創辦「星夜出版」，繼續出版自己的作品外，同時期望與有理想、有潛質的作者攜手發展，並推廣香港作品。其懸疑小說《有冇搞錯！我畀咗成千蚊人情去飲，竟然九道菜全部都係橙》[1]於二〇二一年獲香港劇團「劇場空間」改編爲讀劇公演。

另著有科幻小說《時間旅行社》、《深藍少年》、《粉紅少女》、《白色異境》、奇幻小說《等價交換店》、拳擊圖文小說《死角》（與曹志豪合著）等。最新作品爲推理小說《小說殺人》。

堅信夢想，勇於走出舒適區，不斷尋求挑戰。

1 粵語翻譯：「怎麼搞的！我付了足足四千塊禮金去吃喜酒，竟然九道菜全部都是柳丁」。

老虎家族——望日

1

我第一次接觸「家家有本難唸的經」這句話，是在中一的某節課上。那節是中文課、倫理課，還是通識課？其實我已不記得了，我只記得其他同學聽到這句話後異常雀躍，議論紛紛起來。他們說，到底在一個家庭內，是聖經、佛經，還是財經或馬經最難唸。

然後，我在班中最要好、人稱「智者」的陳志哲同學說，家中最少有一個人，每個月會遭遇的那種「經」，才是最難，連同其他家庭成員也可能受罪。男校學生說到性話題就很興奮（是哪一方面的興奮就不好說了），接下來這節課幾乎陷入失控狀態。我看著老師當時的表情，她看來有點後悔提起這句話。

那時候正就讀中一、只有十二歲的我，也跟著其他同學一同起鬨，但其實當時的我已對這句話有所領會，因爲我所屬的「老虎家族」正好是這句話的寫照。

□

二〇二二年一月，香港正經歷新一波疫情。一名寵物店職員確診染疫後，政府在該店內的倉鼠驗出病毒，認爲有可能傳染給人，遂於一月十八日下令將約二千隻相關的倉鼠、天竺鼠、兔子等動物「人道處理」，並要求去年十二月二十二日或之後在寵物店購買過倉鼠的人，把牠們交出來。

在這個時候，小學、幼稚園和幼兒中心已暫停面授課堂及所有校內活動，中學即將停課的消息傳得沸沸揚揚，我的中學決定在這段時間預先補課，以盡量減少暫停面授課堂的影響。我放學回到家時，差不多是吃晚飯的時間，爸媽也早已回家。

我步進玄關，這時電視正播放著有關倉鼠的新聞報導，我對這件事很在意，連忙跑到電視機旁看著，卻聽得有點似懂非懂。

婆婆[1]一如平日坐在電視機旁專心觀看，現在終日留在家中的小虎則在她旁邊的梳化[2]上睡午覺。在這個家裡，婆婆和我的關係最親近，甚至超越我的父母。我也尤其愛跟婆婆聊天，儘管有時候無法理解她的話，但我實在很喜歡這樣的對話。

我於是打算藉機當作閒聊，問她：「『人道處理』是什麼意思？」

殊不知我的問題激起了婆婆的不忿，她中氣十足地怒斥：「就是人道毀滅、銷毀、撲殺、滅絕、扼殺生命！什麼人道？根本不人道！那些人故意換個較陌生的新詞，以爲就能淡化整件事嗎？呸！」

婆婆一向愛護小動物，平日支持維護動物權益，現在得悉大量小生命無辜消逝，感到意難平是在所難免。但我覺得政府有這樣的安排也不無道理，說：「如果倉鼠眞的會傳播病毒……」

婆婆猜到我想說什麼，打斷我道：「這種病毒也會人傳人，那爲什麼不把所有人類滅絕？說到底，人類總覺得自己比其他動物高等，只要其他動物對人類有威脅，就要馬上把牠們殺光，之前是野豬，現在是倉鼠，下一次不知道是什麼動物遭殃了。」

「呃……」我一時不懂反駁。

婆婆看到我尷尬的表情，似乎發現自己有點激動，連忙安撫我：「大虎，嚇怕你不好意思，但婆婆眞的很憤怒，不明白爲什麼不可以先想辦法共存呢？」

我沒有責怪婆婆的意思，她的想法我可以理解，但成年人總是愛說大道理，到事情發生在自己身上的時候又會怎樣呢？想到這點，我轉個方向問：「如果我們家中養有倉鼠，而牠又帶有病毒，妳第一時間會做什麼？」

婆婆這時已回復平日一貫的和藹，耐心地回應我的提問：「第一時間要先保持冷靜，想清楚當刻最重要的是什麼，再做行動。」

「那對婆婆來說，什麼是最重要的呢？」我追問。

她認眞地思考了片刻，示意我走近一點，才輕聲告訴我：「最重要當然是不讓你

---

1 婆婆：即台灣的「外婆」，或指「年老的婦女」。後文出現的「公公」則爲台灣的「外公」。

2 梳化：即台灣的「沙發」。

媽知道，因爲她一定會送倉鼠去人道毀滅。」

婆婆雖然年紀大，但腦筋仍很靈活，我不禁爲她的鬼靈精想法失笑。

她緊接補充：「倉鼠有病，就帶牠去治病，怎麼可能會想到直接送牠去人道毀滅呢？」

不知道媽媽是否感應到我們在背後說她壞話，她洪亮的聲音這時從開放式廚房傳出，直達客廳：「大虎，不要只顧著看電視，你回家後好像還未洗手呀！快去洗手、洗手、洗手！之後去換衣服，再過來幫忙準備晚飯吧！」

「哦……」

我無奈地回應過後，準備回房間。經過分隔開放式廚房和客廳的那個用來當吧檯的矮牆時，看到上面放有一隻充滿了「萬年茶漬」的陶瓷杯，任誰都知道那是爸爸的。我看到之時，已馬上想替他收拾，免得引起不必要的麻煩，可惜爲時已晚，媽媽早一步看到了，繼而再次使出虎嘯功，向房間大吼：「虎爸，到底要我說多少次，不要這樣亂放水杯好嗎？」

我回頭看了婆婆一眼，她沒好氣地搖了搖頭。早前一直在梳化午睡的小虎也被媽媽吵醒了。我瞥向月曆，並沒有在今日的日期上看到奇怪的符號，代表即使媽媽不是在唸那部每月一次的經，全家仍然會受罪。

我想，她本人就是我們家難唸的經吧？

2

我換過衣服後，聽從媽媽的吩咐，協助她把兩份飯菜分別端到吧檯和客廳的茶几上——在家中，爸媽是在那個分隔開放式廚房和客廳的吧檯上吃飯，我、小虎和婆婆則在客廳的茶几用餐。

我曾經以爲，一家人分成兩邊吃飯是我們這個「老虎家族」獨有的特色，但有一次在課堂上討論起這個話題，才發現因爲香港「土地問題」嚴重，不少同學都有相似的情況。

說起來，這也是無可奈何的事。婆婆曾跟我解釋，父母當初結婚時，並沒有生小孩的打算，更從沒想過他們二人最終會演變成一家五口，所以購入了這個只有約二百平方呎[3]的「納米樓」。

打開這個房子的大門後是個窄小的玄關，只能放一張小椅子和鞋櫃。玄關的一邊通往最多只能兩人站立的開放式廚房，另一邊則連接客廳。客廳並不大，擺放了兩座

3 平方呎：簡稱爲「呎」，是香港計算土地面積常用單位。一呎約爲0.028坪。

位梳化、茶几和電視櫃後，已幾乎沒有任何可活動的空間。經過分隔廚房和客廳的矮牆是通往睡房、兒童睡房和洗手間的走廊——說是「走廊」其實有點勉強，因為這裡實在太窄了，根本走不了，只能稍稍側著身子慢慢移動。睡房、兒童睡房和洗手間自然也是小得只夠放置必要的東西。你可能奇怪，「兒童睡房」是什麼鬼東西？我想是因為房間實在太小，正常長度的床根本放不下，發展商只好美其名是供兒童使用的睡房吧。

沒了，這就是這個家的全部，飯廳這東西是不存在的。父母原本覺得地方太小，甚至沒有設置洗衣機的打算，後來因為人多了，經常拿衣服去洗衣店不划算，他們才迫於無奈在廚房增設了掛壁式洗衣機。

他們原本打算一直維持著二人世界，兩個人就在那個只夠兩人坐的吧檯上溫馨地吃飯，兒童睡房則成為書房，供他們工作或閱讀時使用。但世事難料，他們婚後一年就意外地懷上了我。在我六歲時，公公仙遊，婆婆只剩下媽媽一個親人，孝順的爸爸擔心婆婆一個人住缺乏他人照應會有危險，建議把婆婆接過來，也可以幫忙照顧我。到前兩年，媽媽不知道從哪裡聽了什麼人的話，擔心我這個獨生子太悶，性格會變得不合群和怪異，也希望婆婆有點寄託，於是在我十歲時又有了小虎。二人世界變成了一家五口的老虎家族，一個睡房自然不夠，書房改建回兒童睡房，放置了長度較短的雙層床，供我、小虎和婆婆使用。

至於我們爲什麼會被稱爲老虎家族，就要由我和婆婆的名字說起。當年媽媽臨盆在即，婆婆帶媽媽去了黃大仙祠求籤，問胎兒平安，「黃大仙」說（其實是廟祝解說）肚中這個嬰兒可能養不大，要改個有氣勢的名字。婆婆虎年出生，外太公於是以十二地支中代表虎年的「寅」爲她取名；剛巧我也即將於虎年出生，婆婆於是靈機一動，建議爲我取名爲「虎」，氣勢十足。這個名字其實我不是十分喜歡，但爸爸向我透露，婆婆的建議已經救了我，因爲媽媽曾想以「況」、「解」或「必」這些單字爲我命名。

我不知道「虎」這個名字是否眞的有用，但從結果來看，我從出生至今都健健康康。倒是小虎出生時很虛弱，父母擔心會夭折，於是這件事又延續下去，他們依樣畫葫蘆取了「小虎」這個名字。後來爲方便分辨，就改叫我「大虎」。身爲大小虎的父母，他們也因此被街坊稱呼爲虎爸虎媽，婆婆也有虎婆婆的稱號。實際上，媽媽聲音洪亮，對我和爸爸管得很嚴格，也很適合虎媽這個稱呼……

話說回來，其實我們一家人分開吃飯的問題並不是完全沒有解決辦法。我們可以把客廳的梳化和茶几拿走，改放飯桌當飯廳，但這樣就沒了客廳。也可以在吧檯旁再放一張高桌，又或者把吧檯改建，加設可摺疊的延伸桌子，讓所有人能夠坐在一起。然而婆婆年紀大，腳不好，不方便在高桌吃飯。抑或倒過來一家人在茶几吃，不過爸媽又要彎著腰吃飯。

最終他們覺得沒有爲解決而解決的必要，就這樣先擱著。實際上，家中空間本來就很小，吃晚飯的時候其中一邊說話另一邊也會聽到，並不妨礙溝通。而且，這樣做似乎能稍微減少磨擦，因爲不知爲何，媽媽和婆婆總是經常因著各種小事而發生爭執，外人不知道的話說不定會以爲虎婆婆是爸爸的媽媽，因爲通常是婆媳關係才會這麼惡劣。

就像今晚，她們在晚飯時爲倉鼠那宗新聞又擦出火花。婆婆說，即使剛巧買了該批次的倉鼠，也不會交出，因爲倉鼠已經是自己的家人。媽媽則反駁這樣做會助長播毒，而且倉鼠只是寵物，沒有什麼價値和用處，沒用還會害人的東西留不得，一定會交出。婆婆繼而反問，她現在也沒有什麼價値，是否也要送去人道毀滅？

她們看來還會繼續沒完沒了地吵下去，爸爸實在拿她們沒輒，打了個眼色給我。

我收到後，大叫起來：「哎呀，肚子好痛！」

果不其然，她們停止了爭吵，改爲趕緊關心我的情況。

「大虎！」「大虎，你怎樣？」

爸爸裝作不快地教訓她們：「妳們又忘了嗎？醫生說大虎有腸易激綜合症，妳們爭吵就會令他壓力增大，激發症狀。請妳們不要再爲瑣事吵架了！」

「婆婆我吃飯，不談倉鼠了。」

「媽媽也不吵了。大虎你有覺得好點嗎？」

我和爸爸這套爛把戲其實已經用了很多次，而且隨著我逐漸長大，我也感到愈來愈難堪。我已經是少年人，還會因爲肚子痛而大呼小叫嗎？但「橋唔怕舊，最緊要受」[4]，她們二人能夠平復下來，讓我們過些簡單平靜的生活，再尷尬的爛戲我還是會和爸爸繼續演下去。

只是，誰也不可能想到，我們一家五口的簡單平靜生活，原來在不知不覺間已進入最後倒數。

而且接下來，我和爸爸要爲這個家庭演的戲，可能要演上一輩子……

3

二〇二二年一月二十日，教育局宣布全港中學須在一月二十四日或之前暫停面授課堂及所有校內活動。由於二十二和二十三日分別是週六和週日，所以翌日二十一日已經是最後一個回校上課的日子。我的中學在政策宣布當日就馬上決定，原定的補課到今日結束，所有學生明日不用補課，還要盡快離校，以便工友能夠準備閉校的相關

4 橋唔怕舊，最緊要受：指辦法重複使用沒關係，受用就行。

工作。

早前每日都要補課，一月二十一日那天我久違地準時放學，心情卻是奇怪和複雜的。情況就像以前每日都要上課，我恨不得可以一直放假；但這兩年多以來疫情反反覆覆，面授課堂不時暫停，我卻希望可以有更多機會回校上課。雖說還有線上課堂，同學之間仍可以在線上見面，但彼此之間始終被網路分隔，而且還會失去某些共同回憶。例如在上課時起鬨這種事就不可能在線上課堂中發生，因爲老師除了問答時間以外，一般都會把學生設定成靜音模式，就算我們在留言區洗版也不及現實中的起鬨那麼暢快。

這次離開校園後，不知道下一次回來將會是什麼時候，說不定屆時有更多同學已跟隨父母移民，所以有些同學和我一樣，下課後仍賴在學校，直到老師和校工驅趕才帶著不捨的心情離開。離校後，我還跟智者在街頭閒聊了半小時才回家呢！

我回到家已是下午五時。沒料到，當我打開大門時，卻看到一幕令人震驚的畫面——婆婆正俯臥在客廳的地上，年幼的小虎也被嚇得瑟縮在玄關的小椅子上。

「婆婆！婆婆！」我快步跑到客廳，輕拍著她的肩膀。

婆婆微微張開眼睛看我，她還有知覺，卻滿頭大汗，好像很痛苦，也非常虛弱，看來已失去自行向外界求助的能力。

我從未面對過這樣的場面，起初有點不知所措，但在近乎一片空白的腦袋中，卻突然浮起了婆婆早前說過的一句話：「第一時間要先保持冷靜，想清楚當刻最重要的是什麼，再做行動。」

對，我已經是中學生，不可以自亂陣腳，而且現在只有我能救婆婆！

我連忙大口大口地深呼吸了數下來壓下不安的情緒，然後拿起電話呼召救護車。我沒有停下來，想到還可以多做一步，繼續打電話到管理處，告訴他們這邊的情況，請他們提早開啓屋苑內的消防通道和派人去帶路，以便救護人員能更快速到達現場。保安員聽到是虎婆婆出事了，表示一定會盡力協助，教我專心安撫婆婆就可以。

打過這兩通電話後，我自覺應該要做的事大致做好了，心情稍微安定下來，這時才開始懂得擔心婆婆。我曾想去扶起婆婆，但忽然記起在不知道什麼地方看過，說老人在家中跌倒可大可小，很容易造成骨折，隨意扶起或移動可能會造成二次傷害。看到婆婆如此痛苦的樣子，我猜情況並不簡單，於是不敢亂動。

婆婆正在受苦，我卻只能眼睜睜地看著，內疚感不斷湧現，雙眼開始濕潤起來。但我又想到，如果我顯得太擔心，只會嚇壞婆婆。我只好強裝冷靜，安撫婆婆道：「救護車正在趕來，很快就沒事了。」

她聽到後握著我的手，我也用力地握著她有點冰冷的手，希望能給她一點溫暖。

等候的時間感覺很漫長，我開始胡思亂想，想起了我回家後還未洗手，希望不會令婆婆染疫。我四處張望，留意到小虎這時仍坐在玄關的小椅子上，動也不動，看來是受了驚。我也發現在分隔廚房和客廳的矮牆地下，放有一塊紅色的地布，地布看來沾濕了，部分呈深紅色，還微微隆起。

奇怪了，這塊地布平日會放在廚房連接玄關附近的地下，因爲端飯菜出客廳時會經過玄關，有時會有水珠或菜汁滴下，媽媽才把地布放在那邊，方便清潔。

媽媽如果看到地布放在不適當的位置，就會大吵大嚷，情況就如爸爸的杯子一樣。基於平日的習慣，我下意識地想去把地布放回原位，但這時婆婆把我的手握得更緊，好像有什麼話想跟我說，卻沒有力氣吐出半個字。

她應該是擔心我會丟下她吧？算了，比起婆婆的安危，其他東西都是不重要的。我不再理會其他事情，蹲在她身旁說：「我不會走，會一直陪伴著妳。」她聽罷繃緊的面容才稍微放鬆了。

漫長的等候時間終於過去，救護車的警號聲變得愈來愈接近。在大廈保安員的引領下，救護員迅速趕來，把婆婆送上擔架床。

救護員似乎看到婆婆一直握著我的手不願放開，而且家中沒有大人，就對我說：「你跟著一起來吧，能夠讓傷者安心的話，也有好處。」

這時隔壁黃師奶[5]聽到聲音，探頭出來看。我於是請她幫忙暫時照顧著小虎，反正小虎早就認識她，也不會害怕她。而我則跟隨救護車到醫院去。

□

在我和醫院的通知下，爸媽不久就趕到來了。

婆婆獲搶救後，已送到深切治療病房[6]。公立醫院這時已因應疫情暫停所有探訪，我們是基於恩恤[7]原因才可探望婆婆。換句話說，醫生認為婆婆的情況相當危險。我們三人走近病床，看到身上插上不少喉管和裝置的婆婆，馬上悲從中來，我媽已忍不住抽噎著。

畢竟婆婆是媽媽的至親，爸爸本來打算讓媽媽先過去陪婆婆。然而婆婆察覺到我們到來後，竟以眼神示意，想爸爸先過去。

我們不明所以，但如今沒有違背病人意願的理由，爸爸於是走上前去，握著婆婆的手。婆婆示意他再靠近些，然後在他耳邊說了些話。

爸爸雙目微瞪，在婆婆耳邊輕聲回應了幾句。婆婆眨了眨眼，爸爸就站了起來，

---

5 師奶：即台灣的「太太」。

6 深切治療病房：即台灣的「加護病房」。

7 恩恤：爲香港在疫情期間探病的原因之一，容許家屬探望病況危急或臨終病人。

猶豫了半晌後，對我們說：「我有點事，離開一下就回來。」

「這個時候……」媽媽本想說什麼，卻欲言又止，似乎覺得現在不是尋根問柢的時機，改口說：「好，我會看著老媽。」

爸爸離開後，媽媽仍顯得有點詫異，但事到如今，只好一直在病榻旁安撫婆婆。婆婆看來很累，就像剛剛用盡了一切氣力來說話，之後眼簾緊閉，緩慢呼吸著，再沒有跟我和媽媽說什麼。

爸爸大約在一個多小時後回來。護士建議我們先回家休息，但不要關手機或把手機調成靜音，以便他們有需要時可以隨時聯絡我們。爸媽當然理解這是什麼意思，問可否輪流留在醫院守候，護士回應最多只可讓一人留下來，而且只能留在病房外。爸媽於是決定輪流留在醫院，並吩咐我留在家中照顧小虎。

他們二人交替在醫院留守約半日，之後回家洗澡、睡覺和準備家中各人所需的食物。儘管他們留在醫院的時候就只是呆坐著，但回家時都顯得身心俱疲。

我猜他們都明白，其實這樣長時間守候在醫院並沒有必要，但在這無能爲力的時刻，只有這樣做才好像是做了應做的事，能勉強減輕心中的愧疚和不安。

可惜婆婆最終還是撐不過週日，在意外發生後約兩日多就魂歸天國。據醫生說，婆婆是因爲跌倒引致多處骨折，繼而傷及內臟致死。

4

一月二十四日，事發後的第一個平日，爸爸照常上班，媽媽則留在家中，似乎是因爲情緒起伏太大而請假。她有問我，是否需要幫我向學校請假，我說不用了，反正現在只是線上授課，不用花太多的心力去應付同學，而且多上幾日課就開始放假了。

由昨晚起，家中就不時傳出媽媽的哭泣聲，婆婆的死對她打擊很大。其實我也好不了多少，每逢看到與婆婆相關的物件或生活痕跡，都會憶起過往和她一起的時光，只是我都盡量躲在房間內，免得進一步刺激媽媽。

我沒想過婆婆的離去對我會造成這麼大的影響，因爲公公離開時，我好像沒有什麼感覺，可能是當時我的年紀比現在小得多，加上公公不像婆婆跟我長時間一起生活過吧。婆婆搬過來這六年間，我對著她的時間比父母還要長，和她說的話也比父母加起來的都要多。有時候我有想不通而不好意思向父母說的事，也會先找她商量。

回想起來，婆婆最初搬來的時候，我還是小學生，整天蹦蹦亂跳，好像有用不完的精力。她樂於代替父母帶我去玩，最常去的是位於屋苑商場的室內遊樂場。其實每次去那裡玩都所費不貲，婆婆的腿也不好，站不了很久就要找地方坐下休息。當時我根本不懂設身處地，現在回憶起來，才發覺她爲我付出了不少精神、體力和金錢。然而我除了跟她聊天之外，好像就沒有做過什麼孝順她的事情。到近一、兩年，我有時候甚至覺得，她終日在家，我又被迫和她同住一個房間，好像令我失去了私人空間而感到煩厭。

人總是要失去了才懂得珍惜。想著想著，我就爲我的不孝感到內疚，眼淚已逕自從眼眶逃逸出來，怎樣也壓不住。

婆婆，妳不是說過要看我大學畢業和參加我的婚禮嗎？爲什麼妳要走得這麼突然……

□

一星期過去，農曆新年假期開始。

儘管有時候我還是會因爲憶起一些憾事而悲傷，但情緒算是漸趨平復，畢竟人生仍要繼續向前，婆婆也不會希望我們一蹶不振。

不過，媽媽看來還要點時間才能從傷痛中走出來。

早幾天晚飯時，爸爸跟我們說，他已聯絡了殯葬業者跟進婆婆的身後事，那邊說臨近農曆新年，政府和醫院的死亡文件和程序都會做得較慢，白事也一般不會在新年期間進行，加上正值寒冷的冬季，病逝的老人較多，須要輪候較長時間才能使用火化爐，所以預計喪禮會安排在二月中至二月底。他們也說因應防疫和限聚措施，建議一切盡量從簡，不宜鋪張。

媽媽沒有反對，說由爸爸去安排就好。然而話畢，她又忍不住哭了起來，那餐飯也吃不下去。

□

新年期間，智者想約我玩網路遊戲，但我的心情還沒有回復得可以去吃喝玩樂而拒絕了。想起來，雖然隨著時代推移，現在的守喪禮節愈來愈少，守喪期亦愈來愈短，甚至有部分人會在出殯儀式結束後就回復正常生活，但守喪期間不做某些過於歡樂的事情，或許不只是關乎孝道和禮節，也是親人根本就沒有這個心情。

智者不知道我發生了什麼事，仍不死心繼續遊說我跟他一起玩，還在吹捧我平日玩得有多厲害，說沒了我當支援角色，組隊決鬥的勝率就大跌之類的話。在他死纏爛打下，我不堪煩擾，才道出婆婆去世一事。

想不到他的第一句回覆，就引起了我的反感。他在訊息中寫道：「或許虎婆婆的死不只是家居意外這麼簡單，背後可能有什麼陰謀。」

我本來就心情不佳，看到後氣上心頭，不客氣地回覆：「陳志哲，你來過我的家好幾次，虎婆婆你也認識，你可以尊重一點嗎？這不是你愛看的推理小說，不要跟我說什麼陰謀、凶手之類的話！」

「對不起，我不是有意冒犯你和虎婆婆。但我記得你曾說過，你媽跟虎婆婆的關係不大好，也有點後悔把她接到家中一起住。而且你逐漸長大，你媽應該會希望你能夠有個獨立房間，多點私人空間。所以我在想，如果虎婆婆不在……」

智者是在暗指我媽可能是促成這宗意外的人，我再也忍不下去。

「夠了！我媽最近一直很傷心。意外發生時她正在上班，根本不可能加害婆婆。婆婆是不小心跌倒而死的，只是一宗家居意外。我不想再說了！」

訊息發出去後，我就把智者暫時封鎖掉。

5

我對智者的話本來沒有很在意，他應該不是有心刺激我，只是沒有經歷過這種傷痛的人是怎樣都無法理解，才會一時口快說出奇怪的話。

但不知道是不是他的話等同在我的心中插下了一根刺，之後的幾天，我竟發現兩件令我很在意的事，不禁胡思亂想起來，甚至開始認爲智者的話可能有道理。

第一件相對來說只是小事：我在廚房發現爸爸那隻白陶瓷杯內的茶漬消失了，變回潔白亮麗。那隻杯內的茶漬其實在很久之前就有了，我媽曾嘗試過清洗，但發現污漬很頑固，用一般家用清潔劑無法完全清走。她跟爸爸談起，說打算買小蘇打粉、蘇打粉，還是大蘇打粉之類我以爲是相同的東西來清潔，爸爸連忙勸阻，說有茶漬的杯泡茶時更有風味，吩咐媽媽不要亂搞，否則他會生氣。我媽才不會怕我爸生氣，但他說了不用，媽媽也不會自尋煩惱，所以一直以來沒有人處理那些茶漬。現在茶漬消失了，我猜只是爸爸或媽媽因爲婆婆過身，想有點轉變而已吧？

不過，另一件事就令我耿耿於懷，因爲有可能成爲某種可怕的動機。在農曆新年假期後，我留意到媽媽仍留在家中，一問之下，才知道原來她的公司在一月初已因疫情倒閉，她早就失業了，只是爲了不想婆婆擔心和多說話，才繼續每天早上準時出門，假裝上班。所以婆婆出事後她一直留在家中，其實並不是請了假，而是由那時開始就不用再假裝上班。

儘管我家的房子有點小，但香港樓價一直攀升，在市區只有十多年樓齡的新樓宇更不可能便宜，爸媽要償還的房貸也絕不是小數目。他們不是專業人員，收入有限，二人得一起工作才能勉強應付貸款和日常生活開支，總是捉襟見肘，幾乎沒有積蓄。現在媽媽失業，家庭收入削半，接下來要怎辦？

我想起婆婆在搬過來和我們同住後，她把原本和公公住的房子賣掉了，銀行帳戶內有一大筆現金，供安享晚年之用。她曾跟我說過，如果我長大後希望出國讀書，她可以負擔我的學費和生活費。雖然事隔幾年，那筆錢已用了一點，但應該最少還有

二、三百萬元吧？

當然，媽媽因爲失業而出現經濟拮据的話，照道理第一步應該是請婆婆幫忙或向她借，不會馬上動歪念。但正如智者所說，她們二人關係惡劣，要是說到錢的話，談不攏的機會不小。

我還記得在政府宣布要人道毀滅倉鼠的那一晚，我們在晚飯時談到如果剛巧購入了那些倉鼠的話要怎辦。媽媽當時說沒有用還會害人的東西留不得，婆婆則反問她自己也沒有什麼價值，是否也要送她去人道毀滅。會不會媽媽正好因爲那次爭吵而「想通」了，加上經濟困難，於是動了殺機，在假裝上班的時間溜回家，趁婆婆不注意時把她殺掉，並把凶案僞裝成家居意外？婆婆只剩下媽媽一個至親，除非婆婆立了遺囑，否則遺產將全歸媽媽所有，這樣不只失業問題解決了，剩餘的樓宇房貸說不定都能馬上還清吧？

想著想著，我回想起婆婆在醫院彌留之際，曾跟爸爸說悄悄話。到底是什麼祕密，她不跟自己的女兒說，反而跟女兒的丈夫說？是她知道了意外的眞相，教爸爸要提防媽媽嗎？

媽媽雖然經常因一些小事而罵我，但我從來不覺得她會害我，正是俗語所說「虎毒不吃子」。但虎毒會吃母嗎？她會爲了我們一家，狠下毒手殺害自己的母親嗎？

我不想懷疑任何人，但懷疑的種子已落地生根，還在不知不覺間長成了參天大樹，我的腦袋已完全被這棵懷疑之樹的根部重重纏繞著。看來不好好理清這件事的來龍去脈，我只會一直懷疑媽媽。

可是，如果眞相是媽媽眞的殺了婆婆，我今後又要如何面對她呢？

6

我爲這件事掙扎了一整個下午，除了在思考眞相之外，也在猶豫應否繼續探究眞相，因爲眞相有可能殘酷得令我們無法面對。

思前想後，最終我還是覺得有探究的必要：如果媽媽不是凶手當然最好，既可以還她一個清白，我也能把心中的懷疑之樹連根拔起；如果她眞的是凶手，儘管我不會報警告發她，也沒有能力做些什麼，但至少能認清這個人的眞面目，之後盡量疏遠和提防。

不過，我認爲單靠我一個人根本不可能釐清眞相，因爲我不擅長推理，再怎樣努力思考都無法從那些瑣碎的線索中看出任何端倪。於是在當晚，我決定找智者求助，直接打電話給他。

我先爲自己上次的無禮道歉：「智者，我之前好像有點激動，不好意思。」

「那些小事我早就忘記了，不用在意。其實我也有不對，不應該在這種時候亂說話。」我們冰釋前嫌後，智者續問：「你這次特意打給我，不會只是說這些吧？」

「呃……這是你的推理嗎？」

「當然，如果你只是道歉，發訊息過來就好；特意來電，代表有些比較複雜的事想說吧？」

「哈哈，對……」我似乎沒有找錯人，智者或許真的可以推理出真相，「其實上次你說婆婆的死可能不只是普通的家居意外，事後我細心思考，覺得你的話也有道理。而且在這段時間，我察覺到一些可疑之處。」

「那你可以把你知道的所有事情先告訴我嗎？無論是看似多麼微不足道的事，只要是你想到或留意到的，都請務必告訴我。」

我馬上把意外發生後我回家碰到的事，包括那塊濕地布、婆婆用力抓住我的手，到抵達醫院後婆婆跟爸爸說悄悄話，以及我近日發現陶瓷杯內茶漬的消失和母親失業等事，一一告訴智者。有些我說得不大清楚的地方，智者會在中途追問，結果我們一談就是一小時。

智者聽罷整件事後，認爲事情沒有想像中複雜，自信能夠推敲出眞相。不過，他表示需要一點時間，除了用作推理，也希望反覆確認一下答案才告訴我，免得搞砸自己的金字招牌。他說會在確認答案後再聯絡我。我眞想搶白他哪有什麼金字招牌，但我此刻只能依靠他，唯有把話吞回肚子裡。

到凌晨二時多，我終於收到他的訊息。

「你睡了沒？我想我知道答案了。」

「當然未呀。你還未告訴我答案，我怎可能睡得了？」

然而在我發出上述訊息後，他好幾分鐘都沒有回覆。

我本來已等得很焦急，於是忍不住每隔一、兩分鐘就發一個訊息去催促他——

「那你快說吧。」「怎麼了？」「Hello？」「你在嗎？」

在我的訊息轟炸下，智者終於回覆：「我在，我只是在猶豫著。」

「你在猶豫什麼？」還好我是在傳訊息，如果這句話是用口說出，當中一定夾著髒字。

「家家有本難唸的經，每個家庭都有自己的難處，也可能有不爲人知的祕密。眞相和我之前猜測的有點出入，涉及的人也比我想像中多。我在想，如果我把我的推理告訴你後，你和你爸這輩子都要揹負著這個祕密。我不肯定這對你來說是否是好事。」

「你的意思是，我爸知道發生了什麼事？」

他又「消失」了，我只好再催促：「你說吧，我已經有覺悟。」

智者的回覆不算長，但資訊量卻有點大，我一時間說不出話來——

「你爸不只知道，嚴格來說，他是『凶手』之一。」

7

在一望無際、綠油油的草地上，看來有點年輕的婆婆站在我面前，溫柔地對我說：「大虎，婆婆要走了。」

「妳要去哪？可以不要走嗎？」我問，但不知何故我的聲音好像有點稚嫩，咬字也不大清楚，彷彿這聲音不是屬於現在的我。

「我是時候去找公公了，他已經等了我六年，不走不行啦。」

「那我不就再見不到妳嗎？」

「才不是呢！」婆婆蹲到我身旁，用手搭在我的肩膀上說：「我會永遠留在你的記憶裡，只要你想起婆婆，我們就會見面。」

「我可以問妳最後一個問題嗎？」

「好呀。」

「比方說是『黃大仙』告訴妳，妳事前已知道我們家中的某些成員有一天會意外地害死妳，妳會怎辦？妳會不會疏遠他們，甚至先發制……」

婆婆不待我說完，就堅定地回應：「不會。」

「爲什麼？」

「你也說了是意外，是大家都不想發生的，不是任何人的錯，那爲什麼要因此傷害家人之間的感情和關係呢？」

「但妳會死啊！」

「這就只能算是天意，是禍躲不過，我也只好接受了。」

這時，草地的一角逐漸消失，化作一個很光很光的大圓洞。

婆婆站了起來，開始向著那圓洞飄遠。在消失於那個圓洞前，她回頭微笑著說：

「大虎，你要替我去安撫那些成員，不要讓他們留下心理陰影，好嗎？」

8

我昨晚聽過智者的推理後一直睡不了，在床上輾轉反側，直到大約清晨才因太累睡著，卻作了一個內容非常清晰的夢。

成年人總愛說小孩什麼都不懂，在討論到敏感話題，如人生、性、社會、政治等時，常常避而不談、編造錯誤答案，或乾脆說你年紀太小不會懂，待長大後再告訴你。但到子女長大後，實際上又有多少家長會跟子女重溫這些懸而未決的疑問？只有婆婆從不把我當作不懂事的屁孩——包括在剛才的夢中。

婆婆搬來前，我曾問我的父母，我們可以選擇朋友，但大部分的家人都不是由我們選擇，爲什麼家人卻比朋友親近和重要？家人到底是什麼？他們當時沒有回答，支支吾吾，說我長大後自然會明白。

我曾經以爲我是怪人，總愛提出奇怪的問題，但後來爸爸曾不經意地提起，他還是小學生時已經思考過人生的意義，甚至一度覺得人生太痛苦，想過就此離開這個世界。我才終於相信自己不是怪人，愛思考和愛發問應該本來就是人的天性。又或者說，這個世界本來就充滿「怪人」吧？

回想起來，到底那個夢是我「日有所思，夜有所夢」[8]，還是眞的是婆婆來報夢，向我告別？

我繼續躺在早已被淚水沾濕的枕頭上，再次想起了婆婆說過的那句話——想清楚當刻最重要的是什麼，再做行動。

所謂的「眞相」我是從智者口中知道了，但在我向爸爸確認之前，那仍只是從現有線索中得出的邏輯推敲，還不是被肯定的眞相。

我眞的要向爸爸確認眞相嗎？他會不會因爲我年紀小，選擇不回答我？

假設他願意回答，確認眞相過後，我們這個家將會變成怎樣？

到底是知道眞相重要，還是維持這個家的平穩最重要？

不，這兩者其實可以共存吧……我應該可以做到吧……

婆婆，我應該可以吧？

□

二月中，疫情變得更嚴峻，爸爸開始改爲在家工作。

有一天，媽媽去了街市買菜，我察覺到爸爸今天好像較悠閒，難得的機會終於出現了。

我去敲爸爸的房門，戰戰兢兢地問：「爸，你有空嗎？我有件事情想問你。」

他好像知道我想問什麼的樣子，反問我：「你媽出去了嗎？」

「對。」

「那好呀，你過來這邊坐吧。」

我坐到爸媽的床上，爸爸則繼續坐在小書桌前，把椅子轉了過來。我的心跳開始加速，因爲我沒預料到爸爸好像知道我的來意。雖然事後回想起來，我又覺得這不難猜，畢竟我平日根本不會找他聊天。

爸爸的第一句話也令我有點詫異。他說：「大虎，你看來長大了。」

「欸？」我感到莫名其妙地問：「什麼意思？」

---

8 報夢：指逝者透過在生者（多爲親屬）的夢中出現，向生者說話或請求他們代爲完成某些事。

「沒什麼，突然有點感慨而已。」

我眨了眨眼，不知道應該說什麼。我應該說謝謝嗎？還是不用回應？這是學校從來沒有教過我們的事情。

空氣沉寂了下，爸爸終於拉回話題：「你是想問那件事吧？你知道多少？」

「以我的理解，這確是一宗家居意外，婆婆是意外滑倒，但她滑倒的成因，以及她滑倒後所做的事情，則有點複雜……」

「看來你大致上都猜到了，那我也不瞞你了。」爸爸看到我說得尷尷尬尬，也可能覺得時間不多，擔心我媽隨時會回來，乾脆由他來主導，道出事情的一切：「由意外的最初開始說起吧。婆婆是因爲地板上的水而滑倒。不過，究竟她在事發前已看到地面的水，只是在清理時不慎滑倒，還是根本沒看到而滑倒，這點就無從查證了。總之，婆婆是因爲地面的水滑倒，導致身上多處骨折。至於地面上的水是怎樣來的，這點你應該有答案吧？」

「是小虎……是小虎跳到矮牆上，把裝有水的陶瓷杯推到地上吧？」

「對。水杯摔破了，水流滿一地，才令婆婆滑倒。」

「不過，這也不能怪小虎吧？畢竟小虎是貓，愛把桌上的東西撥落地面是貓的天性……」

「你說的對，」爸爸對此表示認同，並解釋：「正因如此，婆婆在滑倒受傷後，不是馬上求助，而是想辦法清理現場，爲小虎掩飾。她當時可能已無法站起，只好爬到玄關，把那塊紅色地布拖到客廳，抹乾打翻在地面的水，並把陶瓷杯的碎片集中在一起。她原本應該想把碎片包起來棄置，可惜因爲傷勢太重，只能就這樣用地布覆蓋著，之後你就回來了。所以後來婆婆在醫院時，請我先回家收拾碎片。」

意外當日我回到家時，看到婆婆滿頭大汗、狀甚痛苦，以爲是受了傷之故，但原來婆婆還負傷做了這麼多事情，也因此加劇了傷勢。爸爸雖然沒有言明婆婆爲何要幫小虎掩飾，但我們心裡都很清楚，如果媽媽知道是小虎害婆婆受傷，她一定會丟掉小虎，從之前有關倉鼠的討論中就可以推測到這點。婆婆請爸爸提前回家收拾碎片，也是爲了不讓媽媽發現。

憶起當日的事，我緊接著道出連爸爸也不知道的一件事：「所以當我呼召救護車後，婆婆就一直抓住我的手，並不是擔心我丟下她，而是怕我在屋內亂走，會踏到那些碎片受傷。」

「原來還發生了這樣的事嗎？婆婆總是這麼爲大家著想……」爸爸不禁慨嘆。

整宗意外的來龍去脈我大致上都跟爸爸確認過了，智者的推理果然沒錯。不過，有一件事是智者都沒有頭緒、我也完全想不通的，於是續問：「婆婆跟你說悄悄話，這件事媽媽都看到了，她事後沒有問你當時去哪嗎？有懷疑你嗎？」

「你媽當然有！」爸爸無奈地笑了笑後說：「但我自有辦法應付。」

我好奇地追問：「你怎樣說？」

爸爸起身快步走出房，確認媽媽還沒回來，才告訴我：「我解釋，婆婆說意外發生前她好像開了電爐，但不肯定有沒有關上，擔心會發生火警，所以請我回家確認。我也向媽媽補充，說我當時聽到後覺得不大合理，照道理如果電爐沒關，你應該會留意到，而且眞的沒關的話，那時候才回去已經太遲了，早就發生火警，因此我才會猶豫了一下。不過，既然婆婆不放心，我不回去恐怕只會影響她的情緒和病情，所以我還是照辦。實際上，我也必須跟媽媽如實說我是回了家，因爲當我回來時，黃師奶聽到開門聲，就捧著小虎走出來，以爲事情已經解決了，可以把小虎還給我們。」

小虎這隻虎紋貓其實是兩年前在隔壁黃師奶家出生的。貓咪一產多胎，她養不了這麼多小貓，到處打聽有沒有人願意收養，剛巧我媽那時候不知道發什麼瘋，怕我和婆婆太無聊，而且她也怕影響工作不打算再次懷孕，於是就跟黃師奶收養了一隻。由於住在隔壁，我們偶爾也會讓小虎回去探望一下牠的家人，只是近來才因疫情而暫停，令小虎終日都只能留在家中。

我續問：「那麼媽媽有問你，婆婆爲什麼不把這件事告訴她，反而要悄悄地告訴你呢？」

「你眞是了解你媽的『求知精神』，她才沒這麼容易相信我，眞的有追問！我只好再編個解釋，說那不是悄悄話，只是婆婆當時已經很虛弱，不可能大聲說出來。而她會選擇跟我說，可能是想女兒一直陪伴在身邊吧。當然，這些都已無法證明了，她聽罷覺得也有道理，終於相信了。」

爸爸向媽媽說的這一連串白色謊言算是相當圓滿，至少我也信服了。我不禁在想，這是所有已婚男人都會自動覺醒的技能嗎？還是只因爲爸爸娶了這樣小心眼的媽媽才被迫學會？這種問題我不敢直接問爸爸，看來眞的要我長大後才會知道答案。

爸爸這時也走到床邊，和我肩並肩地坐著。他收起笑容，認眞地對我說：「大虎，你曾經問我們，家人到底是什麼。今次的意外，就是婆婆以行動給出的答案。媽媽是家人，小虎也是家人，婆婆不願看到我們因爲這場意外四分五裂，於是選擇了這樣做去維繫這個家。現在你知道眞相了，你會怎樣做？要去告訴媽媽嗎？」

這個問題我早就想過了，我堅定不移地回應：「當然不會。婆婆不顧傷勢，拚了命去爲小虎掩飾，我怎麼可能讓婆婆的苦心功虧一簣？爸，我不會告訴任何人，這件事今後將會是我們二人之間的祕密，好嗎？」

爸爸欣慰地點了點頭。

我想起除了確認眞相之外，還有一件事要做。我問：「爸，我可以抱抱你嗎？」

他怔了一下，臉上盡是疑惑之情，應該沒想過我長大後還有這樣的要求。但他還是選擇不問原因，直接回應：「好。」

我轉身跪在床上，擁抱著他，在他的耳邊輕聲說：「爸爸，這次只是意外，你也不要再自責了。」

爸爸那隻白陶瓷杯內的茶漬消失，不是洗乾淨了，而是那就是小虎撥到地上、導致婆婆意外滑倒的水杯。早前我在廚房看到的已是款式相同的全新杯子。

自從意外那天起，我再沒看到爸爸的杯子出現在那個矮牆之上。之前無論媽媽罵他多少次，他都沒有改。現在他會決心改掉壞習慣，顯然是對婆婆滑倒一事仍耿耿於懷。他覺得是他把杯子放在那，吸引了小虎把它撥到地上，才會發生這場意外。

爸爸這段時間一定不斷責怪自己間接害死了婆婆。如果無人可以跟他分擔這份內疚，將會成爲他一輩子的傷痛。在早前的夢中，婆婆吩咐我要安慰的「那些成員」，我相信除了小虎之外，還包括爸爸。

我安撫爸爸說：「這不是你的錯，大家都不想發生意外。如果硬要說，我也有錯，那天我放學立刻回家的話，事情可能就不會發生，又或者最少可以早點送婆婆去醫院。我們都不要再責怪自己了，一起成全婆婆的苦心，一家人繼續好好生活吧。」

「大虎，你眞的長大了……」爸爸用力地擁抱著我，似乎不想我看到他的樣子，因爲我聽到他回應的聲音中帶著哽咽。

□

在還有冷鋒來襲的三月，我開始放「暑假」[9]，也逐漸重回網路遊戲的懷抱，但可能是疏於練習，最近都打得不好，還被智者取笑。哼！那時說我玩得好果然是騙我吧？

我對疫情已經沒有任何期望了，畢竟那些人並不值得期待，這是連小孩子都能看透的事。我只希望復活節過後可以重新上學——我可不想在炎炎夏日放聖誕假，看到穿泳裝的聖誕老人！

這段時間，爸爸繼續在家工作，媽媽同樣留在家中，但她似乎不急於找新工作，因爲他們其實沒有經濟壓力。原來婆婆當年賣掉房子搬過來住時，已爲爸媽把這個房子的貸款都還清了，只是媽媽不想我太奢侈，有藉口鬧著要買玩具，才繼續裝貧窮。她還說這是爲了我好，是白色謊言，希望我能培養節儉的美德，我長大後就會明白。

白色謊言什麼的，其實不用等我長大，我現在就已經懂了……

□

9 作者註：由於疫情持續蔓延，香港教育局要求中小學及幼稚園於二〇二二年三至四月提早放暑假，以騰出校舍用作全民強制檢測，唯全民強制檢測最終並沒有執行。

雖然比原定時間稍遲，但婆婆的喪禮總算在三月初順利完成。

喪禮結束後翌日，我們如常在家吃晚飯。晚飯位置的安排並沒有太大改變，爸媽繼續在吧檯上吃，而我就和小虎在客廳的茶几附近進食。

小虎走近放在茶几旁的貓食盤，看了看食物，又抬起頭來四處張望，卻不願開動。事隔多個月，小虎偶爾仍會這樣，好像在等著誰才肯吃飯的模樣。每當出現這樣的情況，我就會模仿婆婆，輕撫著牠的頭說：「小虎，我們一起吃飯囉。」

這時新聞報導正說著近日棺材短缺、殮房爆滿，以及染疫遺體一度在醫院內與生者共存並出現屍疊屍的惡劣情況。

媽媽吃了一口飯，飯還在她的口腔內徘徊著，她卻忽然有感而發，含糊地說：「慶幸老媽走得早，如果是現在就麻煩大了。」

我和爸不約而同地瞪向媽，她感受到視線的壓力，連忙解釋：「我不是那個意思啦！咳！咳……我是指……咳！」她好像被飯嗆到，到恢復過來後，已沒有心情說剛才的話題：「唉，算了。」

我和爸爸偷偷交換了一個苦笑。媽剛才的那句話，任誰聽到都會覺得不快，不過我猜她並沒有惡意，只是口不擇言。她和婆婆應該也沒有什麼心結，否則她在婆婆死後也不會哭得死去活來，只是她的話比較尖酸刻薄，婆婆亦不是容易妥協的人，二人才會經常爭吵，但一切俱往矣。

家家有本難唸的經，若這是一部能夠修改的經書，婆婆已用她的生命盡力改寫，讓何家能夠唸得較容易。她不是只愛說大道理的人，還會以身作則，親身實踐自己認同的理念。我和爸爸不會辜負她的苦心，會爲小虎一直保守祕密，努力維繫這個家。

〈老虎家族〉完

西營盤的金被銀床

——譚劍

1

巫眞先生好：

我叫熊芬，是香港人，希望你能幫我。

我父親獨居，兩年前在自家門口倒斃，死時才六十五歲。他的死因很可疑。屋裡有被搜掠的痕跡，但由於他住的是五層高的唐樓[1]，大門沒有閉路電視，所以拍不到出入的人，連警方也說證據不足而無法調查。

我懷疑事情沒有表面看來那麼簡單，找過私家偵探調查。我父親生前喜歡餵貓，也和附近餵貓的街坊混熟。他死前，有人因爲要被隔離，所以把一隻白貓交給我父親照顧。牠可能目擊案發經過，但後來不知所終，應該就在附近的社區裡。

兩年來，我試過很多方法，不管去還原我父親的遇害原因，或者找那隻白貓的下落，都不得要領。

我在網上找到你的新聞報導，說你會講貓語，幫台南政府解決安平樹屋[2]和台南車站[3]等奇案，不知道你能否來香港幫我忙？

我可以安排商務艙機票和住宿。你在香港（包括住檢疫酒店期間）的每一天，我可以付出日薪三千港幣，預支一個月，雖然不多，但希望你接受我的誠意。

熊芬 敬上

2

長榮航機的機輪貼到赤鱲角機場跑道上，開始滑行時，巫眞才覺得這件事是眞實的。

他小時去過香港，但印象模糊，也沒想過再去，更沒想到是在疫情期間動身。香港經歷過四波疫情，目前市面平靜，本地感染已經消失多時，但政府沒有鬆懈，採取清零策略，爭取早日和中國大陸免檢通關。

像他這種從台灣入境、打過兩劑疫苗（AZ，由英國和瑞典合作研發的腺病毒疫苗阿斯特捷利康〔AstraZeneca〕，香港政府並無採購）的入境人士，必須在酒店隔離十四日。香港的「酒店」並不是「酒家」，而是台灣的「飯店」。香港的「酒樓」，是台灣的「港式飲茶」。香港人約你去「飲茶」，就是單純的「吃點心」，不像台灣人的「喝茶」可能含有嫖妓的意思。

同樣是中文，這種差異教他非常困惑，就像他在酒店裡拿到的港式茶餐廳「菜單」——香港人稱爲「餐牌」或「外賣紙」——上面的內容他每個字都認識，卻看不懂大部分是什麼。他要拍照拿去問在台灣的香港朋友，由他們做翻譯。

幸好，這些名字古怪的菜式，其實不少他都吃過，只是在台灣是用別的名堂。香港的燒味——台灣叫「燒臘」——不管是叉燒或者油雞，味道都比在台灣的美味可口。

台灣的叉燒全是瘦肉，香港的卻是半肥半瘦，而且只有叉燒和白飯，頂多加一點青菜，不像台灣會加麻婆豆腐、滷蛋和筍絲等配菜，怕你飲食不均衡、營養不良。

飯店房間很小，床佔了三分之一的空間，但這不是因爲熊小姐訂的是便宜飯店，而是香港飯店的房間本來就很小。這家飯店在二〇一九年翻新過，設備也嶄新無比，桌面上有部二〇一八年推出的二十一．五吋iMac。巫眞想像飯店管理層當年希望翻新後可以提高競爭力，可惜敵不過大時代的來臨。

這房間有很大的落地窗，他喜歡把椅子抬到窗前，坐在上面一邊遠眺維多利亞港一邊享受便當——香港叫「飯盒」。台南沒有這麼多密密麻麻的高樓大廈。如果他在這裡生活，必定受不了這種巨大的壓迫感。很多路上一棵樹也沒有，也沒有公園，沒有寺廟，沒有草地，貓咪會以怎樣的狀態在這種大城市裡生存？

熊小姐在他入住香港的酒店後又和他通了一次視訊。她是個三十多歲的女強人，符合他的想像，否則根本無法負擔他的費用。錢的事情他以前根本不會去想，但快

1 唐樓：在香港爲中式外觀的建築。通常樓層不高，且沒有電梯。

2 安平樹屋：詳見《貓語人1：殺意樹》。

3 台南車站：詳見《貓語人3：永保安康之咒》。

三十歲了，要認眞思考存錢。他打算幾年後和方圓結婚，也會生小孩爲國家貢獻人口紅利，但方圓覺得兩個怪咖頂多只能結婚，照顧孩子不只開銷很大，也很有可能把他們的怪咖特質磨平，讓兩人變得平庸。她說的話不無道理，這個很頭痛的問題須要從長計議。

3

「你們的影片怎樣賣？」

「我們不是那些只要你花五塊錢卻給你一百條你看過一百次的影片。我們提供的都是百分百本地原創，講廣東話，務求大家容易投入，希望大家支持本地原創。只要你加入基本會員，一星期會收到四條影片，每條至少十五分鐘。加入黃金會員，一個月會另外收到一條半小時的影片。」

「有沒有更高級的方案？」

「當然有。我們信奉『顧客至上』，『有得揀先係老闆』[4]。只要你加入白金會員，就可以指明要求的內容。愈殘暴，價錢愈貴。加入鑽石會員，甚至可以指定對象和內容。」

「什麼是指定對象？」

「就是知名的店貓。」

「價錢怎樣算？」

「視乎對象，如果很難下手，價錢自然會上調。只要你出得起錢，全香港任何店貓都能成爲我們影片的主角。」

「你們眞的向知名店貓下過手？」

「三個月前上環有間海味店的店長，就是我們派人動手的。你成爲鑽石會員的話，可以找來看。我們在每個區都有熟悉那一區的街坊幫手捉貓，但你要付出耐性，不要期待你今天付錢，一星期內就看到影片。我們不是這樣做事。差佬會放蛇（警察會釣魚執法）。你要給我們三個月的時間。」

4

巫眞在隔離十四日期間不是無所事事。由於被困在酒店房間裡，他是既身在香

4 有得揀先係老老闆：意思爲「可以挑選，你才是老闆」。這句話是二〇〇七年香港特別行政區行政長官選舉裡，曾蔭權的競選口號。

港，又不像在香港，只好在網路上找介紹香港的影片來看。

小時去旅行，只是走馬看花，吃東西買紀念品，讓自己放輕鬆。現在他才知道旅行是去認識一個地方的歷史和文化。

他先看台灣人來旅行拍的片，方便他一介外人認識這個陌生的地方。斷斷續續看了兩天，再看香港人拍的。除了髒話以外，他一句廣東話也聽不懂。雖然須要看字幕，但內容道地得多。很多香港人民生的部分，並不是來五日四夜旅行的遊客能認識，或者說，大部分遊客不是沒有興趣認識，就是根本無從入手。

雖然同樣用中文甚至都是用繁體字，但香港的歷史和文化太獨特，加上用粵語夾雜英語，不少香港用語和潮語（如CLS[5]、hea[6]、show me your love[7]、樽鹽[8]等）台灣人雖然看得懂每一個字，卻不明所以，也不一定知道香港人用繁體字。相反，近十年台灣文化反攻香港，讓香港人對台灣產生好感，也喜歡去台灣旅行，普遍對台灣文化都有基本的認識，知道香港和台灣都有一位名人叫鄭家純。

他沒去過殖民地時代的香港（主權移交已是四分之一世紀以前的事），他們這一代三十歲以下的台灣人對香港的認識很模糊。四大天王和周星馳那些瘋魔上一代的香港文化產物他們根本無法共鳴。他覺得香港最富殖民地色彩的地方——真的是地方——只剩下由他不會唸的英文名字翻譯而來的街名。從酒店提供的地圖就一清二楚，像酒店附近的告士打道[9]、高士威道[10]、記利佐治街[11]、百德新街[12]、京士頓街[13]。最像中文名的是糖街，估計好多年前和糖廠或貨倉有關。

5 CLS：取自廣東話的Chi Lun Sin（痴撚線）的簡寫，意指「他媽的神經病」。又指「comment, like, share」（留言、按讚、分享）。

6 hea：沒有對應的中文字，指無所事事。

7 show me your love：和談情說愛無關，而是指粵音相近的「粟米肉粒」。粟米即台灣的「玉米」。粟米肉粒飯是香港茶餐廳必備的便當。

8 樽鹽：指粵音相近的「尊嚴」。

9 告士打道：Gloucester Road，以英皇佐治五世的第三子Prince Henry William Frederick Albert, Duke of Gloucester命名。

10 高士威道：Causeway Road，「高士威」是英文Causeway的粵語譯音，意思爲「海堤」。

11 記利佐治街：Great George Street，參考倫敦西敏的街道以英皇佐治二世的暱稱Great George命名。

12 百德新街：Paterson Street，紀念曾參與香港保衛戰的怡和洋行大班（taipan，有權勢的在華外國商人）John Johnstone Paterson。

13 京士頓街：Kingston Street。

5

吃完豐富的港式早餐，完成漫長的酒店隔離期後，巫真終於重獲自由，可以腳踏實地身處他過去十四天只能透過窗口欣賞的銅鑼灣，被車水馬龍包圍，耳邊全是聽起來像吵架的廣東話。

熊芬在酒店外面等他，想不到本人比他想像中來得高和豐滿，果然這年頭就算是在視訊上看到也不可以當眞。如果她脫下口罩，可能會露出和視訊上差異不小的容貌。她的國語雖然流利，但充滿濃濃的廣東腔。

熊芬不是一個人來，她身邊有個很瘦的男人，戴上口罩看不到臉，從身形和髮型估計不到四十。全黑色的打扮讓他顯得很瘦，但眼神銳利得可怕。

「這是Max，我僱用的私家偵探。」

雖然算是行家，但Max沒有主動伸出手來握，巫眞也沒有。

巫眞從Max冷峻的眼神和雙手插進褲袋的身體語言判斷，這傢伙正在冷讀自己。他肯定在網路上查過自己的背景，也不相信自己能和貓溝通的能力，只是來看好戲，期待自己露出破綻。

熊芬伸出戴上不知多少克拉鑽石戒指的右手招計程車，去一座位於山腰的大廈。雖然說是山，但巫眞看不到山的外形。整座山插滿密密麻麻的高樓大廈。

他們進去的那座大廈外觀豪華，像大安區或信義區的天價豪宅。計程車停在回轉處，有專人替他們打開車門。大堂天花板吊下耀目的水晶燈。男性保安很年輕，白色襯衫打黑色領帶外披黑色西裝，像黑幫片裡的黑道分子。他沒想到熊芬安排的Airbnb如此高檔，但上去三十四樓打開房子的大門後，發現裡面不到十坪。

巫貞知道這在香港叫「納米樓」，熊芬很抱歉說只能安排他住在小地方，香港人就是住這種地方。這個房子的成交價曾經超過一千萬（港幣，下同，約三千五百七十萬台幣），目前估價已回落到八百萬。業主看好長遠後市，所以轉賣爲租。

巫貞在台灣時已耳聞香港人熱衷炒樓，不少人是理財專家，因此不感意外。

他把行李放好後，熊芬說自己已經被附近居民「點相」，意思就是大家都認得她的樣子，不方便帶他到處跑，所以以後就由Max帶路。她特別指示Max帶他去好的餐廳吃飯，準備發票以便報帳。

這種做法，巫貞司空見慣。客人和他只是一買一賣的交易，並不是套交情。

熊芬離開後，Max緊繃的眉頭沒有放鬆下來，也一直保持冷漠。巫貞聽去過香港的朋友說香港人情薄過紙，又冷酷無情，連移居到台灣的朋友也這樣說，但現在才眞正感受到。

巫貞跟著Max離開「豪宅」後，Max一邊走，一邊以嚴肅的語氣說：「我們現在這裡是個叫西營盤的老社區。位於底下電車路的是德輔道西，往山上的第一條街叫皇后

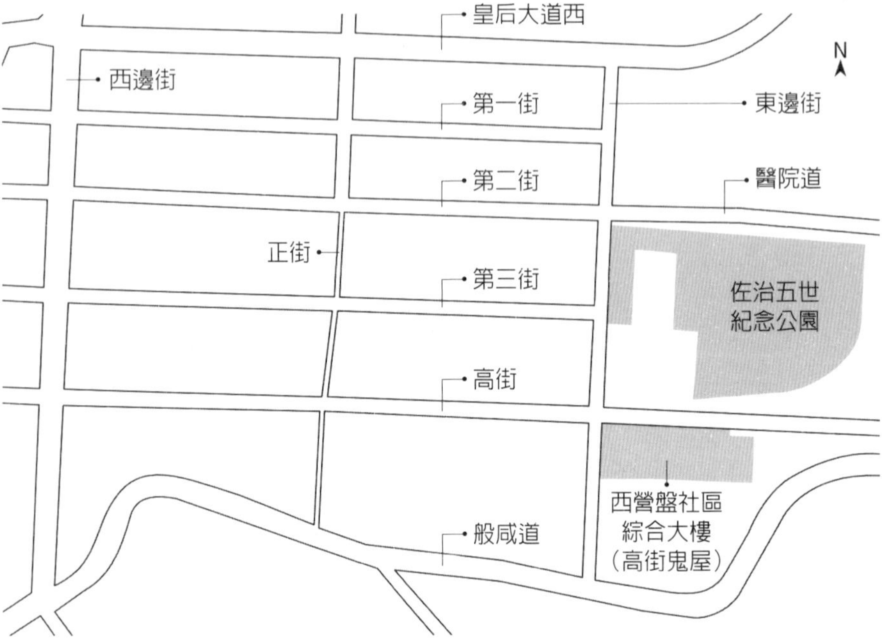

大道西，再往上走是第一街、我們這條第二街、第三街，高街本來叫第四街，但『四』意頭不好，當時政府從善如流改爲『高街』。前面的是西邊街，在這個核心區域的另一邊是東邊街。在中央的是正街。」（見上圖）

巫眞心想如果你的手從褲袋裡抽出來，用Google Maps講解，我會比較容易辨明方向。

「三條街都是『長命斜』，就是很斜的意思。」Max用手勢表示，「東邊街出過幾宗致命的交通意外。有人說這裡剛好組成一個風水陣，加上高街鬼屋，熊小姐懷疑熊先生是因爲夜晚餵貓撞邪而暴斃。」

巫眞聽到「鬼屋」兩個字不禁興奮，但沒有表現出來。

「如果有氣場，我一定能夠感應得到，等下可以去看看。」

6

單是從第二街經陡斜得要命的西邊街走上第三街，巫眞已經感到吃力。他這個平原動物並不適應走山路。在台南時，只要出門，就算只是兩個路口外的郵局，他也是騎機車過去。香港寸金尺土，連停車的空間也匱乏，機車不多，大部分香港人練就走遠路時仍健步如飛的能力。有個叫荃灣的地區由幾十座行人天橋把幾十座商場連接起來，打通成一個位於半空的廣闊步行空間。他看YouTube影片時驚訝得說不出話來，希望這次來香港有機會去開眼界。

他好不容易終於登上高街。轉角處是個以鋼筋混凝土建造的教堂「救恩堂」。高街兩邊矗立密密麻麻的高樓大廈。屋子一樓都是商店，看來以餐廳居多。

高街的名字很氣派，但其實很窄，只有一條單程的行車路，右邊是停車位，兩旁的人行道也沒有好到哪裡去，只能讓兩人並肩而行。

下午一點零五分，陽光被高樓大廈遮擋，高街的氣氛比墳場更肅殺，不過，人流卻一點也不少，除了上班族以外，不少是穿校服的學生，以男生居多，來自至少三間中學。

屎。

巫真看不到半隻貓的身影，但學Max般留意地面繞路走，因爲人行道上有不少狗

巫真雖然無法提起勁逛這條看來無聊的街道，但仍硬著頭皮向前走，教堂後面是學校，學校後面是幾幢不到七層高的唐樓，可能有五十年以上的歷史，外觀依舊整齊乾淨。巫真看過影片介紹，這種建築物多是在二戰後興建，沒有電梯，不只消防和衛生條件追不上時代，在二十一世紀的香港也不符合經濟效益，是政府和開發商積極合作收購和重建的目標。

Max說了聲「跟著我，但保持距離」後，高速而不張揚地經過三間商店，突然鑽進蛋糕店旁邊的唐樓裡。巫真尾隨，沿電燈泡的微弱燈光登上階梯，去到三樓。

Max掏出兩副薄手套，一副給巫真，一副給自己，再掏出鑰匙，塞進匙孔裡，把門打開。

裡面沒有玄關，光線也不充足，但看出空間比巫真住的Airbnb大，但以台灣標準仍然算小。

Max輕輕關上門，細聲道：「熊小姐的官司仍未解決，房子業權不明，也不能出租或買賣，除非獲授權，否則她也無法進來……」

巫真點頭。雖然不流通的空氣和酸臭味驅使他打開窗戶，但他們兩個都是非法闖入，無法採取行動。

「……律師建議庭外和解，否則這個才值六百多萬的單位，要花一百多萬的律師費打官司很不划算……」

巫眞心算這個房子要超過兩千萬台幣，同樣價錢在台南可以買透天厝，而Max用「才」字，表示太便宜。巫眞無法想像同一條街上其他高樓大廈的房子賣多少錢。難怪移居去台灣的香港人說他們一輩子也無法在香港買房。一輩子要用來還房貸的人生，到底有什麼意義？如果一座城市裡大部分人都要過這種人生，這樣一個城市有什麼前途可言？

「……我在這裡拍過很多照片和影片做紀錄，但覺得你也應該親自上來看。我們頂多停留十分鐘。要移動物件前先告訴我，讓我拍照，確保之後可以放回原位。」

巫眞點頭後，開始環視這個獨居香港老人在生命最後階段住過的地方。

很多老人不管是否獨居，家電都是十年前的款式，太新的他們反而不懂得用，而且家居布滿如山的雜物，捨不得丟，讓遺物清理師叫苦連天。

這裡也不例外，全部物件都鋪上一層兩年來沒有清理過的薄塵，也囤積了很多舊報紙和雜誌，雜物也多，教他意料之外的是一組5.1家居影音系統（含ＤＶＤ機）、過百張歷史悠久的ＤＶＤ和一組不知是什麼牌子的電腦。

「那是十年前的組裝機，硬碟早就死掉，救不回來。」Max道。

沙發旁邊，堆砌了一層又一層支架特厚的黑色雙門貓籠。一層三個，排了五層。

巫真家裡養了幾十隻貓，但從來不用貓籠。這對他來說算是陌生的玩意。

「我嗅到貓的氣息，很微弱。」

「現在這裡沒有貓。」

「但貓住過，那個味道會殘留下來。我要拿這個來看。」

Max用電話從兩個不同角度拍照後點頭。

巫真取下置頂的貓籠。這籠寬四十五公分、高五十公分，可以從頂部和側面打開，也可以摺疊，不只放得進幼貓，連成貓也可以放進去。幼貓好奇心重，放養的話會在家裡大肆破壞。

巫真給貓籠拍下照片後才放回去，Max對照電話的照片後，把貓籠的位置挪動了三次才停手。巫真覺得這傢伙做事過分認真，個性肯定龜毛。

巫真在屋內走了一圈，沒有特別發現，向Max示意可以離開。他的強項是貓語和探測氣場，而不是從雜物裡找出線索。

離開房子前，巫真突然停步，指向大門前方。

「熊先生就是倒在這裡嗎？」

「對，身體壓在門檻上。」Max說得凝重。

巫真對著大門雙手合十，閉目點頭。

7

「最常見的做法是怎樣？」

「就是踩在牠們頭上，用力踩下去，即使牠們叫痛也繼續踩下去，直到最後把頭踩爛。」

「這做法好像很千篇一律。」

「對，但每隻貓的反應都有點不同，加上年齡、毛色、體型都不一樣，所以百看不厭。」

「那只是你的推銷手法。」

「只是踩頭，貓的反應並不那麼激烈。如果是比較凶殘的玩法，貓的反應就很大，會很有驚喜。」

「是怎樣？」

「像澆滾水、火燒、從高處丟到鐵枝上插死、丟到幾十隻飢餓的老鼠堆裡我們都試過，也非常刺激。」

8

兩人離開唐樓後左轉，在高街繼續前進。經過正街時，巫真發現長長的加蓋戶外手扶梯，從下面第三街延伸上來高街，再延伸到上面那條Max講過但巫真無法把名字記下的大街。

「居然有這玩意？」

「對，可以從第一街搭分段的手扶梯，穿過街市直上般咸道[14]。」

「剛才我們如果沿第二街走，就可以搭手扶梯上來，不用爬西邊街。」

「對。」Max答得很輕鬆。

巫真無法確定是Max故意要他走西邊街那條大斜路，或者覺得走斜路不費力。

這時一隻黑頭白身的社區貓在他倆眼前跑過，行跡匆忙得像趕時間的外送員，勾起巫真腦海裡一個一直想問的問題。

「你們有沒有想過那隻白貓可能被人撿到，帶回家飼養、據爲己有？」

「對呀，怎麼我們沒想到？」Max停下腳步，「你爲什麼和熊小姐通視訊時沒提到這一點？」

「我也是剛想到。」巫真早就準備好答案，或者說，謊言。

「騙鬼，如果你那時提到，就沒有這次來香港的工作了。」

Max的話很有惡意，巫真凝視他，久久答不上話來，沒想到Max最後竟然笑出來。

「我是出來跑江湖的，你這推論我早就想到。西營盤這裡有個人強馬壯的

Facebook群組叫『西營盤變幻時』。我在上面發過尋貓的帖文，如果有人撿到，一定會回應。」

巫眞沒想到Max會這樣耍他。自己這個外人，實在不該懷疑在地人的地方智慧。

Max繼續舉步前行，和一個個中學生擦肩而過。巫眞追上去。

「如果那個人沒有聲張呢？」

「那就不是我能應付得了，說不定是你登場大展身手的機會。」Max伸手去指，「前面右手邊那座基座有花崗石外牆的建築物就是『高街鬼屋』，建於十九世紀末。二次大戰時，香港淪陷，日軍以此建築物作爲刑場，左手邊的佐治五世紀念公園[15]就是當時的亂葬崗。高街鬼屋戰後繼續成爲精神病院，因爲當時醫術沒有今天那麼先進，精神病人進院往往就是『等死』，使這座建築物變得更可怕。二十年前政府把基

14 般咸道：Bonham Road，由於h字不發音，另一譯法「般含道」其實較準確。般咸是第三任香港總督。

15 佐治五世紀念公園：建於一九三六年，以同年一月駕崩的英國國王佐治五世命名。英文名King George V Memorial Park，九七年中文名仍爲「英皇佐治五世公園」，其後「英皇」兩字不知在九七後哪一年被消失。

座上面的建築拆卸，只保留外牆，改建爲西營盤社區綜合大樓，不時仍有一些靈異傳聞，傳說現在仍然會鬧鬼。」

巫眞聽到Max講「日本佔領」[16]，而不是台灣人說的「日治」，就知道日本人的介入，在香港和台灣是截然不同的兩回事。日本人治理台灣長達五十年，視其爲帝國南端的延伸，從來沒想到會失去，雖然在雲林屠殺成千上萬居民[17]，但在殖民期間留下的不只城市規劃和建設，還有制度和文化，影響至今；反過來，日本佔領香港時，這個城市是英國殖民地，因此日軍曾經跟駐港英軍和從加拿大來的援軍激戰（那個YouTuber說是「香港保衛戰」），死傷慘烈，佔領時期只有三年零八個月（由一九四一年十二月二十五日至一九四五年八月十五日。張愛玲的《傾城之戀》即以此爲背景）。別說談不上治理，反而多次發動屠殺，包括在四一年聖誕節攻入另一個YouTuber的母校赤柱聖士提反書院[18]。戰時大量香港人口被趕回中國大陸，戰後不少市民要求日本政府兌換軍票。

雖然日軍的暴行在老一輩香港人的記憶裡留下深刻的烙印，但戰後日本告別軍國主義，香港人經歷過八、九十年代日本漫畫和電視劇文化的洗禮，和台灣人一樣喜歡日本文化，喜歡去日本旅行，稱日本爲家鄉。和台灣不一樣的是，愈年輕的香港人，愈被韓國文化吸引。同是地球上僅有的兩個繁體字文化圈，差異其實比相同來得要多，只是不大容易被察覺。

9

巫眞繞過幾坨狗屎，走到宏大的高街鬼屋外，忍不住伸出手掌，貼在粗糙的花崗石外牆上。

Max沒有學他，而且和鬼屋保持兩公尺的距離。

「你探測到什麼妖異的氣場嗎？」

「一點也沒有，」巫眞神色凝重地說，「但有其他不尋常的地方。」

「是什麼？」Max的追問一點也不興奮。

「我嗅到狗尿的味道，特別是這個轉角的位置，應該和公狗劃地盤有關。我可以確定這個轉角位是兵家必爭之地。」

---

16 日本佔領：詳見維基百科「香港日佔時期」條目。

17 在雲林屠殺成千上萬居民：詳見「雲林大屠殺」的維基條目，這事是巫眞聽來自雲林的同學講，課本上沒提過。

18 赤柱聖士提反書院：詳見「聖士提反書院大屠殺」的維基條目。

「晚上會不一樣嗎？」

「當然會不一樣。」

「怎樣？」

「更多的狗會過來留下標記。」

Max沒有追問，眼光放到對面的佐治五世紀念公園，「西營盤的社區貓都聚居在這公園裡。牠們白天會去附近討食物，夜晚才回來。那隻白貓逃出唐樓，如果沒有被殺掉，或者移出社區，就會加入這群社區貓裡。」

「政府怎會容納這些貓聚集？」

「政府本來不想，不料高街這裡開了愈來愈多餐廳，廚餘沒有妥善處理，引來嚴重鼠患。食物環境衛生署花了不知多少年滅鼠，不但無法根治問題，老鼠反而愈來愈多和大隻，猖狂到白天就去翻垃圾桶。有時更會沿大廈水渠爬上樓，鑽進人家的單位裡在餐桌上開餐，如入無人之境，並散播戊型肝炎病毒。沒有這些社區貓去治鼠，後果更不堪想像。」

巫眞從沒想過香港這種連人也很難活下去的水泥森林，居然有老鼠肆虐的空間。鼠輩和「曱甴」[19]不愧是生存能力最強的動物，被人罵曱甴和「鼠輩」說不定是讚美。

公園門口掛了「不得攜犬入內」的大幅醒目banner。

Max走向一隻在曬太陽的三色貓，沒想到牠像聽到其他貓通風報信說有野狗來襲般驚醒，沒命地快速逃走。

Max冷笑，「我以爲你能用貓語叫牠們留步。」

「那群貓見到我就像見到惡狗一樣急速退散，我會講貓語也沒有用呀！除非你有擴音機。」

「這玩意現在不能隨便用。」

巫眞沒興趣和他深究這話題，「這社區很有可能是因爲有虐貓狂徒出沒，所以牠們見到生人就光速逃走。」

「也許是，我不大清楚。」Max答得很敷衍，「你還未餓吧？」

「沒有，我今天的早餐吃得很飽。」

「那就好。我現在要去辦點事，晚上才找你吃飯。你可以一個人在附近逛，也可以去吃下午茶？」

「我剛瞄到附近的午餐要一百五十塊錢，去哪裡可以找到便宜的下午茶？」

「香港的物價就是這樣貴。你去正街搭手扶梯到上面那條大街，那裡有些便宜的餐廳。」

19 甲由：香港對「蟑螂」的說法。

10

Max和巫真道別後才鬆了口氣，步行前往上環，確定沒人跟蹤自己後，再走進皇后街熟食中心，準備一個人吃下午茶。那台灣仔人生路不熟，不會踏足這種太地踎 20
的地方。

什麼氣場和貓語，根本是騙人的玩意，浪費自己的寶貴時間。

熊小姐沒把所有事情都告訴巫真，只是要對方去找貓的下落，但她委託Max要處理的事情就不一樣了，讓他看到整個案件複雜的原貌。這個case根本不是找貓那麼簡單。

一、Max聯絡過那個把白貓交給熊先生的青年，那人說不定有嫌疑，可是他留下白貓後移居英國，就沒再回來香港。

二、熊先生生前在遺囑裡列明把所有財產包括現金和物業留給一個慈善動物組織，什麼也沒有留下來給熊小姐。

三、那個所謂慈善動物組織，其實是由姓鄭的兩父女（父六十七，女三十四）持有的有限公司，但把財產餽贈給有限公司並不犯法。他們在靠近高街鬼屋的高街盡頭擁有兩間相連商舖，但由於遠離熱鬧的核心地段，人流稀少，無法招租。他們把其中一間開設爲雜貨店，另一間開照顧流浪貓的貓舍。

由於香港沒有遺產稅，兩父女可以一毛錢稅金也不必繳，白白拿到熊先生的銀行存款和物業。

熊小姐懷疑熊先生如果不是受騙，就可能是被勒索寫下遺囑，然後被謀殺，所以不想花時間和金錢去打民事官司，直接聘用私家偵探去調查。如果證實涉及謀殺，她就可以名正言順拿回熊先生的遺產。

「鄭小姐雖不年輕，但風韻猶存，好多阿伯都鍾意去那間雜貨店吹水（聊天）。」才三十四歲的女人，就被Facebook「西營盤變幻時」群組的成員用「風韻猶存」去評頭論足，到底是這個年紀實在不年輕，或者香港人太刻薄？Max已經分不清，也許兩樣都是。

如果只是這麼簡單的調查，任何一個私家偵探都能在一個星期內查出來，輪不到Max。Max懷疑在他之前，熊小姐已經僱用過好幾個私家偵探，但都無功而返。

果然，Max在調查時發現，高街在三年前有虐貓殺手出現，那人甚至試圖搗破姓鄭的貓舍偷貓。

熊先生可能發現那個虐貓殺手的身分，或者虐貓殺手懷疑自己身分被熊先生發現，所以尾隨他回家下毒手。

20 地踎：指「難登大雅之堂」。

根據外國經驗，虐殺動物的殺手進化成殺人如麻的連環殺手，並不教人意外。不過，這也可能是兩父女自導自演的鬧劇，除非Max拿得出證據來，否則難以下結論。

他聯絡過在警隊裡的線人。警方曾經成立一個調查組，發現那個虐貓殺手的活動範圍很大，不限於西營盤，而是遍布香港和九龍。如果眞的要把他緝捕歸案，動員的警力須要跨區跨部門，不下於在九十年代初緝捕屯門色魔[21]時的人力物力。

「不要以爲安裝了閉路電視就全能，這個城市大把死角。」老差骨（資深警務人員）在大牌檔裡一邊噴煙一邊說，「就像我知道在什麼地方抽菸沒人會舉報，犯罪分子也會去找安全的地點。」

如果連警方也束手無策，以Max一人之力，根本找不出來。

很多人以爲私家偵探能人所不能，能憑理性和分析頭腦解決所有問題……實在看了太多推理劇。現實情況是範圍太大，但線索和調查資源都少得不成比例。當年屯門色魔被捕，並不是警方的功勞，而是他要約其中一個受害人去看電影。受害人報警求助，這無異於自投羅網。

當時Max調查三星期後就跟熊小姐解約，說這案件超出他的能力範圍，也沒興趣再拖下去。他寧願去做有把握的案件，不只能同樣賺到錢，幫眞正有需要幫助的人，也能在調查完畢後享受滿足感。

11

巫眞說不餓，只是場面話，其實餓得要命，但他不想和對自己懷有敵意的Max吃飯。

高街餐廳的午餐貴得驚人，一百五十塊錢台幣的午餐他已經嫌貴，一百五十塊錢港幣完全脫離現實。那些進去吃飯的學生有錢得不得了。

他在正街搭手扶梯上去這條叫般咸道的雙線雙程大街（維基說日佔時期叫「西大正通」），希望可以找到便宜的餐廳，沒想到眼前卻是另一道風景，他一連經過十個店面，一半以上是房屋仲介。那些房屋的價錢全部都過千萬港幣，有些叫價達三千萬。有幾個特別寫上「移民急讓」的字眼，但也只是便宜一、兩百萬。

那個Max再次作弄他，這條大街上的餐廳只比高街稍微便宜，但不是特別便宜。

幸好他找到麥當勞，本來以爲光顧這間全球化的連鎖速食店不會有閃失，沒想

---

21 屯門色魔：一九九二年四月至一九九三年八月犯下姦殺案的連環殺手，受害女性達十三人，其中三人被殺。犯案地區包括屯門及土瓜灣。

到裡面幾乎所有食物的名稱和台灣的都不同，像台灣的「麥香魚」，香港叫「魚柳包」，台灣的「大麥克」，香港叫「巨無霸」，不過，最大的衝擊是……沒有他愛吃的「義式烤雞沙拉」。

12

一年後熊小姐再聯絡Max，說找過很多人幫忙，但仍然找不到答案。這在他意料之內，但教他意想不到的是，她需要他再出手相助，不只願意付雙倍的調查費，也會從台灣找一個懂貓語的專家來香港。

Max理解她的理由。人只要瀕於絕望，就會做出奇奇怪怪的事來。身患絕症的人，會花幾十萬找師傅點燈續命。年過四十的男女急於找另一半會請鬼仔。在經濟窮困的國家，國民會被政客的巧言令色送上滅亡之路，如二戰前的德國。騙徒針對人性的軟弱進行欺騙，在人類歷史上，跟娼妓和間諜同屬古老的行業。

Max雖然沒有陷入絕望，但一樣有人性弱點：既然客戶願意付雙倍調查費，他很樂意再奉陪。

於是他又重新展開調查，希望找到新的線索，沒想到只是挖出更多疑犯。

熊先生雖然退休，但不管吃飯或者光顧社區的小店，出手都很闊綽（大概覺得年紀大了不用省錢）。說不定他曾經借過錢給街坊，對方還不了錢而把熊先生殺掉。

只要和錢有關，就能衍生出很多理由，也能吸引很多潛在的罪犯。

Max又聽說，有些人會抓黑貓進行虐待或邪教式獻祭，所以香港愛護動物協會在萬聖節前夕的兩個月內不會開放黑貓讓人領養，其他組織也有此限制（黑貓本來就很少人領養，也是最多人棄養的顏色，原因是很多人希望養貓可以拍照放閃，但一團黑色的動物根本不上鏡）。剛好熊先生就是在十月中意外身亡，所以說不定他的死與邪教有關。

以上每一個動機都言之成理，但任何案件如果線索太多，就無法查下去。浩園[22]在多年前有近三十塊墓碑遭惡意破壞。涉事者可能只想破壞其中一塊，但同時破壞其他二十多塊去模糊焦點，令警方根本無法鎖定調查方向，也無法查出涉事者的身分。這案至今仍然懸而未破。

不過，Max無法忽視熊先生的死可能只是很單純的家居意外。老人昏倒後，經過的人不單沒有報警，反而膽大包天入屋搜掠，就是這麼簡單。

22 浩園：專門安葬殉職香港公務員的墓地。

家居意外的死亡率長期被忽視，因跌倒而斃命的人數高過很多人的估計。接近10%的溺斃意外，是在家裡發生，大部分是浴缸，死者只是在浸浴時閉目養神，不小心睡著。

死亡並不需要太多想像力，只要大家輕視和粗心大意就可以完美達陣。

現在懂貓語的專家來了，熊小姐指派給他的任務也出現變化，除了調查外，也要判斷貓語專家有沒有騙人。

Max沒有告訴熊小姐，他一直希望能夠近距離觀察詐騙集團的運作方式。萬一哪天他無法再勝任偵探，仍然有另一個謀生的本錢。

13

巫真沒想到自己在香港重獲自由的第一餐，是在不見天日的麥當勞地下室，和幾個穿校服的小學生比鄰而坐。他們用捲舌的普通話交談，教他忘記自己身處香港，但也不是在台灣，感覺怪誕極了。

幾乎所有吃完東西的顧客都不會清理托盤，而是留在原位。新來的顧客只好幫忙清理上手留下的垃圾。巫真細嚼慢嚥，目睹坐在同一座位的三個不同年齡層的顧客都在做同一套動作，覺得這個畫面很有象徵意義。

離開麥當勞後，他從西邊街路口往下走。相比繁華的高街，這裡很多店面都招租。他穿過高街、第三二一街，愈往下走，路愈髒。途人愈來愈多，但衣著愈不光鮮。最後抵達雙線行車的皇后大道西就沒再往下去，而是往東走。即使這是最繁華的大街，仍有不少店面招租。他終於見識到官方的旅遊網站不會宣傳的香港。

他在東邊街路口再次挑戰自己的腳力，往山上走，同樣叫苦連天。抵達佐治五世公園時，那些貓一樣遠遠見到他就跑得老遠。

他這個吃力不討好的移動方式，是把自己當成一隻貓去思考。在西營盤這個人多車多的社區，貓不會貿然穿過車水馬龍的雙線行車路，即使在晚上也不會冒險。那些馬路已經為貓建立了一堵巨大的圍牆，把牠們囚禁在這個社區裡。假設沒有人把那隻白貓從這個社區移走，牠也不可能憑一己之力離開，只會留在這個社區裡。

而從這些社區貓對陌生人的反應，他非常肯定，這裡曾經有個虐貓狂徒活躍。受過傷害的貓，或見過同伴受傷的貓，把慘痛的經歷或見聞透過口耳相傳的方式傳給一代又一代的貓。

14

晚上六點，夜色從白轉黑，巫眞在西營盤地鐵站C出口和Max會合。

雖然才幾個小時不見，但Max一臉倦容。巫眞沒問他去了哪裡、做過什麼，這種套交情的行爲他本來很樂於做，但來到香港後就失去興趣，覺得冷漠才是在這個城市的生存之道。

兩人沿C出口側的西尾道階梯走下高街，遠遠看見一隻虎紋貓往佐治五世公園走過去，像是回去休息，明顯違背野貓晝伏夜出的習性，再次證明這些貓在夜裡沒有安全感。

兩人踏足公園範圍時，群貓再次提高警覺，在微弱的燈光下像動物大遷徙般奔走，巫眞在台南時也沒見過多少次這種大場面。

「這就是全部貓嗎？」巫眞睜大火眼金睛問。

「我不確定，應該是吧。」Max答得懶洋洋。

「沒有一隻是白貓。」

「怎可能看出來？」

「我是看貓的專家。」

不能讓這些貓跑掉！巫眞追上去，用貓語呼叫。這動作在白天做太矚目，只能在夜色掩護下進行。

其中一隻雜毛貓的身軀像觸電般抖動了一下。這種反應在第一次見識人類會講貓語的貓身上很常見，巫眞已習以爲常。

「你是什麼人？」那貓沒有坐下，而是用四條腿站著，方便加速逃跑。

「我叫巫眞，從很遠的地方來。」

巫眞沒有一開始就道出自己此行的任務，面對異地的貓，最好是先打好關係。

Max看著這一人一貓的奇怪互動，覺得是平常不過的玩貓。這人能讓貓停步應該是用不知什麼馴貓的本領，起碼Max就不懂。什麼講貓語的本領根本是騙人的玩意。台灣人善良，很好騙。香港人就不一樣，自小就看黑幫片和《警訊》[23]長大，深知江湖險惡，不容易上當。

那貓走後，Max馬上問巫眞：「你跟那貓講什麼？」

「牠說好久前見過你。」

Max慶幸口罩遮掩自己的冷笑。這種蠢話和玄學家在運程書裡那些玄之又玄的預測一樣，只要腦補就會覺得言之有理，願者上鉤。

二十一世紀怎還會有人相信這種事情？

不料巫眞又道：「你上次離開時踩到狗屎。我問貓這裡不是禁止狗進入的嗎？牠

23 《警訊》：香港電台電視部與香港警務處警察公共關係科合作製作的電視節目，作爲警民合作的橋梁，自一九七三年起播放，直至二〇二〇年八月結束。

說天還未亮時有人會偷偷進來遛狗。」

Max一向冷靜，不會輕易嚇到下巴掉下來合不上，但這時不禁驚駭莫名。巫眞的話全對。那天他踩到狗屎只有天知地知，還有貓知道，現在連巫眞也知道。

雖然他不想相信巫眞懂得貓語，但巫眞的話無法用其他方法解釋。這不是障眼法也沒有道具，完全貨眞價實。

Max出入罪惡世界如入無人之境，一向自詡爲實用主義者，相信事實勝於雄辯，不要感情用事，不要讓個人主觀感受凌駕客觀事實。

就算他不知道貓語是怎樣學怎樣說，如同他不懂藍牙的技術細節但不代表藍牙是假的，只好當貓語是眞的來處理。

「你打算下一步怎樣？」他馬上調整問題。

「雖然這裡的居民會餵貓，但貓對人仍然有高得異乎尋常的戒心，不願向我打開心扉。我肯定這個社區出現過虐貓狂徒。」

換了是以前，Max會被這種蠢話逗笑，但確定巫眞的本事是貨眞價實後，他不禁急起來。

「那怎辦？」

「我要找一隻德高望重的貓爲我說項，讓牠們相信我。」

「怎樣的貓才算得上德高望重？」Max幾乎想問是否上過媒體接受過訪問的名貓

才符合資格。

「貓科動物有社會階級，最高階的地位不是由家族遺傳，而是在戰鬥裡由強者奪得，這是街貓的規則。不過，貓是很聰明的動物，也講理性。一隻見識多的貓，會獲得崇高的地位。你們這裡有沒有誰養超過二十隻家貓？那隻貓如果能脫穎而出成爲領袖，一定有牠的本事，可以和這裡的貓溝通。」

「我懂，你要找的是alpha male[24]。可是在香港這個連住人也不容易的地方，誰會養超過二十隻家貓？」

這本來就不是一個單純找貓的case，可是誰會想到，連找貓的部分，也複雜到難以想像。

Max舉頭四顧，重重嘆了一口氣，即使隔著口罩，連巫眞也能感受到那份無奈。

Max的手指在電話上飛舞，發出一連串短訊後才抬頭。

「我們去吃飯吧，運氣好的話，在前菜送來前就有回音。」

離開公園後，Max忍不住去看鞋底，確定沒有再踏到大便。

24 alpha male：在社會群體中居領導、強勢地位者。

15

Max帶巫真去高街一間高級餐廳，侍應安排他們坐在半露天的位子，氣氛很悠閒，和在酒店房間看下來如螻蟻般的人群帶來的繁忙感覺，有很大落差。

巫真點和Max一樣的晚餐，索價三百九十八元，另外要付10%服務費，貴得令人咂舌。要不是發現附近有價錢合理得多的餐廳，熊芬給他的每日薪金很有可能全部都花在飲食上。

前菜送來後，兩人脫下口罩，巫真相信Max在網路上見過自己的容貌，自己卻是第一次看清楚Max。他的臉很瘦，也非常滄桑，像從小開始在街頭打滾和打架，就算是現在，也不怕用拳頭解決問題。巫真對他年齡的估計從三十後段調整到三十出頭。

「我小時有個親戚住在這個社區，」Max娓娓道來，「所以我來過好幾次。這條街以前有很多車房（小型汽車保修中心），後來香港島的地鐵延伸到港島西，店舖業主看準這裡人流會增加，在通車前大幅提高租金，把車房和其他有本土特色的老店和小店逼走，換來這些吸引遊客的貴價高檔餐廳。這種『士紳化』雖然讓整條大街洗去以前那種陳舊，煥然一新，變得乾淨漂亮，但高昂的物價讓社區居民吃不消，他們失去了以前那種價廉物美的小店，整條大街的社區鄰里關係被破壞。這條大街雖然位於這個地區，但並不屬於這個社區。」

Max的一番話讓巫眞改觀，這人的冷漠只是僞裝。

「可是我剛才走西邊街，發現很多商戶都在招租。」

「對，地鐵通車後，改變了人流方向。有些店雖然離地鐵站不遠，但變成人流稀少的陰街。那些商舖倒閉後，業主就很難再找到租戶。有些商店——像文具店——因售賣的商品沒有特色，以前居民出外去跨區購物，像銅鑼灣吧，需要至少半個小時，現在只要十一分鐘，因此生意大幅下跌，最後也結業收場。地鐵從其他地區帶來大量人流，也方便本區的居民離開。」

「沒想到開一個地鐵站，會對社區經濟同時帶來正面和負面的改變。」

「不過，不是所有小店結業都是被業主逼走。前面那間貴到不像樣的生蠔吧，你可以用Google Earth的Street view看到幾年前是魚蛋河店。那是老闆兩夫婦的自置物業，他們賣了幾十年河粉，以薄利多銷賺進好多錢，多到街坊想像不到。他們不只默默累積了幾百手港交所的股票，還手持十多個物業，每月租金收入數十萬，早已財務自由，生活無憂，賣魚蛋河只是過日辰（打發時間），但爲求賺進更多銀兩，他們把舖位以高價出租，於是魚蛋河店變成酒吧，後來又變成卡巴店、漢堡包店，兩年前租給現在這個生蠔吧，全部都不是這裡的街坊會去光顧的食肆。街坊臭罵這兩夫婦，說他們在這個社區賺大錢後貪得無厭，沒有回饋街坊，還害這個社區失去唯一的粉麵店。現在高街的居民要吃一碗河粉，就要光顧下面電車路的來記麵家[25]，那兩父子有骨氣很多，力抗發展商收購，堅持賣雲吞麵。」

「可是要那對夫婦賺了大錢後繼續賣粉麵，也是強人所難。」

「他們可以聘用伙計做侍應，找店長去管理，反正他們有資本引入現代化管理，或者把業務轉讓給其他人接手。粉麵店在本區有很大需求，不愁沒生意。」

巫眞雖然懂貓語，但沒有生意頭腦。Max同樣是私家偵探，但知識層面比自己豐富很多，特別是在街頭累積的社會經驗。

由於身處高街，他們無法談案情，巫眞也無法向Max打探太多私事。他等侍應把主菜送上來時，思緒才回到現實，發現餐廳幾乎坐滿，一半以上的客人是外國人。

Max很快發現巫眞的眼神所在。

「西營盤一向有很多外國人聚居，在開通自由行[26]後，外國的奢侈品牌來香港開旗艦店，就是在尖沙咀、中環和銅鑼灣一個月租金兩百多萬的那些名店。這些業務背後須要幾百人坐在辦公室裡去營運，總公司會派自己人來出任這些肥缺。說是肥缺，是因爲你不必打多少廣告，來自中國大陸的客人都會擁來光顧。公司業績視乎自由行的人數，而不是你花費多大力氣。這些品牌以法國人居多，於是，香港就成爲全世界法國僑民的最大聚居地。他們主要住在港島北部，像中環的SOHO區、上環和西營盤這裡，甚至稱西營盤作小巴黎。不過，他們活在自己的法國人社群裡，對香港文化不感興趣，喜歡香港的理由，是不必適應本地文化，和很明顯的，外國人優越感。他們出手闊綽，很受做外國人生意的商家歡迎，但很討本地居民的厭，因爲他們把自己在外國的生活方式和習慣帶來香港，像三更半夜喝醉後會在街上狂歡或者大廈天台高聲喧譁，可惜警方除了勸喻，也奈何不了他們。」

「你對這些外國人毫無好感。」

「不，我只是覺得，任何人在外地居住，都需要尊重當地人，適應當地文化，不管是外國人來香港居住，或者香港人移居去外國也一樣，否則只會神憎鬼厭。你問這些外國人，他們能否容許不會講他們語言的伊斯蘭教徒或東歐人在他們的家鄉聚居？歐洲右翼爲什麼在最近十年聲勢浩大？做人不能雙重標準吧！」

巫眞沒想到這個方圓只有不到十條街的倚山小社區，背後發生這麼多事。不過，壓在這個山坡上的全是密不透風的高樓大廈，居民數量遠不是台南同樣面積但房子不過四層的社區可比。

---

25 來記麵家：來自科幻小說《人形軟體》的虛構雲吞麵店，其後再出現於陳浩基的推理小說《網內人》。

26 自由行：指二〇〇三年實施的「港澳個人遊」。

Max在九點前仍然沒有收到回覆說有人養二十隻貓，輕輕搖頭，只好結帳。

巫眞離開餐廳後，踏足高街時，他看到的不只是一間挨一間的店面，還有社區發生過的事、金錢的流動、人際關係的離合和出賣。

兩隻貓在店外冷冷注視他，並沒有和他講話，但和他交換眼神後，就奔向佐治五世紀念公園。

「你要不要追過去？」Max問完，又抬起鞋底看。

「不用。牠們不是有話想跟我說，而是監視我。」

16

Max回到家，讓電腦喇叭大聲播放貝多芬的《大賦格》、自己坐在馬桶上時，才用平板登入Telegram的虐貓群組。

自從熊小姐在兩個星期前聯絡他，他就開始以漁翁撒網的方式進行調查，只要能找到明確的調查方向，就可以瞄準方向收網。

這種調查方式並不是正常的做法，所以費用由他自己吸收，沒有報帳。

他付出眞金白銀加入好幾個變態群組。有些售賣套裝，每個包含一百條不堪入目的影片，從背景聲音聽出是來自世界各地，可能是從暗網收集得來。

直到一個星期前，他才找到這個「我們愛貓，打者愛也。香港加油！」的群組。

影片裡不見容貌的男人和女人都講流利廣東話，不是廣州人或澳門人講的廣東話，而是香港人講的港式廣東話，夾雜英文和最新的潮語。

幾天後，他由一般會員upgrade上鑽石會員。

身爲尊貴的鑽石會員，服務也是鑽石級，可以指定目標。

「你知不知道西營盤第三街士多的店貓？」Max問。

半小時後，他才收到回覆。

「我們找不到網上的資料。你可以提供嗎？」

那間士多位處第三街的陰街，店老闆粗口爛舌，態度惡劣（「唔好影我隻貓呀！仲影？打鑊你㗎！」[27]），不管區內居民和區外客都不會光顧。這是一個不缺錢的老人，開店來招呼其他除了抽菸、賭馬和講髒話以外，沒有其他人生目標的老人。那隻被迫吸二手菸的可憐店貓並不出名，在網上沒有資料，只有少數街坊才認識。

不過，如果你是針對貓的連環殺手，不會忽視區內任何貓，特別是，那隻可憐

27 粵語翻譯：「不要拍我的貓！再拍？我打扁你！」

貓的名字很獨特，叫「粉腸」[28]（「粉腸你唔好亂食嘢，呢頭好多老鼠藥，毒撚死你呀！」[29]）。

Max無法斷定這個集團（人數可能只有一人）眞的不知道「粉腸」，或者假裝不知道，但照計畫把偷拍粉腸的照片傳給對方。

「我們會派人去打探，一星期後回覆。」對方回答。

如果最後發現這人是一直用貓舍來作掩飾的鄭小姐，並不會教Max意外。

17

巫眞離開餐廳後，沒有去著名的太平山頂看城市的夜景，而是去般咸道的便利商店「參觀」。裡面小得可憐，大概只有台南店的四分之一，沒有洗手間，沒有座椅，沒有ibon的機器。貨架上的商品也乏善可陳（沒有水果、沒有日本零食、沒有３Ｃ產品，雜誌少得可憐，連一本書也沒有）。

這個缺少很多便利商店必備元素的商店，根本沒有資格自稱爲便利商店。

香港一切都很方便，一個小社區裡可以擠進很多不同商店（即使非常同質），在住宅大樓樓下就可以找到便利商店、超市、簡餐店、銀行、牙醫、時裝店等，但這是犧牲居住空間和生活品質換來。

雖然他住在台南那種鄉下地方，但擁有很舒適的空間，最起碼，他可以養過百隻貓，那些貓也可以自由活動。

在西營盤，舉頭的天空幾乎只有一道縫。他無法想像在這座山城裡居住。

18

Max小時被親戚家養的貓抓傷過，在大腿留下五吋長的抓痕，差不多半年才消退。

他沒有從此變得怕貓或討厭貓，只是沒有好感，偏偏有一半朋友是貓奴，也沒想到有一天要和貓打交道，結識會講貓語的人，甚至要去一間貓書店找救兵。

貓書店位於北角一間地庫商場，朋友說她以前會特地從位於天后廟道的中學走過去買書，找書，也順便看貓，從此對貓上了癮，只是對貓毛有輕微敏感，所以無法在

28 粉腸：在粵語裡，是髒話「撚樣」的諧音。「撚」即「雞巴」。「撚樣」的意思則接近「雞巴樣」。

29 粵語翻譯：「粉腸你別亂吃東西，這裡很多老鼠藥，會他媽的毒死你！」

家裡養貓。書店老闆很健談，會在店裡放古典音樂，但不喜歡客人去騷擾貓，也不會以貓爲招徠。

「在台灣的連鎖書店來香港開店前，這間貓書店是全城最有文化的書店。」朋友補充道：「我對古典音樂的認識，有一半來自於老闆。我本來只會聽貝多芬、布拉姆斯、布魯克納、馬勒等音樂家的交響曲，是他教我欣賞蕭士塔高維奇[30]的作品。」

Max不懂交響樂，只聽弦樂，特別是貝多芬晚期弦樂四重奏，讓他回家後能卸下在工作時沾到的煩擾，淨化心靈。

地庫商場的樓梯每一級都很窄，Max步下時一步一驚心。商場地庫除了書店外，也有遊戲機中心、美容院、髮型屋、補習社、水族館等商店，都是顧客黏著度很高的店。和其他商場不一樣的是，十幾隻貓在商場裡大模厮樣遊蕩，彷彿牠們是在草原上行走的大型貓科動物。愈接近書店，貓的數量愈多，像古惑仔一般分布在自己地盤的勢力範圍內，嚴禁其他古惑仔接近，包括他這個人類古惑仔。

書店老闆馬先生長得圓圓胖胖。在身後的老照片裡，他年輕時是個玉樹臨風的瘦子，和不同女性朋友合照，說不定以舌粲蓮花和見識誘騙過不少女性。

「我們這裡有二十多隻貓，會自由活動，不會滋擾客人，也不會亂大小便。地庫商場附近有十幾間食肆，有些沒好好管理廚餘，居民投訴他們養老鼠。幸好這些貓鎮守商場，令鼠患絕跡，所以管理公司和其他商舖都放任這些貓自由活動。我的貓也很守規矩，不會亂進人家的店舖，不過，有些店長會餵零食給牠們，我教他們不要把我的貓變得肥美。」

雖然說這些貓很守規矩，但兩隻貓看到Max時，就自動走來挨在他腳邊。

「牠們很喜歡你呢！」老闆蹲下來和牠們交換眼神。

Max笑不出來。朋友說他對陌生人沒有笑容，讓人覺得難以親近。Max辯稱自己是私家偵探，不是男團成員，要這麼多笑容做什麼!?

「哪隻是首領?」Max不喜歡慢吞吞的開頭，既然馬先生已經知道他來的理由，就沒道理不盡快進入正題。

馬先生指向一隻趴在書架頂上睡大覺的黑白雙色大胖貓。

「黑格爾[31]。」

牠雖然聽到主人呼喚自己的名字，但睜開眼睛看了他們一眼後又閉上。

「你看牠這反應就知道牠自視多高。」

30 蕭士塔高維奇：Dmitri Shostakovich（1906-1795），蘇俄時期作曲家，畢生作品幾乎都在回應當時的政治環境，於不同創作階段獲蘇聯政權的嘉許或批判。

31 黑格爾：即G. W. F. Hegel（1770-1831）。

「黑……黑格爾是什麼意思？」

「他是德國哲學巨擘，因爲這貓小時喜歡趴在叔本華的《作爲意志和表象的世界》上面。叔本華是另一位德國哲學家。」

「爲什麼牠不叫叔本華而是黑格爾？」

「叔本華太悲觀了，既然是黑色，就叫黑格爾。」

Max覺得這種取名方式毫無章法，也對這些知識分子爲貓起個名字也要取典的做法很不以爲然。就算取成周星馳，那隻貓也不見得會搞笑。

「黑格爾雖然大隻，但你怎會覺得牠是首領？」Max本來想說這貓根本是痴肥。

「別看牠這樣，牠身手很靈活。我們這店大部分都是熟客。生客這幾年愈來愈少，就算有，一半是來拍貓而不是看書，那些我都會趕走。」老闆指向頭頂那個閉路電視，「我們自從去年開始就用電子支付，但有些老讀者仍然喜歡用現金。不過，我們書店被人爆竊（入屋行竊）往往不是爲了偷錢，而是偷書。金庸的書一直都是搶手貨，以前黃易的書一樣也是雅賊的目標。雅賊偷書是拿去賣，最近幾年已經很少這情況，是偷來自己看。不過，最過分的一次，是有人偷我的日本版卡拉揚貝多芬全集，是他六十年代的版本和伯恩斯坦的ＤＧ版馬勒全集。老實說，我實在不懂已經有串流了，爲什麼還要偷ＣＤ？」

Max中學畢業了很多年，不會輕易被他們的話帶去遊花園[32]。

「黑格爾做了什麼?」

老闆從抽屜裡拿出幾張彩色連環定格的printout，黑格爾像一隻黑豹般從書架頂撲出，降到那人身上，貓爪在他手臂上刮出血痕。那人二話不說，落荒而逃。

「這樣的壯舉牠做過三次，最後一次已是三年前，讓我們書店從此沒有雅賊光臨。」

Max回望那團巨大的肉球。果然眞貓不露相，露相非眞貓。

19

「要不要我接你?」

「不用，我一個人就可以搭地鐵去炮台山。」

巫眞根據Google Maps順利抵達地庫書店。他沒想到在這地方竟然有幾十隻貓。只有內行人才看得出，這裡的貓擺出和他在台南老家的貓一樣的陣勢。在樓梯兩邊的是門神，後面有三隻貓在巡邏，在第三排又有六隻負責看守，這十一隻貓組成三層嚴密

32 遊花園：在香港指說話繞來繞去、答非所問，含有「耍」的意思。

的防線。

不過，和他家的情況不一樣，書店的貓陣並不是要防止其他貓接近，而是回到最基本的防鼠。

書店老闆馬先生對他的本領沒有懷疑，果然愛貓的人不一樣。有哪個愛動物的人會不希望能和牠們聊天，教牠們聽話，甚至幫忙做簡單的家務？可是，他們一點也不理解，能和動物溝通是一回事，教牠們做事是另一回事，特別是貓，其實一直反過來希望人類能配合牠們的活動。

這群貓的老大是隻目測八公斤、叫「黑格爾」的胖貓，癱坐在一個矮身書架上，帶著不懷好意的眼神。

牠對人類給自己取這名字完全無感，群貓都尊稱牠為「老大」。這是上任老大走後，由新貓繼承的名字，也毫無創意。

老闆知道巫眞要黑格爾幫忙做什麼，可是黑格爾不懂人言，須要巫眞說明。

幸好，牠認為能擔任這個任務非常光榮。

「我可以幫你忙，反正我好久沒離開這書店。」牠在書店裡過夜，只在看醫生時才會離開，「但我有個條件，我想以後多曬太陽。」

巫眞把貓語翻譯成人話後，老闆聳肩。

「就算我把牠帶回家，家裡也沒有陽光。香港住宅的窗口都只對著人家的窗口，看到人家的客廳，但看不到天空。」

巫眞把人話翻譯成貓語，黑格爾露出很不高興的表情。巫眞可以欺騙牠，但欺騙動物這種事他做不出來。動物和人類一樣會傷心，被騙後會失去對人類的信任，跟被人類傷害身體一樣嚴重，也跟人類被其他人欺騙感情沒有兩樣。

「牠會襲擊人類嗎？」Max問。

「開玩笑，牠是本店店長，也是鎭店之寶，性格溫馴，情緒很穩定。」老闆答，「比《逃學威龍》裡那把『善良之槍』更善良。」

周星馳的電影是上一代的集體回憶，但如同四大天王和金庸武俠電視劇，對Max來說已經是好幾個世代甚至石器時代前的產物。他端詳黑格爾良久，最後道：「如果一個月一次的話，我可以幫忙。我家的窗台可以曬到太陽。」

Max的答覆出乎巫眞意料之外。一個月一次，以黑格爾的健康狀況，這個曬太陽活動說不定以後還要持續五年，也就是六十次，不是一個能輕易答應的承諾。

「怎能麻煩你？」巫眞問。

「我和你一樣領了一筆不小的調查費。既然你要回台灣，做這事的不是你就是我。你問黑格爾同不同意？」

其實不用問就知道，黑格爾沒有反對的理由，發出咕嚕咕嚕的叫聲。

黑格爾那關不難解決，沒想到最後拖延兩人一貓的，是老闆。他把握最後機會，要巫真幫忙和群貓溝通，包括教幼貓們注意紀律，不要打架，餵藥時不要抗拒……

Max很不耐煩，瞄到靠近門口的書架上，有本書叫《先讓英雄救貓咪》（*Save the Cat!*）。他順手拿來看，希望尋求「救貓」的靈感。

可是書裡面一張貓的照片也沒有，內容也和貓完全無關。

老闆在給巫真指示時，分神對Max說：「我也以爲是和貓有關的書，幾乎想直接歸類在寵物書類別。沒想到是編劇教科書。」

「編劇跟『救貓咪』有什麼關係？」

「如果你要讓故事的主角給讀者留下好感，就要在故事開頭讓他像英雄般做一件好事，像拯救遇上麻煩的貓咪。」

Max把書塞回書架上那窄得只剩一道縫的空間後，發現被老闆糾纏不清的巫真才是眞正需要拯救的一個。

老闆不用他們付錢租用黑格爾的服務（法理上黑格爾屬於老闆的私人財物），卻要指使巫眞提供一大堆在外面付錢也買不到的服務。果然，免費的才是最貴。

「不過找隻白貓，竟然這麼大陣仗！」Max告訴自己，以後別接和貓有關的工作。

貓群走過去。

黑格爾離開貓籠，伸了個懶腰後，就扭著大屁股，以不急不緩的速度向樹底下的

Max盯著牠的背影問：「有沒有擔心這貓只是騙我們去獲得自由？」

巫眞搖頭。

「動物極少騙人，這是我們喜歡動物的理由。而且，以黑格爾這體型，也就是食量，成爲流浪動物的下場只有死路一條。」

黑格爾走進社區貓堆裡聊了很久，久到Max不耐煩地問巫眞：「牠們還要聊多久？」

「不知道，無法催促牠們。」巫眞再次確定，那群貓裡沒有一隻是全白的貓。

「我去抽根菸。」Max道，不過，巫眞不認爲這個身上沒有菸味的傢伙眞的跑去抽菸，而是找藉口開溜。

巫眞看著那些貓圍繞黑格爾，但沒有敵意。就算貓咪也知道，這種胖貓唯一的武器並不是爪，而是龐大的體型，只要被撞中就會暈頭轉向，千萬不要接近。

Max「抽完菸」回來，已是二十分鐘後。他看到群貓仍在「開會」便皺起眉頭。

「我知道動物沒有時間觀念，但這場會議未免久得過分。不管貓的一歲等於人類的八歲或十歲，按時間比例，牠們已經開了半天的會。」

「貓開會不追求效率。黑格爾是外來貓，要打進這個貓圈子本來就不容易。」

巫真本來只是盯著那些貓的互動方式，但被一直看電話留意時間的Max感染，最後也在留意時間。

一個小時後，群貓開完會，黑格爾領三隻貓回來，後面再跟著十幾隻。巫真身為貓社群的專家，聚焦在前面那三隻，左右是保鑣，中間那隻才是主角，從步姿看來，是西營盤這群貓的首領，alpha male。

牠是一隻「金被銀床」。這是古籍《相貓經》[33]的說法，用來形容身體是黃色，而肚子是白色的貓咪。

牠不是他們要找的白貓，但巫真看到牠那雙藍眼睛時，登時明白了。

「牠就是了。」他對Max道。

「我們要找的不是白貓嗎？」

巫真很想說，偵探這行業不是單靠推理頭腦和人脈就可以勝任。如果對調查的領域沒有基本的知識，花十年也找不到。

「那隻根本不是白貓，而是暹羅貓。這種貓由於基因突變，負責生產黑色素的酪氨酸酶於高溫下變得不穩定，因此毛髮顏色會隨環境氣溫而改變。沒有一隻暹羅貓長大後會和幼貓時一模一樣。這隻比較特別的是，長大後變成虎紋貓。」

「竟然！」Max說得冷靜，但難掩話中的詫異。

「這種基因決定毛色的情況，也在三色貓身上顯現，牠們百分之九十九點九九是母貓。不熟貓的人會覺得不可思議，但對愛貓人是常識。熊小姐收到她父親訊息說照顧一隻白貓嗎？」

「對。她給我看過那條短訊。」

「這就怪了，他怎可能不知這是暹羅貓？實在說不過去。」

貓首領坐在巫眞面前，圍繞牠的貓並沒有坐下，始終對這個會講貓語的人類保持戒心。

巫眞向貓首領打招呼，「抱歉打擾你。」

巫眞從來不會因爲自己是人、對方是貓，而有高下之分，對方貴爲一幫之首，就更不能失去尊敬之心。

「會講貓語的人，沒親眼見到實在難以置信。」貓首領平靜地道，是見識過風浪的胸襟。

黑格爾退到一旁，雖然同是alpha male，但從氣勢看來，貓首領是alpha male中的alpha male。

33 《相貓經》：清朝咸豐年間黃漢編著的《貓苑》，是中國首部關於貓的著作，輯錄古代已失傳的《相貓經》。

貓首領向巫眞講出眞相，爲免打斷，巫眞聽完全部，才翻譯給Max聽。Max經過昨天的考驗，已對巫眞的貓語能力深信不疑，但要Max相信一隻貓講的話，卻是另一回事。

貓首領本來是隻流浪貓，被一個男人在街上撿到後，帶到熊先生的家。那家裡有其他貓，熊先生會用很粗暴的方式從籠裡把貓一隻隻抓出來，塞進貓籠裡，交給其他人。

有些貓反抗，咬熊先生的手指，熊先生會用力把貓投擲到地上，把貓殺死，或者踢死。

那天貓首領趁熊先生沒關好貓籠時逃走，熊先生追貓時在梯間跌倒不起。貓首領見大門沒關好，回去把貓籠打開，釋放其他貓。牠們後來加入社區的貓社群，把熊先生的暴行告訴其他貓。

那天貓首領拯救了六隻貓，其中兩隻現在成爲和牠出生入死的保鑣。

Max和熊小姐一直沒有老實跟巫眞講熊先生死亡的正確地點，就是新聞也沒有提到，只報導死在屋內（警方發放消息的慣常手法，用來辨別眞正的凶手），沒想到貓首領透過巫眞的口說出來。

「我相信那隻貓講的話，但不代表熊小姐相信。」Max道：「就算熊小姐相信，也不代表其他人相信。」

「那她又從台灣找我過來？」

「你來香港不是沒有意義，起碼提供我調查方向，縮窄了調查範圍，否則我仍然大海撈針。」

「你有方向？」

「當然，熊先生電話裡的內容很有可能是關鍵。」

「你們沒有查過他電話嗎？」

「他電話不見了，應該是被入屋順手牽羊的小偷拿去。幸好他用iPhone，那些影片可能同步到雲端上。」

「那就登進去呀！」

「我沒有他的登入帳號和密碼，但我不認爲老人的記憶力會好到能記住幾十組帳號和密碼。」

21

Max和巫眞在第二天一大早七點闖進熊先生的家。時間很講究，他們不能開燈或用手電筒，只能用日光，所以在下午四點前就要撤退。

翻查雜物，特別是堆積如山的舊報紙和舊雜誌，並不是Max孤軍作戰和沒有把握時會做的厭惡性工作，但兩個人一起開動馬力進行搜索也不見得有結果。兩人花了四天也找不到什麼，最後交換搜索範圍，Max在一疊發黃的《蘋果日報》裡找到很多組戶口和密碼，其中一組旁邊畫了個像「占」字的蘋果。

要登入蘋果的雲端iCloud裡，須要啓動雙重認證，iCloud會發「一次性通關碼」到iPhone登記的電話號碼上。

熊小姐一直保留那組電話號碼，那張ＳＩＭ卡就在Max手上。Max回去巫眞的Airbnb，把ＳＩＭ卡插進隨身攜帶的第一代iPhone SE空白電話裡，讓Wi-Fi把iCloud上的內容以高速灌進去。

整個過程不用半個小時就完成。

iPhone SE的螢幕雖然只有四吋，但對虐貓影片沒有興趣的人來說已經太大了。Max出於職業需要，看畢五條十分鐘的短片，不到片庫的二十分之一。雖然這些片是誰拍的無法確定，但正常人根本不會在電話裡收藏。

巫眞只看了開頭就無法看下去。

「慶幸那傢伙死了，果然『正義或許會遲到，但絕不會缺席』。」

「那句話是我聽過最好笑的笑話之一。」Max忍不住潑冷水，「首先，遲到的正義，等於否定正義。死掉的人不用面對任何懲罰。第二，我的經歷告訴我，正義缺席才是常態。第三，我們找到眞相，但不代表解決問題。我和你在這次調查最麻煩的任務，現在才正式開始。」

巫眞不喜歡Max（或者說香港人）這種不拐彎抹角的說話方式，但不得不承認，自己在台灣的經驗，無法用在今日的香港。這種直白反而讓他面對現實，沒有不切實際的幻想。

22

第二天，熊芬來到Airbnb時和顏悅色，大剌剌地直接坐在二人梳化上。

巫眞和Max交換眼神，這是暴風雨前的寧靜，她等下就要從死火山變成活火山。

Max說這種調查結果一定要面對面說，否則客戶會質疑，但他們要有心理準備客戶會情緒失控，大吵大鬧，機率和太陽從東方升起一樣高。

巫眞只好站著報告他的調查發現，Max沒有打岔，但熊芬的臉色愈來愈難看。

「眞是離譜。貓講的話怎可以相信？」

幸好Max給巫眞打了底，所以巫眞對熊小姐的態度變化並沒有太大驚訝，心想妳找我過來時，就是相信我的貓語能力，但不能用這種直白的方式頂回去，只好說：

「貓很少講大話，就算講我也看得出來。」

熊芬沒有理會巫眞的話，而是直視Max，這個她安排去監視巫眞的私家偵探。

「你相信他的話嗎？」

Max點頭。

「每一個字我都沒有懷疑。他和貓首領講話時我就在現場，貓首領的話也符合我的獨立調查。我在令尊的iCloud裡找到大量虐貓片，妳要不要看？」

她用漲紅的臉和顫抖的身體語言表達拒絕的立場。

Max本來期待她像港產片裡的黑社會大佬般，單臂把餐桌上的杯子、碟子和花瓶掃到地上，再把餐桌、茶几和座地燈全部推翻。他和巫眞不會害怕也不會介意，反正這間Airbnb是由熊芬付錢。

熊芬罵了一陣廣東話夾雜國語，巫眞只聽得懂：「你們兩個王八蛋連我的錢也騙，我會上網唱衰[34]你們。」她特別用食指指著Max，用廣東話罵，「你住香港，我唔會俾你有運行（我不會給你活路）。」

「我等妳。」Max不當一回事，等熊芬氣沖沖離開，他才轉去問巫眞：「你在台灣應該也碰過這樣的客戶吧？」

「當然，天下烏鴉一樣黑。我不知道被臭罵過多少遍。」

「有件事我一直沒告訴你，但你現在應該要知道。我雖然是熊小姐僱用，但也調查過她的底細。她雖然離開香港去美國讀書時是個窮學生，但在那邊發了大財，現在透過離岸公司買下那座唐樓大部分單位，只要把熊先生的單位收回來，就可以啓動

『強拍』[35]程序，把整座唐樓拆掉再重建，或者和發展商合作，謀取暴利。」

「難怪她付我這麼多錢，原來我可以爲她賺大錢。」巫真慨嘆道：「我單純地以爲她找我是爲她父親的死沉冤昭雪。」

「身爲專業的私家偵探，這種事情我見得多。雖然她沒有開口，但一直暗示我用我的方法證明這是謀殺案，包括僞造證據和找人提供假口供。她這種results-oriented（目標導向）的人不管手法多污糟邋遢，只務求拿到結果。雖然幫客戶解決問題很重要，但維持專業操守更重要，不能爲了維護客戶利益，而扭曲事情，或不擇手段。」

「那我大概知道熊小姐是怎樣在美國賺到大錢了。」

「別搞錯。她這外表沒有賣肉的本錢。她只是在外國炒賣二手樓，用她的角度去看，她是很成功的樓宇買賣專家。」

「你要不要公開熊先生的眞面目？」

「不用了。他生前刻意經營老好人的形象，不只熊小姐，連街坊都覺得他是好

---

34 唱衰：在粵語指講人家的壞話，破壞對方的名譽。

35 強拍：強制拍賣，指任何人擁有同一地段某個百分比以上的業權，可向香港土地審裁處申請強制售賣令。

人，小朋友都喜歡他。就算找到眞相，也沒有人會相信。大家寧願相信他是一個好人，一個照顧社區動物的好人。」

巫眞有句話很想說卻說不出口。這是一個找到眞相也沒有用的地方，因爲已經沒有人相信眞相。

「你回去台灣吧！」Max挽起背包，「如果你在香港再待兩、三天，我可以帶你去玩。畢竟，我不認爲你會再來香港。」

23

Max爲巫眞規劃的行程濃縮在三天內，充實得很有壓迫感。巫眞覺得這就是香港人的做事風格，不是快，而是急，就像地鐵裡的手扶梯速度快得教他這個台灣人覺得會有性命危險一樣。除了去太平山頂這個必到景點，還去了旺角、尖沙咀、中環、金鐘、灣仔等地區，又帶他去元朗、太子、將軍澳、油塘、紅磡、馬料水的中文大學（Max的母校），坐電車和天星小輪。當然，也去了巫眞指定要去的荃灣行人天橋陣（大部分台灣人不知道的詭異地方），和黑幫橫行的禮義邨[36]，瞭解香港人在公宅的居住狀況。

第三天晚上，Max帶巫眞去重慶大廈，身處南亞裔和華人混雜的環境吃正宗咖哩，聽Max講這個曾經參與低端全球化的國際知名大廈的傳奇，讓他增廣見聞，不枉此行，一如這裡的咖哩。

「天，你點的這個咖哩怎會這麼辣？」巫眞噙著淚水問。

「哈哈，希望讓你對香港之行畢生難忘。這家咖哩店的老闆下個月就會移居英國。萬一香港再爆一波疫情，政府又會封殺堂食，很多餐廳都會倒閉。他不打算冒險。」

巫眞在近乎平行宇宙的台灣只經歷過兩波疫情，已經要用苦不堪言來形容，無法想像香港人經歷過四波。

「你帶我在香港玩了三天，我沒見過像西營盤那樣大的貓社區，其他社區的流浪貓到底怎樣生存？」

「你以爲香港這個城市能急速發展，是以電車的速度行駛讓大家都能看到沿路風景嗎？不，它是一架在黑夜裡行駛的高速列車，除了目的地以外，你什麼也看不到，任何阻擋它前進的雜物都會被撞開。香港政府對待流浪動物的做法，就是『人道處

---

36 禮義邨：詳見〈禮義邨的黑貓〉，收錄於《偵探冰室・靈》。

理』。這是最便宜直接又快捷地解決問題的方式。老鼠和貓處於很詭異的共生關係。西營盤現在鼠患嚴重，所以那些貓仍然有生存空間。等到那些餐廳做不下去關門大吉，老鼠就會消失，社區貓也會面臨撲殺。」

想到黑格爾可以躺在窗台悠哉地曬太陽，那群流浪貓卻要被撲殺，巫眞覺得世界本質雖然不公平，但不代表他可以袖手旁觀。

24

「我明天下午要離開了。」

貓首領聽了巫眞的話，感到悲傷無比。牠習慣了自由後，已經不會再接受被人豢養，但巫眞是牠唯一認識能懂貓語的人，就算只交流一晚，卻已經讓牠認識複雜的人類世界。

人類，不再只是會從高處看牠們、只會虐待牠們的動物。

「你會來探望我們嗎？」

「也許會，但不知道是什麼時候。」巫眞向貓首領解釋全世界的人類都面對瘟疫，所以各國採取嚴格的出入境管制，像他這次來香港，就要在飯店自我隔離十四日，這件複雜的事遠遠超過貓咪的理解力，他只能用貓能理解的方式去表達。

「很麻煩，下次來不知道是什麼時候。」巫眞不確定自己是不是在撒謊。

流浪貓壽命比家貓短得多。在香港這個高度都市化、對社區動物不友善的城市，流浪貓能夠活上四年已經很幸運。

換句話說，他們這一別，再見的機會微乎其微。

貓首領露出悲傷的神情，「以後沒有人再和我們說話了。」

巫眞沒告訴牠，人類和貓不一樣，很多話是由辱罵、恐嚇、詛咒、吹捧、謊言和冷嘲熱諷組成，不聽也不可惜。

「這個社區變化很快，我擔心你們在這裡無法待得久。」

貓首領雙眼發亮，「到時我們就會被消失，對嗎？」

巫眞黯然點頭。貓和人一樣，愈聰明愈不容易快樂。

和貓不一樣的是，人會主動解決問題，有時甚至不擇手段。

巫眞提出他的解決辦法，就是讓牠們被領養，被收編，過安穩的生活。

「我習慣了自由，沒有興趣再和人一起住。」貓首領說：「但我們有幾隻貓還很小，希望牠們可以去認識世界，和享受自由。你可以帶牠們離開嗎？」

「貓不是喜歡住在固定的地方嗎？」

「是這樣說沒錯，但如果前面只有死路一條，就沒有留下來的必要。」

巫眞想起最近幾個新移居到台南的朋友，沒想到貓竟在這方面和人類想法一致。

巫眞和Max擬好計畫。Max會爲貓處理移民的準備，半年後，如果一切順利，他就會在網上找赴台的香港人託運貓咪，巫眞會把這兩隻貓收編，由香港貓變台南貓。

貓首領聽到消息後很高興，挑了一雄一雌的小貓給Max照顧，順便讓江湖經驗豐富也德高望重的黑格爾傳授「第一次成爲家貓老大就上手」的竅門。

Max自從知道貓首領的經歷後，就對這隻貓咪肅然起敬，臨走前向牠點頭致意，即使牠不懂人類的身體語言也無所謂。

「請幫我轉達給牠知道，牠敢於對付比牠強大得多的對手，比很多人類還勇敢。」

巫眞把話告訴貓首領。「牠也有話要跟你說。」

「是什麼？」

「謝謝你沒有放棄。」

25

Max在西營盤地鐵站C出口向巫眞伸出手來。

「我已經厭倦在機場和人道別，所以就只送你到這裡。」

「沒關係，我們會保持聯絡。」

「對，但面對面跟在網絡上用視訊，就像去演唱會跟在家聽串流是兩回事。」

巫眞向Max伸出手。這是他們第一次握手，就算不是最後一次，下次也許要好多好多年以後。

「你有沒有打算離開香港？」巫眞仍然沒有放手。

「這世界有些事情很難說得清。我有些朋友因政見不同而和父母鬧翻，所以一個人快快樂樂地移居外國。有些人是機會主義者，覺得香港這裡沒有前途，所以以光速逃走。反過來，也有些人無法放棄香港的高薪厚職，跑到外國就要退休，或者只能找薪水不到原有一半的工作，希望留在香港直到最後一刻，賺盡最後一分一毫。」

「你不是這三類人。」

「謝謝！我和父母關係很好，他們教育程度不高，國語和英語都不會講，無法適應外地生活，我也因此無法離開香港。」

「這不就很詭異，你不願離開父母，反而要接受懲罰。」

Max黯然地點頭。

「不過，能夠在香港活下去，如果馬斯克要找志願者去火星做永久居民，我就不會有適應困難。」

「爲什麼我住台灣你住火星，反而是你活得比我開心？」

「你隔岸觀火，不管有任何情緒，都可以找到避風港，但我就住在這裡，不保持樂觀怎能活下去？」

26

「高街士多的店貓，我們評估過，可以動手。」

「眞的可以？」

「那士多只有老闆一個人看店，店外沒有閉路電視，相連的五間店也沒有。」

「沒錯。」

「給我們三個月。」

「要那麼久？」

「那個地頭我們不熟，要仔細規劃。」

「你們不是說每區都有專人負責的嗎？」

「本來是，但兩年前那人失去聯絡，到現在我們還沒有找到人補上。很多成員也要移民。」

那人不是失去聯絡，而是死掉。這個集團不管成員有多少，肯定和熊先生有關。

Max有的是時間，也須要從長計議。現在他不是爲熊小姐工作，而是保護西營盤的社區貓，和爲牠們死去的同類復仇。

27

巫眞踏足機場離境大堂時，裡面空蕩得不像話。一切仍然很光鮮，但放眼望去通道裡數不到五個人。他推著行李在幾乎反光的地板上前行，覺得自己在這個疫情快要接近尾聲的時代來到這個城市很不尋常，這種情況說不定以後不會再復見。

直到經過其中一排專櫃前，他才發現滿滿的人群，裡面擠滿男女老幼，推的行李多得一看就知道不是旅行。即使戴上口罩，從他們的身體語言也看不到去旅行的歡欣。這幾百人裡有至少一半是來送行。很多人在擁抱、拭眼淚、拍團體照。那是一種生離死別等級的哀傷，幾百人一起哀傷，像一場大地震後倖存者哀悼家人的亡靈，是巫眞從來沒見過也不想見到的場景。

不像其他人進去禁區閘口時會停步回頭，巫眞筆直走向海關。他來到，他看到，他離開。這裡不是他成長的城市，一切都和他無關。他從很多人口中聽過關於這城市的故事、那些曾經輝煌的偉大傳奇，和在大時代下的動盪。他慶幸Max帶他到處玩，否則，他無法理解這些人的感受。

飛機一半座位被坐滿，只有少數人是和他一樣抱著歸家心情的台灣人，大部分是講粵語的香港人。有些很興奮，有些則默默無言。他無法眞正理解他們的想法，也無法理解飛機離開跑道後，他們從窗口俯視城市夜景的心情。

貓和城市不一樣，貓換過毛色，仍然是同一隻貓。這城市的夜色不變，但靈魂早已不同。

巫真不會斷言之後不再踏足這座城市，但應該在好久好久以後了，屆時西營盤的社區貓應該已經全部消失，牠們的故事也被人遺忘。

28

兩個多月後，以Omicron爲主的第五波疫情在香港爆發，全城進入前所未有的緊張狀態。港府爲保市民福祉，推出「動態清零」的防疫戰略。餐廳、戲院、圖書館等場所都要關閉。由於預視經濟在短期內無法復甦，很多商店和餐廳老闆爲免流血不止，索性壯士斷臂結束業務。

書店不必關閉，但很多人都窩在家裡不出門。長達兩年多的疫情改變了人類的生活習慣和消費模式。很多看書人仍然堅持閱讀，只是從紙本轉成電子書，或者光顧網店而不是親臨書店。

書店生意非常淡泊，很少生面孔出現，來買書的都是老主顧。除了談書，大家都會分享對抗疫情的經驗，談近況，互相鼓勵，甚至交流最近聆聽音樂的心得。這些面對面交流的分量，不是網絡書店或者討論區能取代。

馬老闆目送最後一個客人離開後，把背景的庫貝利克（Rafael Kubelík）在一九九○年回國指揮捷克愛樂樂團演出史麥塔納（Bedřich Smetana）的交響詩《我的祖國》（*Má vlast*）音量扭大，既準備關店前的點算，也在心理上支撐無數國民上戰場血戰普丁軍隊的烏克蘭人。不少俄國人根本不想打這場不義之戰，是普丁一個人想去打。爲什麼這個喪心病狂的傢伙不一個人開坦克或戰機過去？這前特工不是渾身殺人本領的嗎？

書店老闆看了一輩子歷史書，但仍然感到無助，無法預視未來的局勢發展，只知道戰爭的震盪會波及地球上每一個角落，沒有人能置身事外。

沒想到這時接到Max的電話。

「我想問關於黑格爾的事情。」

「牠發生什麼事嗎？」

「沒有什麼特別。牠一直都躺在窗台曬太陽。我想問，牠除了對付雅賊外，還有沒有其他特別的技能？」

「你期待什麼？」

「像我回家時會歡迎我。」

「那是狗才會做的事。你家有老鼠嗎？」

「沒有。」

「如果你有事情要向牠傾訴，牠會保守祕密，絕對不會告訴別人。」

「只有這樣？」

「牠也可以提供觀賞功能。」

「好的，謝謝！」

〈西營盤的金被銀床〉完

作者按：鳴謝台灣蓋亞文化授權本作使用《貓語人》系列角色。

嬰兒與貓

——夜透紫

「我最討厭貓，鬼鬼祟祟，總是不知道在打什麼壞主意。」

正被我舒服逗弄的野貓，一聽到這道充滿敵意的聲音，立即炸毛轉身竄進花叢裡消失不見。我嘆口氣拍拍裙子站起身，回頭就看到那雙像芝娃娃[1]看到郵差般充滿莫名敵意的眼睛正狠狠地瞪著我，就差沒露出牙齒從喉嚨發出低鳴。

「我倒是比較討厭狗哦。不管主人是什麼貨色都搖頭擺尾，自古以來大家都用狗來形容奴才，總有點原因對吧？」

「妳——」他一時氣結，咬牙切齒地說，「應欣怡，又是妳，這世上哪有這麼多巧合。妳該不會正要去家和樓？」

跟我年紀相約的三十多歲男人穿著便服，胸前掛著的證件說明了他的身分。發覺我正在看他證件上的文字，他更加不高興了。

「難不成妳已經忘記了我的名字？」

「近來好嗎？曾……少衷[2]督察。妄想症的症狀治好了嗎？」

「是曾少『忠』！」他滿臉忿恨，「妳走著瞧，我一定會找到證據親手拘捕妳！」

---

1 芝娃娃：即台灣的「吉娃娃」。

2 作者註：「衷」（cung1）和「忠」（zung1）兩字在廣東話讀音近似，但實際上並不相同。

字太小看不清是證件設計有問題，怪我囉。

「唉，看來你妄想症變嚴重了。你們警隊有心理醫生吧？誠心建議你去排個期。」

我同情地說畢，轉身走進家和樓。這種公屋的電梯都是兩台一組，共有三組。每組隔三層樓停泊。我走向供一、四、七……到三十四樓使用的那組電梯，剛好有一台到地面樓層[3]。

男人氣急敗壞地從後面追上來，硬是跟我擠進同一部電梯。一看到我好整以暇地按了「22」的鍵，他就指著我：

「果然！一定又是妳！妳這次又搞了什麼鬼？」

「我只是來探望朋友，才不想跟你們警察扯上什麼關係。請別告訴我你要去07室。」

「妳還說不是！」

看來還眞的是。

傷腦筋，竟然會是我和警察同時到現場。平時他們出現的時候，我早就離開了。這次到底是什麼狀況呢？

電梯門一開，傳來警察無線電對講機的聲音。他無可奈何地跟我同時走向2207室，門外已有兩位軍裝警察。他們一看到曾少忠就敬禮，然後以疑惑的目光看著我。

「Rachel－！」隔著警察的阻擋，滿臉焦慮的李孝德看到門外的我，連忙朝我走來，劈頭就說：「悠悠不見了！」

我吃了一驚，連忙問：「是什麼時候發現的？」

「就剛剛……我和阿芯都慌了，只好立即報警，她今天約了妳？」

「這不要緊，不如說剛好。」

「Rachel－！」

正在客廳裡回答警察問話的阿芯，一看到我就發出情緒崩潰的求救聲音，馬上哭了出來。我連忙走過去張開雙手擁抱她。

「悠悠不見了！悠悠不見了！」這位還未及三十的年輕母親全身發抖，嚎啕大哭，看來剛剛一直忍耐著。

「妳誰啊？我們正在錄口供，別礙著——」

想要阻止我的便裝女警被她的同僚用手肘碰了碰制止。

「應小姐，真巧。又是妳的客人？」那位警察客氣地對我說。

我點點頭：「請給我們一點時間。」

---

3 作者註：港式（英式）樓層標記，包含簷篷，由低至高分別是：地下（Ground floor，即地面樓層，含入口與電梯大堂）↓簷篷↓一樓↓二樓……等樓層。

他無所謂地點頭答應。

「什麼來頭？律師？」女警與同伴小聲耳語。

「不是，是叫什麼……『心理輔導員』。」

「哦，即是社工罷。你用得著對她這麼客氣？」

這樣說的話，警察跟樓下保安員應該也差不多。不過略懂讀唇的我大方地裝作沒聽到。

「妳不知道？她就是少忠一直在追的那個呀。而且她好像是鍾主席的什麼親戚……」

女警偷瞄了我一眼，然後暗笑。

「嘖嘖，難怪他追不到。唉，教他放棄罷，太漂亮的女人追到也只會給他綠帽……」

不幸這耳語的音量，連不懂讀唇術的曾少忠本人都聽到了，因爲他生氣得捏緊了拳頭瞪過來。

遺憾的是，我大概是唯一相信他長期追蹤我但沒有不純目的的人。到底他平素的言行是有多蠢才會落得現在全警局都誤以爲他在追求我而且求愛不遂，眞是天曉得。當然，我沒必要替他澄清。

我安撫了阿芯幾句，讓她再次冷靜下來，陪著她記錄口供。

「我最後一次餵悠悠應該是十一點半之後不久，然後我就把她放在房間的嬰兒床讓她睡。之後我便和林太太一起吃午飯。」

這位跟我唸同一所中學的學妹，正堅強地忍耐著接近崩潰的情緒，努力有條理地交代事情經過。

「林太太是隔壁的鄰居，她很好，知道我這段時間情緒不穩，怕我產後抑鬱，常常過來開解我陪我。她今天大約十一點幾過來，有她幫忙我餵奶換尿布也輕鬆多了。我們一起午餐，一邊吃一邊聊，中間我有去看過悠悠一下……可能是十二點半左右？我不大確定。大概將近一點，我突然覺得肚子痛，就跑進洗手間。我有一點點腹瀉……林太太擔心我，就等著到我沒事出來，才告辭回家。然後我把桌上剩下的東西收拾到廚房，之後進去房間——」

她抓住我的手又再發抖。

「她不見了！明明之前還在嬰兒床上的！我發了瘋地找遍了整個家都找不到。我不知道該怎麼辦！我立即打電話給林太太，想請她過來幫我找，但她電話沒人接，於是我打給孝德，我不知道該怎麼辦！悠悠怎麼會不見了，怎麼可能不見了……」

她終於忍不住再次哭起來。

「小孩多大？有可能自己爬走嗎？」曾少忠問先來的警察。

「才剛滿月，手抱大小的嬰兒，連自己爬出床都不行。」女警搖頭。

「那個林太太怎麼說？」

「阿發正在她家替她錄口供。」女警指向隔壁。

「手抱大小的嬰兒不會自己跑，那就一定是別人拐走了，最後來訪的那個女人最可疑。」曾少忠摸摸下巴。

阿芯連忙搖頭：「不可能，是我送林太太出門的，她什麼都沒有帶，只拿著一個空的便當盒回去。」

「會不會是藏在身後妳看不到的死角之類……」

阿芯確定地搖頭：「她回家要轉身啊，前後左右我都有看到過，真的不可能。」

「那妳上廁所的時候呢？她可以趁那個時候把嬰兒帶回家。」

在門口的警察隨即推拉大門外的鐵閘示範，鐵閘立即發出很刺耳的尖銳聲音，只拉開到四分之一就卡住，要再使力才能完全拉開，發出更尖銳的聲音。我得掩住耳朵。

「剛剛我們已經試過，在廁所關上門都會聽得很清楚。」

「很抱歉，那鐵閘出狀況已經好幾天了，我本來正打算要修理。」孝德正在講手機，聽到聲音立即道歉。

「已經被鄰居向管理處投訴幾次了，而且每次開關門都會吵醒悠悠嚇哭她，你就一直拖延！」阿芯順便抱怨丈夫，「不過我在上廁所的時候眞的沒聽到有人開門進出的聲音，而且林太太那個時候還幫我收拾碗筷，你們不要錯怪好人。」

這時候，另一名便裝警察走進來將手上的記事簿交給曾少忠。

「口供跟事主的吻合。那女人沒阻止我進去她的家看，我每個房間都看過了，沒看到嬰兒。但沒有搜查令，我只有用眼看一下。」

「你剛才有聽到這邊的鐵閘聲音嗎？有沒有聽到嬰兒的哭聲？」曾少忠問。

「那麼刺耳當然聽到，他們是不知道世上有潤滑油？嬰兒哭聲就沒聽到。」

「但如果不是那女人還有誰？嬰兒總不會平空不見。」

「難道是菲菲……她恨我所以……」阿芯小聲地自言自語。

「菲菲是什麼人？你們有什麼過節？」曾少忠立即追問。

「不是人，是貓。他們之前養的家貓。」我沒好氣地解釋。

「我……忘記關好露台的門，菲菲就跳出了窗外……」一提起這件事，阿芯又激動地抽泣起來，「是我害死她，我對不起她，她一定很生我的氣！所以——」

「菲菲這麼親妳，又怎麼會害你們呢？如果牠真的這麼有靈性，一定會很感謝妳過去那麼照顧牠。」我跳過了「不要胡思亂想」那種沒用的廢話，「菲菲是隻又乖又溫馴的好貓咪，一定不會害人。」

「真的！菲菲很乖！要是她能看到悠悠出生，一定會很愛悠悠！」阿芯哭著猛點頭。

在客廳另一角的曾少忠對我打手勢教我過去。我裝作沒看見，直到他不情不願地開口：「『應小姐』，麻煩妳過來一下。」

「什麼事呢？『曾督察』。」我這才微笑著走過去。

「事主是妳的client吧，她有什麼精神病？」

「你們警察記性真不好，我記得我已經說過很多次我不是精神科醫生，我的客戶也不是精神病人。他們只是心靈有點困擾需要開解，或者有情緒需要疏導——」

「那即是情緒病啦，」他不耐煩地打斷我，「她有沒有幻聽幻覺之類？」

「抱歉，客戶的私隱……」

「幹妳這個臭八婆不要跟我在這浪費時間！」他突然一掌拍向牆壁把我逼向牆角，壓低聲音恐嚇，「現在有個小嬰兒失蹤！每遲一分鐘，她獲救的機會就愈小！事主的精神狀況不穩定，我們警察要考慮是她自己傷害嬰兒的可能性！」

「唉，曾Sir，我又不是犯人，你對我這麼凶也沒有用，也用不著靠這麼近……」

我故意把雙手放胸前稍稍提高聲音，引起了其他警察的注意，其中一位看不過眼，走過來拉開了他。

「少忠，現在不是追女生的時候啦……」

「我、我是在向她問話！我在樓下碰見這女人，她怎會那麼剛好在附近出沒？怎會又是她？」他回頭指著我，「妳有可疑！」

「阿芯是我學妹又是我客戶，我上星期已經約好了今天會來家訪跟她傾談。而且在碰到你之前我根本未曾步入過這幢大廈，不信的話你們可以翻查大堂的監視畫面。」我淡定地回應。

孝德仍在客廳中間煩躁地來回踱步，並用手機跟誰對話，他突然拔高了音量。

「不要過來！留在家等消息，妳聽我說，妳過來只會阻礙警察做事，不——媽？媽？」孝德沮喪地掛線，垮下肩膀，然後像個做錯事的小孩般轉向妻子，「媽媽說她要過來……」

阿芯頓時整個人顫抖起來：「不！奶奶[4]她一定會怪我把悠悠弄不見！她會怪我！」

這下可好看了。雖然滿想見見李老太她老人家，但我仍得向孝德提出專業建議：

「你得想辦法攔住她。你知道她來了只會令事情更複雜。」

他滿臉困擾地嘆了口氣，遲疑了半晌想出去，卻被警察攔住。

「你要去哪？你孩子不見了，我們還要你協助調查！」

「你們不懂，我媽現在要過來，她來了會很麻煩……」

「如果讓那位老人家過來，事主的情緒會進一步受到刺激，到時麻煩的會是你們

4 奶奶：即台灣的「婆婆」。

啊。」我也幫著解釋。

「你就不能打電話叫她別來嗎？或者等她過來你再叫她回去吧。」一如所料警察並不想讓案件關係人離開視線。

孝德焦躁地跟警察理論了好久才獲准離開。於是我趁機觀察現場。

這是我第一次拜訪阿芯的家，但房間布局很眼熟，因爲我曾多次到訪同類型的公屋。它的設計是單數門號和雙數門號左右相對，意思就是從毗鄰的露台和自家的露台之間劃一條直線，兩戶從平面圖看來就是鏡像。所以這種公屋的客廳、睡房、浴室、廚房的位置基本上都一樣，或者左右相反。

這幢公屋樓齡雖然比較大，但室內裝修還很新。他們在婚後才重新裝修搬進來，住了沒幾年。客廳裡多了一堆初生嬰兒使用的雜物，紙尿布的庫存堆積如山，這也是很多新手父母會有的狀況。電視櫃上放了不少結婚照、嬰兒照，還有黑貓菲菲的照片。可見阿芯還是很想念菲菲。

有警察在睡房內拍照。我探頭進去看到嬰兒床放在雙人床旁邊，床的圍欄內側被軟墊包裹，我看不到小床裡面。不過我可以想像，當阿芯一進來低頭看到小床裡空空如也，那無法解釋的恐懼有多可怕。

客廳的餐桌已經收拾好，我從廚房門口看進去，發現流理台的水槽架子上，還放著洗完的碗筷待風乾。奶瓶等用具在另一邊。

廚房門與廁所門相對，而在這條兩步不到的小走廊盡頭有一道關上的鐵框玻璃門，門後就是小露台，那就是菲菲發生意外的地方了吧。

菲菲也是阿芯來找我的原因之一。

菲菲是阿芯飼養多年的米克斯短毛黑貓，是她在街上撿回來養大的，婚後就跟著阿芯嫁過來。阿芯非常疼愛這隻貓咪，是個典型貓奴，她已經不知道給我看過多少菲菲的照片和影片。

但是在婚後，阿芯的奶奶，也就是孝德的母親，一直嚷著要他們放棄貓咪，說應該趁年輕趕快生小孩，而生小孩還養貓狗不好，說有小孩絕對不能再養貓狗。

據說嬰兒與貓都會觸發人類的母性。但除此以外，養貓和生孩子根本沒有關係。阿芯本來就不想那麼快當媽，何況還要她爲了這種無理的想法拋棄愛貓，當然不可能，所以她一直沒有理會。但是在孝德母親的心目中，就變成媳婦爲了養貓不肯生小孩。婆媳之間因爲這個問題一直存在衝突。

孝德早就預計到共住會有問題，早早答應妻子婚後會二人世界，但奈何安排不夠深思熟慮。

香港房價高昂，他和妻子二人本來打算租住的新居只有現址一半不到的大小。李老太愛兒心切，堅持他們將來生了小孩需要大一點的房子，反倒她和丈夫兩個老人家沒什麼需要，住小一點也沒所謂。

於是她建議把舊居，也就是家和樓2207室讓給新婚夫婦，然後用孝德原本打算租房的錢，在附近另外租一個小單位，讓兩老搬過去。兩處住所非常近，步行不到十分鐘的距離。李老太一心想著將來孫兒出生了她就可以去幫忙照顧，弄孫爲樂。

孝德接受了母親的好意，可惜這竟是個錯誤的決定。

最大的失誤，就是他竟耐不住母親糾纏，把這個家的後備匙[5]留給了母親。而孝德的母親三不五時不請自來，甚至是自出自入。阿芯實在無法接受。衝突根本沒法舒緩，反倒還加劇了。

孝德雖然明白，但每當母親理直氣壯說房子本來就是她的爲何不能出入，孝德就不敢作聲了。

「媽也只是擔心我們，來幫忙做點家務而已。」

身爲女人，我完全可以理解阿芯聽到丈夫這麼「開解」是有多麼想翻白眼。這是嫌媳婦照顧得兒子不夠好的意思嗎？何況阿芯還得擔心，生怕她上個班回家，菲菲就會被弄不見。

這種擔心，在她意外懷孕後更嚴重。

雖然是計畫外的孩子，但打掉孩子這種事阿芯想都沒想過，就當上天提早時間表欣然接受了。可是李老太知道後，便一再重提要她棄養貓咪。阿芯深受情緒困擾，向丈夫申訴，他又只會支吾以對，最後終於想起我這位不算太熟的學姊，向我求助。

然而，就在她第二次跟我約談之後，她最擔心的事終於還是發生了。菲菲從窗戶掉下樓，二十二層的高度，任是貓有九命也必死無疑。

這家裡所有玻璃窗戶都加裝了紗窗，本應不該發生這種意外。我推開鐵框玻璃門，走進露台──說是露台，不如說是個方正的小房間，不過在原本應該安裝玻璃窗的位置，只有一對通風的鐵柵窗框。這種老式的公屋露台是用來晾衣服的，窗戶外下方原本是俗稱「三支香」的晾衣杆裝置，以前的人都要向外打開鐵柵，彎腰去晾曬衣服，一不小心就會變成「空中飛人」。因爲太過危險，後來就被禁止了。現在都已經改爲新式的戶外晾衣架。

阿芯這裡當然也換成了金屬的新式晾衣架，不過他們裝修時並沒有像其他人一樣改換上玻璃窗，保留了原本的鐵柵。我注意到鐵柵甚至沒有上鎖，大概是覺得住在二十二樓有人從外牆入屋爆竊的機會很低。

平時他們會把通往露台的玻璃門關起來，防止貓走進露台。可是那天，當他們午飯後回家，卻發現玻璃門虛掩著，貓咪消失了。到管理處一問，才知道清潔工在一樓的簷篷發現菲菲的遺體。大腹便便的阿芯立即哭成淚人，她

5 後備匙：即台灣的「備用鑰匙」。

當時肚子已經八個月了。

意外？不是意外？

剛巧他們當日離家外出，就是跟孝德的父母在附近的酒樓飲茶，李老太一直都跟他們一起。孝德後來也偷偷跟我說，幸好那天全家都在，不然妻子一定會懷疑是他母親做的，那就會沒完沒了。

於是，阿芯只能假設是自己離家時以為關好了門，但其實沒關緊。鐵柵的空隙足以讓成人的手臂穿過，貓咪自然更能穿過。阿芯因懷孕記性變差，偶爾會忘東忘西，再回想，自己也不確定有沒有關緊門了。她非常自責，覺得是自己害死了菲菲。

如同家人一樣的愛寵離世，打擊非同小可。她開始疑神疑鬼，覺得貓咪的鬼魂還在家中，例如已經收起來的貓玩具又出現，出門時放在桌上的杯子，回來後像被貓打落般掉到地上，明明已經抹乾淨的地方出現黑貓的毛髮……孝德原本認為阿芯只是懷孕期記性變差，自己記錯。他也有私下問過母親是不是偷偷上去收拾家居亂動東西，但李老太確實地否認。眼看妻子的情緒真的低落到連他也覺得危險，便主動配合妻子一起與我商談。

敢情是連李老太也擔心這樣對胎兒不好。某天，李老太突然帶同鎖匠出現，當著夫婦二人面前更換了門鎖，新鎖匙只給兒子兒媳，她不再拿了。

「這下妳可以相信我真的沒有擅自進來了吧，可以安心安胎了吧。」

李老太主動釋出善意，阿芯的情緒眞的有所改善。再加上她的鄰居林太太看見她大腹便便卻愁眉不展，主動關心她，後來阿芯就少再懷疑有貓魂作祟，生產前的情緒還算穩定。

阿芯順利誕下可愛的小女嬰，年輕夫婦難掩喜悅，但大家都知道新手父母有多少事要顧，產後的康復還有更危險的——產後抑鬱——也不能忽視。阿芯很在意自己是否有足夠心力去照顧孩子，所以坐月期間仍然有跟我聯絡……

「我的孫女呢？我的孫女呢？」

門口突然傳來尖銳的大聲質問，只見一位老婦氣急敗壞地推開門口警察衝進來。她步履穩健，年約六十來歲，一頭黑髮應該是染的，打扮看起來只算初老，身體看來也很健康。她火眼金睛一掃客廳，最後定在阿芯身上。我急步走過去故意站在梳化前方，擋住老婦人讓她沒法直接靠近阿芯。

「妳怎麼做人老母的？連自己的女兒都可以弄不見？」

阿芯咬著唇，我知道她已經很努力忍耐著不發火反駁。我搶先打斷老婦的話：「妳是孝德的母親對吧？我叫 Rachel。」

一如所料，老婦立即用鑑定物品般的目光上下打量我一遍：「妳是誰？」

想必是因爲穿著背心、長裙、掛著小手袋、踩高跟鞋的我，實在不像女警。

「我是孝德和阿芯的朋友。」

其實我只是想拖延時間，果然，話沒說完，孝德就滿臉焦躁地跟著衝進來。

「媽！不是教妳在小公園等我——」

「閉嘴！現在我孫女不見了！你們還想瞞著我到幾時呀！」

眼看老婦失控大吵大鬧，曾少忠也看不下去，便大聲警告：「阿婆妳不要這麼激動！妳亂吵會妨礙我們做事！總之妳孫女我們伙計會盡力幫妳找，妳冷靜些！」

「那就去找啊！你們一個二個還像木頭般待在這做什麼？我們年年納稅養你們，現在你們是不用工作嗎？」

感謝某人完美示範了如何靠權威要脅激動的人閉嘴何等有效，李老太立即用更憤怒、更高頻的聲音罵回去。如果剛才那道缺乏潤滑油的鐵閘會說中文，大概就是這種聲音。

感到沒面子的兒子再度試圖讓母親冷靜，繼續火上加油。

這種場面對阿芯實在太不健康，阿芯已經在發抖了。我抱著她的肩膀、拉起她，朝門外走去。三人立即停下吵鬧叫住我們。

「你們這樣吵下去對阿芯的情緒有很大影響，也很妨礙她回憶細節協助調查。能夠讓我的client在別處錄口供嗎？」

睡房正在搜證，不便使用，而且我也不想阿芯再看到嬰兒床，受到刺激。

「那就全都去警署吧！」曾少忠不耐煩地說。

一聽到要去警署，李老太就愣了，然後音量下調了不少：「不要一來一回浪費時間，在這裡問就好，你們怎麼還不快點去找我孫女？」

果然很多老人家都有生不入官門的想法，一想到要進警署就怕麻煩，立即消了氣焰。

藉著過去阿芯和孝德的描述，我已大致掌握這位李老太的性格。雖說只靠一、兩人片面之詞，不見得就是事實的全部。特別是對阿芯來說，李老太是她的「病因」，是讓她滋生苦毒的源頭，當然多是負面描述。

不過請不要誤會，並不是每位客戶都會把那些造成他們壓力和痛苦來源的人描述得像魔鬼。那種反而不多，因爲會那麼想的人，在來找我之前，就已理所當然地痛恨著對方，多數都會自己找方式發洩出去，不管是好還是不好的，例如說壞話或報復。

會來找我的人，大都是像阿芯這種。即使付錢找陌生人訴苦，抱怨對方怎麼傷害自己，還是會多少提到對方的優點或苦衷——可能是有意識地想要證明自己並不是只懂仇恨、不懂體諒別人的人；也可能是無意識地想平衡自己的心理，想找理由阻止自己繼續累積仇恨下去，想要和好卻做不到。

愈善良的人愈不能接受自己仇恨別人，而且仇恨本身就很消耗心力，令人疲倦。正因爲沒法接受自己仇恨對方，才會把苦毒鬱結悶在心裡，弄得自己愈來愈精神衰弱或者鑽牛角尖。

所以，我當然知道客戶口中的問題來源，可能在其他人眼中會是非常好的人，擁有令人不能忽視的優點。但我往往提醒自己，即使如此，客戶所描述的那種陰暗、邪惡的形象，仍然是眞實的。小心去除掉一些明顯的偏見後，還是大致眞實地描述到那個人的某種眞實特質——而且是他的朋友選擇視而不見的部分。說不定，比他身邊的朋友所見的更內在、更眞實。

我們總是想要在朋友面前展露美好的一面，但不介意對另一些人洩露出其他面貌，不是嗎？

而且我還能從孝德口中對照他對母親的描述，這可是很重要的參考呢。何況，李老太的心思並不複雜，很容易看穿。

附帶一提，那邊那位現正滿臉得意，以爲自己擺平了李老太的曾督察，也是心思簡單、很容易看穿的類型。

「說到可以自由出入這住所的人……」我裝作自言自語般，小聲問阿芯，「妳不是說過妳奶奶有時會來妳家幫忙收拾？」

「那是換鎖之前，現在她沒有鎖匙啊……」阿芯不解地回答，因爲她早已跟我說過這事，奇怪我怎麼忘了。

「自由出入」、「鎖匙」這些關鍵字果然引起了曾少忠的注意，他立即追問：

「等等，李老太有這裡的鎖匙？」

「沒有！已經沒有了！」李老太慌忙搖頭否認。

「已經沒有？即是曾經有？是怎麼回事，請妳詳細說說。」

於是曾少忠一如我所料，開始追問李老太，逼得李老太要再從頭交代換鎖的事。

「以前是有過，但媳婦不喜歡我上來，我才順了他們意，找人來換門鎖。我特地等假期他們兩人都在家，才找師傅來換。新鎖匙當面交給他們，我一把都沒有拿！」

「爲什麼他們不滿妳自出自入，不是他們教人來換鎖，而是妳教人來換鎖？」

「我兒子很孝順，哪敢！要不是爲了怕媳婦動了胎氣……總之換了一乾二淨！除了他們自己，沒人有鎖匙，省得她胡思亂想！」

「還有其他人有過這裡的鎖匙嗎？妳丈夫呢？」

「沒有呀！我老公行動不便，出入都要靠我推輪椅，他要鎖匙幹什麼？」

就在李老太被警察纏上的時候，大門外走廊傳來陌生女性的輕柔聲音。

「怎樣？找到悠悠了嗎？」

剛好靠近門口的我一轉身，就看見一位束著馬尾的婦女。她容貌保養得不錯，可惜魚尾紋洩露了一點年齡，應該比我再大幾年，我猜是四十歲左右。她不算胖，卻是典型的啤梨[6]身材，下半身累積了一些多餘的脂肪，全身散發出左鄰右里的親切氣息。

就像是一早起來去樓下街市買菜順便聊了半個屋邨的八卦、回來做完家務把孩子趕上學、一邊看電視劇一邊用手機在淘寶上搜尋「免運、顯瘦」的那種家庭主婦。新年蘿蔔糕做多了可能還會拿來問你要不要一點的那種。

她一出現，正與警察大聲對話的李老太就住了聲，也許是不想在外人面前大談家事。

這位想必就是剛才大家提到的好鄰居林太太。阿芯一看見她就擦掉眼淚，然後不好意思地說：「眞抱歉，麻煩到妳。」

「哎，怎還說這話，警察只是循例問問而已。現在情況怎麼樣？有消息了嗎？」

「連警察都不知道爲什麼悠悠會突然不見了……」阿芯的聲音幾近絕望。

「就是啊，怎麼可能嘛！明明我們吃飯之前都還一起哄著她入睡，怎麼可能消失不見呢？這麼小的嬰兒也不會爬，又不是魔術，怎會平空消失？」女人皺著眉頭著急地追問。

阿芯眼神充滿恐懼和自責，欲言又止，我知道她一定又鑽牛角尖往貓魂作祟之類的靈異方向去想了。

「說得對，嬰兒總不可能突然平空消失，所以一定是被人帶走了。」

女人聽了我的說話，便好奇地問：「妳是？」

「我叫Rachel，是阿芯的朋友，剛好約了今天上來探望悠悠。」我不等阿芯開口就先自我介紹：「妳一定就是阿芯常常提起、經常照顧她的林太太了？」

「只不過是主婦閒聊罷了。妳來得正好，可以陪著阿芯。竟然發生這種怪事，眞的嚇死人了。」

「眞的，她都嚇得三魂不見七魄。不知道妳介不介意跟我說說剛才的情形呢？有很多問題只要細心聆聽和觀察，就可以迎刃而解。」

「沒什麼特別事情發生啊，我平常也會來找李太一起吃午飯。剛剛我都已經跟警察說過一遍了。」

「現在來的警察都是男人只有一個女警，我們女人的著眼點不同嘛。俗語不是說旁觀者清？說不定我會發現你們都沒注意到的事。」

原本阿芯還在疑惑怎麼我才剛聽她說了一次，現在又要再問一次，但聽到我這句似乎有點道理的話之後，連忙跟著說：「對啊，Rachel很細心的，麻煩妳，如果沒礙著妳時間……」

「不會不會，哪有什麼麻煩的呢。」林太太笑笑說，「就像我剛才說的，自從李太生了女兒，我就不時會過來幫忙。妳還年輕，看來不像有生過孩子？不過妳應該也知道坐月的時候眞的很辛苦，餵奶很忙，李太又是第一胎，眞的會很辛苦，而且陪月又不是一直在……」

6 啤梨：即台灣的「西洋梨」。

這我聽說過了。孝德知道如果妻子坐月時讓他母親來幫忙，恐怕會對如何照顧嬰兒有更多分歧，加劇矛盾，進一步引發婆媳大戰。而阿芯母親已過身，她娘家沒人能幫她，所以兩口子一早就決定聘請陪月。可是爲了省錢，他們跟陪月員商量好，陪月員並非每天都來。

「對啊，林太太眞的很好，有時孝德上班了，她還會來替我預備午飯，讓我可以安心餵奶做家務。」

「大家都是女人，客氣什麼呢！」林太太親切地說，「而且悠悠又眞的很可愛，我不過是來順便看看小寶寶而已。女人生完孩子，坐月眞的對身體很重要，不能掉以輕心——」

巴啦巴啦說了一堆還沒提到今天的狀況，就像菜市場閒聊。我不得不拉回話題。

「那麼今早也是沒有陪月來的日子，於是妳就過來做飯了嗎？」

「其實也不是我做，李太的陪月昨晚就做好了今天的午飯，留在冰箱，只要翻熱就好，我再炒個菜之類，跟她一起吃罷了。聊聊天、說說話。」

「妳已經幫了我很大忙。」阿芯感激地說，「如果不是妳來幫忙，我也沒辦法那麼快就能哄到悠悠入睡。」

「妳們是在吃飯前一起看著悠悠在嬰兒床上睡著，再一起離開主人房回客廳吃午飯？」

兩人一起點頭。

「之後妳們有沒有再進去過主人房？」

兩人都搖頭。

「吃飯的時候有什麼特別的事發生過嗎？」

「沒有啊，就聊聊照顧嬰兒和補身的事。」

「沒錯，直到我突然肚子痛……」阿芯說著忍不住撫了撫肚子，我看她臉色慘白也不只是因爲女兒失蹤，應該身體也眞的感到不舒服。

「唉，眞的不知道是吃錯了什麼，我後來回家後也上了一次廁所。所以不好意思，妳打電話給我時我在裡面沒聽到。」

「可能是菜心？我們都吃了菜心……」

「阿芯上洗手間的時候妳做了什麼？有再去看嬰兒嗎？」我問。

「沒，我以爲阿芯應該很快出來，但她去得有點久，我就開始擔心了，敲敲廁所門問她有沒有事，是不是身體不舒服，告訴她我會等她出來才走。然後我就去收拾桌上的碗筷。」

「妳記不記得她大概在廁所多久呢？」

「我想大概有五分鐘吧。」

「是嗎？我覺得自己好像在裡面很久……」阿芯自言自語地說。

「總之後來她出來，跟我說應該沒大礙，我就回家去了。」林太太說。

「請問妳今早就是這身打扮嗎？有沒有帶任何東西過來？」

「怎麼妳問的跟警察一樣。我沒換衣服，今天就穿這樣。我過來的時候，就帶了一包菜心和自己做的日式卷蛋過來，都吃掉了。所以我走的時候就只有便當盒。李太也有看到啊。」林太太苦笑說，「難道我可以把嬰兒藏在巴掌大的便當盒裡嗎？」

她穿著七分褲和一件褪色的T恤，外搭一件輕薄的長袖針織外套，踩著塑膠拖鞋，都很貼身。也就是說，衣服絕對沒有可以掩藏東西的可能。

我笑說：「眞的，可是也不能怪警察。畢竟妳是最後進出這房子的人，他們也只是按本子辦事。剛才警察有去妳家看吧？」

「沒什麼，他們就只是進來看了一下。我聽說沒有搜查令是不可以隨便搜屋的吧？要是弄亂房子，我老公回來看到會生氣，所以我請他們不要動手。反正我們家那麼小，家徒四壁，一看就知道了。」

果然沒有搜查令，警察只是隨便看看就算。

「這時間妳孩子是在上學嗎？」

沒想到我這麼一問，阿芯便尷尬地碰了碰我，林太太的臉上閃過一絲苦澀。

「抱歉，我看妳說那麼熟悉坐月的事，以爲……」

「我現在只跟我先生兩人住，」林太太尷尬地說，「他是貨車司機，這兩天不在。」

我再三表示歉意。

「總之我就在隔壁，有需要就找我吧。希望快點找到悠悠。警察怎麼還不派人到附近屋邨和商場去找呢？」

林太太嘆了口氣，向我們告辭返回隔壁，關上門前還再次對我們點點頭表示關心。

「你們整隊人待在這有什麼用？怎麼還不派人四處去找！」

差不多同一時間，客廳裡的李老太也大聲發出差不多的質疑。其實理由我已猜得出來，不過既然警察沒打算說，我也不好提起。

我想了想，小聲問阿芯：「我記得妳跟我提過妳會餵人奶，但是妳今早是不是用了奶粉？」

「妳怎麼知道的？」她驚訝地看著我，「我知道人奶是比較好，我也真的很想堅持下去，但實在太辛苦，有時也不得不用奶粉，我這個母親真的很沒用……」似乎一提到哺乳的話題就會觸動到新手母親的神經，她一下子又自責起來。

「林太太過來的時候，妳還沒餵悠悠對吧？」

「啊，她就在我剛好打算餵奶的時候來，還好有她幫忙掃風[7]……」

「李太，我們還有些事情想問妳。」

警察又再叫喚阿芯，阿芯焦躁地說：「我已經說了一遍又一遍了！你們到底什麼時候才去找我的女兒？」

我挨近她，拍拍她的背，輕聲說：「反正我在這也幫不上什麼，我去樓下走一圈，幫忙問問，等等再回來找妳好嗎？」

阿芯忍著眼淚，感激地點點頭。

於是我離開李家，但就在踏入電梯的時候，一條腿硬是伸進來擋住電梯門，再整個人擠進來。

「曾Sir，雖然香港未有《跟騷法》，但你這樣實在令人很困擾……」我托著臉頰嘆氣。

「別裝淑女了妳這個綠茶婊！妳獨自走出來想做什麼？又在打什麼壞主意？」

「哎，你看我拿的這個Hermès小手袋，像是放得下嬰兒嗎？還是你懷疑我裙子下藏了個嬰兒籃……？」

我作勢像要捻起裙襬，他馬上退後三步，指著電梯裡的保安鏡頭。

「妳妳妳別亂來！有鏡頭拍著！休想冤枉我非禮！」

我順勢撫平裙襬，說：「想必你們已看過電梯錄影，從阿芯最後看見嬰兒直到她報警之間，沒有人帶嬰兒離開這幢大廈吧。但連帶背包和大袋子的人都沒有嗎？」

「一個都沒有，不是上班上學的時間，出入的人很少——」

「走樓梯往上一層或下一層使用別的電梯？」

如果拐帶犯先使用樓梯上下一層，就不會乘搭我們現在用的這組電梯。

「別小看警察！當然六台電梯的錄影全都看過了，樓梯的出口錄影也……幹！我爲什麼要跟妳說！」

「你不說也沒關係，我在樓下玩貓的時候沒看到幾個警察在附近搜索，警察都聚在阿芯家，你們顯然認定拐帶犯沒有把嬰兒帶離家和樓，才會轉而懷疑報案人。」我說，「不過我可以向你保證，阿芯正常得很，絕不可能把自己的寶貝女兒殺死再毀屍滅跡什麼的。」

「那妳要自首是妳做的了嗎？」

「呵呵，證據呢？」

他死瞪著我，我平靜地回看著他。其實我很想移開視線，因爲他的臉實在不是我的菜，看超過三秒眼睛會痛。

電梯一到地面樓層，我就不理他直接走向大堂的保安員，劈頭就問：「幾個月前，這裡是不是曾經有隻貓咪墜樓？」

7 掃風：指在寶寶喝完奶後，幫孩子輕柔拍背的動作。

「貓？」感到莫名其妙的保安員瞄了跟到我背後的男人一眼，立即回答，「啊，想起來了，是的，有啊，掉到一樓的簷篷上，死了。」

曾少忠張口欲言又止，狠狠地瞪了我一眼，看來他想澄清我跟警察沒關係，但又好奇想知道我想問什麼所以忍了下來。

「是什麼顏色的？長毛短毛？」

「就普通唐貓[8]，短毛，顏色……我不記——不，是黑色，記起來了，人家都說黑貓招惡運，隔天我就輸了馬……」

別冤枉菲菲，那是你自己沒眼光。

「請問那隻可憐的貓咪落在什麼位置？」

保安員想了想：「是07室外面啊，對了，那隻貓的主人不就是2207室，剛才向你們警察報案那戶！」

「可以帶我們去看看位置嗎？」

「其實詳細我真的記不起了，等等，我叫祥叔帶妳，剛好那天就是他清理的，你們直接問他吧。」

祥叔是位矮小的老人，聽到保安員說是「警察辦案」就立即帶我們到一樓去，他用鎖匙打開鐵欄柵，爬出外面的簷篷。這種公屋在地面樓層和一樓之間，都有一片向外的水泥簷篷。我本想跟著爬出去，但祥叔阻止了我，說很危險。

「就那裡啊，還有點血跡。」他指給我看貓咪墜樓的位置，「我聽說是從二十幾樓掉下來的，可憐哪。」

他指的位置就在一樓住戶的玻璃窗外。

「是一樓的住戶先發現的嗎？」我問。

「不，一樓住的是獨居的老太婆，前陣子樓上一整個西瓜掉下來『砰』的一聲，她都沒聽到，何況是小動物？是三樓的住戶剛好看到貓屍，打電話給保安員叫我們上來看才發現。」

「西瓜？不是吧？」曾少忠瞪大了眼。

「對啊，掉下來碎得四處都是，應該是有人貪玩惡作劇吧。真是浪費，也不想想我們清理起來多麻煩！」

「貓屍是你撿的嗎？」

「嗯，女工不敢去收貓屍，所以就叫我來收拾。本來想扔進垃圾車的，但想想飼主可能會來找，我就另外包起來放在垃圾房。果然後來有個孕婦來問，我就整袋拿給她，她還給了我紅包。不過她哭得可可憐了，彷彿死了兒子似的。」

8 唐貓：即台灣的「混種短毛貓」。

阿芯後來帶菲菲的遺體去寵物殯儀公司處理了。

「這裡高空擲物多嗎?有沒有掉過什麼奇怪的東西下來?」

「什麼都有!別說西瓜、連用過的避孕套都會扔下來!不過平時還是普通垃圾最多,汽水罐、衣夾之類。」祥叔像突然想起什麼,「聽說連人也掉下來過,跳樓自殺,不過是另外一側。」

「自殺?」曾少忠立即追問。

「我聽其他人說的,是我來這裡工作之前的事了。還好我沒見過這種事……」

曾少忠還想問,卻被我搶先插話:「你記得有人扔西瓜是哪天、什麼時間嗎?」

「上星期……對了,是週三吧。差不多也是中午,我記得我掃完就去吃飯了。」

「也是這個位置嗎?」

「差不多吧。管理處也貼過不要高空擲物的通告了。」

「麻煩你替我拍一下現在簷篷上有什麼東西。」我把手機遞給他。

「就只有些不值錢的垃圾……」

祥叔不明白我用意,但還是幫我拍了幾張。曾少忠也不甘人後,硬是爬出去拍了幾張。我肯定他還不知道有什麼用。

我向祥叔道謝後離去,曾少忠在我身後匆忙追問清潔工那宗自殺事件的詳情,問完才快跑追上我。可惜我先一步按下電梯的關門鍵,向趕不上的他微笑留下一句:

「我先回去囉。」

我到地面樓層大堂後走出家和樓，從地面仰望大廈外牆，勉強可以辨別哪一戶是阿芯的住所。這麼看來，假設確實眞的有可能的。

但如果要這個假設成立，就必須先證明另一個假設……嗯！不妙！必須盡快才行，希望還來得及。

於是我乘電梯返回二十二樓，阿芯他們家的大門還敞開著。我小心翼翼地經過07室時偷瞥了一下，夫婦兩人和李老太還在跟警察說話，他們沒有注意到我。

我直接走向隔壁家門敲門。

「啊，妳是剛才的……」

「不好意思，因爲警察正在阿芯家搜證，請問我可以借用一下洗手間嗎？」

林太太聽到我的請求有點愕然，明顯遲疑了一下。

「呃，我丈夫對我放陌生人進來會有點介意……」

「拜託妳，我剛好是『那個』，現在到樓下去找公廁好像太遲了……大家都是女人妳明白吧。警察就在隔壁，妳不用擔心我會做什麼。」

而且妳不是剛才說丈夫這兩天不在家？

「不，我當然不是擔心妳是壞人，嗯，請進來……」

她終於打開了門，不然再拒絕下去就太可疑了。

於是我直接走進洗手間，位置正好跟阿芯家的左右相反。假裝使用過洗手間之後，我一出來就感受到林太太的視線——當然，她裝得好像很不在意，但顯然在防備著我的行動。看見我一出來就東張西望，她的表情愈來愈緊張了。

「這位就是妳的丈夫？你們眞有夫妻相啊。」

我望向掛在牆上的生活照。如果說林太太是微胖，林先生就是眞胖，臉和身材都圓圓的。林太太尷尬地笑了。

「他駕駛的是中港貨車嗎？那可辛苦了呢。」

「對啊，眞的是辛苦錢。」她企圖移動到我後面，想用肢體語言驅趕我往門口的方向，明顯對我沒有立即離開感到焦躁。

「他常常不在家，妳不就很無聊嗎？啊，不過妳也可以省下照顧丈夫的麻煩，還可以跟左鄰右里串門子閒話家常，眞好啊。像我這種每天忙著工作的職場女性，連鄰居姓甚名誰都不知道。我實在很難想像家庭主婦的悠閒生活……」

聽到我這種充滿嘲諷味的「感嘆」，她果然閃過不悅的表情，回應也有點尖銳了。

「也沒有那麼閒，還是有很多工夫[9]要做的。而且說到喜歡到處八卦，也不是只有家庭主婦吧！」

「但妳不用每天照顧丈夫又不用照顧小孩，空閒時間應該挺多的？妳平時都愛做什麼呢？」

我直接朝她痛處踩下去，她射來「關妳什麼事」的敵意視線，但勉強用笑容掩蓋。

「沒什麼特別的，就看看電視劇……」

「也是，看起來妳和丈夫也不像有運動的喜好。」

她的眼神流露出一抹驚恐，我突然朝旁邊櫃子上的花瓶伸手，她大吃一驚，衝過來推開我的手阻止我——她顯然猜到我想摔碎它引人注意。

「請妳出去！這是我的家，妳想做什麼？」

「哎，這很名貴嗎？我只是覺得很漂亮想看看。」我假裝無辜地眨眨眼，笑著走向出口，自己拉開鐵閘門。

「妳這門倒很安靜呢，阿芯家的門真的太吵了……該不會是被人做了手腳吧。」

我不等她回應便自己出去了。

剛走出李宅的警察一看到我，就叫住我：「啊，應小姐，原來妳在這？剛剛少忠回來問我們有沒有看到妳，他——」

「請告訴他我現在要去他被我甩掉的地方。」然後我湊近那位警察，一臉猶豫地

---

9 工夫：即台灣的「工作」。

說：「唉，還有，有件事我不知道應不應該說……」

「是什麼事呢？」

「我不知道有沒有聽錯，但是我剛剛好像在林太太家裡聽到嬰兒的聲音……不過也可能只是我聽錯啦，唉，我不確定是不是太想找到小嬰兒的心理作用……」

警察聽了後臉色驟變，回頭跟同伴說了幾句，就朝隔壁家走去敲門。

我再次到樓下去找祥叔，我們才剛到一樓，曾少忠就滿頭大汗喘著氣出現了。

這種電梯都是必須先下降到地面樓層才會往上升，剛才他以爲我想要上樓，要不守在電梯門前等我坐的電梯上來，就是用另一台電梯搶先回去二十二樓。反正不管哪種，他都會遲一步才發現我根本沒有上去，然後就匆匆忙忙又到樓下來找我，但那個時候我已經回到二十二樓去找林太太了。

「妳耍我！」

「眞的沒有。」我以爲會在中途碰到他的，反正他跟來也沒差，只能說他判斷力……或者運氣眞的太差了。

「妳剛才不是說妳要回去？」

「對啊，我回去樓下向保安員道謝了啊。」

「妳剛剛跟我的人說林太太家裡有嬰兒聲音，肯定也是耍我們吧！妳又想轉移我的視線？我不會再上當！」

「我只是說好像聽到，可沒說確實聽到啊。」我笑笑說，轉向祥叔，「可以麻煩你再去篷篷替我拍照片嗎？」

「還有什麼好拍？剛才還沒拍夠啊……」他有點抱怨地碎碎唸，但仍打開了鎖。

「拜託了嘛，請幫忙看看有沒有什麼是剛才沒有的。」

「看著妳這個妖女裝可愛撒嬌真噁心。」曾少忠一臉厭惡地打了個寒顫，「妳到底想要什麼花樣？祥叔你什麼都別碰！讓我先看！」

他生怕錯過什麼，搶先走出篷篷。

沒等多久，兩人回來了。曾少忠手上拿著一個證物袋，裡面放了一捆繩子。好歹他至少還知道那是證物。

他眉頭緊皺，惱怒地瞪了我一眼，臉上就像寫著「這是什麼？這到底跟案件有什麼關係？不，我要自己想出來我死也不會問妳」。

可惜時間寶貴，我便笑笑說：「恭喜曾Sir找到了破案的證物，我們趕快救出嬰兒吧。」

他張開了口想說什麼，但最後還是什麼都沒說，臭著臉跟我走進電梯。

「妳說在林太太家聽到嬰兒聲音是真的？」

「天知道呢。」

當我們回到二十二樓時，林太太憤怒的聲音正從她家裡傳出。她一直嚷著警察沒有搜查令沒權這樣搜她的家，把她的東西弄亂，她一定會追究到底之類。阿芯和丈夫不知所措地站在外面，我注意到李老太也躲在李宅的門邊閃閃縮縮地看。

「會、會不會是搞錯了什麼？」阿芯一看到我就拉著我，不安地囁嚅：「我眞的親眼看著她回家，她身上什麼都沒有啊……」

林宅裡突然有警察大叫，曾少忠立即一個箭步越過我衝進去。阿芯和丈夫也顧不得什麼直接跟著進去。

「找到！」

「還有呼吸！」

「Calling總部！需要救護車！傷者是嬰兒over！」

「悠悠！悠悠！」

警察一邊攔著崩哭的阿芯，一邊讓女警替嬰兒檢查，另一邊曾少忠粗暴地將林太太推向牆邊拘捕，現場一片混亂。這種場合我很合作地退到一邊讓開，等專業的來。

於是我退到李老太身邊，小聲問她：「想不到吧？小心貓咪是會復仇的哦。」

她臉色蒼白地回看著我，像看到什麼鬼怪一樣。

□

非常幸運的是，悠悠大難不死，撿回一命。

她被發現的時候，被放在一個貓咪外出用的太空背包裡——正正就是阿芯以前用來帶菲菲外出的那個。背包的塑膠硬殼上有透氣孔，而整個背包被藏在一個放雜物的大膠箱內，再推進床底深處。

儘管膠箱向裡面的一側挖空了一個大洞來透氣，但因爲背包的透氣孔多處被雜物擋住，實際上只有一側的氣孔沒有被阻擋，眞的非常危險，很容易就會把嬰兒悶死。

何況，她還被餵了安眠藥。

在我剛抵達阿芯的家，看到警察示範拉動鐵閘發出的刺耳聲音，我就有這個假設。阿芯說過悠悠聽到這聲音都會嚇哭，如果嬰兒還在附近，應該會被驚醒哭喊，但是沒有。要不是嬰兒藏在聽不到聲音的地方，就是尖銳噪音也叫不醒她——犯人爲了方便拐帶，用什麼方法讓嬰兒沉睡了，餵藥或者乾脆殺了。

如果下藥，那就只能向奶瓶動手，所以我向阿芯確認她是不是餵奶粉。畢竟我覺得阿芯再怎麼熟也不會讓鄰居去翻熱自己預擠的人奶，幫忙泡奶粉比較有可能。

向剛滿月的嬰兒下藥，當然極度危險也喪心病狂，分量一個不對就會讓嬰兒長眠。林太太沒任何專業知識，她後來承認自己只是「大約估計」分量。悠悠運氣很好，她幼小的身軀撐過了藥物的影響，送院後在詳細檢查和悉心照料下，平安甦醒了。

倒是阿芯和她丈夫驚嚇得快要昏過去，尤其是在知道了眞相之後。

「犯人離開李宅時，身上明明沒有帶著嬰兒，她到底是如何將嬰兒偷走到自己家的呢？」

當日，在救護車將嬰兒和擔心得要死的父母送到醫院後，曾少忠在同袍面前重組案情。我沒有跟著去醫院，因爲我答應孝德留下來照顧李老太，當然有部分原因也是想看戲。

「她用這個。」

曾少忠出示他在一樓找到的登山繩。

「她家的露台和李家的露台相鄰，可以看得見對方在外牆的晾衣架。她事先在自家露台將登山繩拋向李家，圈住那邊的晾衣架金屬臂，用有勾的長棒之類的東西協助把繩頭拉回來，再穿過自己家的晾衣架金屬臂，綁成一個圈。」

自從菲菲從露台墜樓而死，阿芯就有心理陰影，幾乎不再使用外牆的晾衣架，改把衣服晾在室內。這點林太太一定早就知道，所以不必擔心阿芯會發現登山繩。

「之後犯人就過去找李太太，裝作幫忙卻偷偷在奶瓶裡下藥。犯人也可能在飯菜裡對李太太下了瀉藥，等她發作要去洗手間，就立即把昏睡的嬰兒放進那個寵物背包——她一定是之前來的時候就知道背包放在哪裡。」

其實沒必要下瀉藥，如果林太太跟我一樣也聽阿芯提過她有嚴重的乳糖不耐症，只要在卷蛋裡加入牛奶，就會有一樣的效果。

「然後，她把背包帶到露台，將背包掛到登山繩上……」

「等等，你說外面？窗外面？」曾少忠的同事變了臉色。

「對，在窗外。然後她就向李太太告辭兩手空空地回家。她一回家，就立即衝向露台，拉動登山繩的圈，將背包從李家那邊拉到她這邊，再把背包收進屋裡。她就是這樣把嬰兒偷到自己家裡來的。」

一條脆弱的新生命，就那麼被吊在二十二樓的高空外，只要整個過程有半分差錯，悠悠就會步菲菲的後塵。你能想像阿芯和孝德聽到這件事後，面無血色的樣子。

如果讓他們知道，林太太曾做過幾次實驗，並不是每次都那麼順利，例如那個西瓜……我相信阿芯眞的會昏過去。

「一定是菲菲把自己的九條命分給悠悠，保護了她。」我這樣安慰阿芯，她才漸漸從歇斯底里地保護女兒的狀況慢慢放鬆下來。

林太太被捕後，並沒有太多掙扎就承認了一切，畢竟證據確鑿，沒什麼好辯駁的。她甚至也承認了自己沒有想清楚把嬰兒偷走之後可以怎麼做，她似乎幻想著可以把嬰兒帶到外面去藏一段時間，再想辦法說服丈夫接受這個「女兒」——唯獨提到這部分的時候，她的理智似乎就罷工了。

她的動機只要一查背景也不難理解。她曾經生過兩次孩子，但孩子都不幸夭折了，然後第三次流產傷了身體，醫生判斷她很難再懷孕，她丈夫在內地有情婦，情婦生了孩子……她迫切地想要小孩。

人可以在某部分瘋狂，卻仍然冷靜理性地犯罪，很多罪犯都是如此。正如她那麼精心地設想了作案的方法，還聰明地知道要怎麼要脅人。

她被警察帶走的時候，曾經大聲叫喊：「你們不能抓我，不能告我，不然我就全都說出來！」

當時沒有人知道她呼喊的對象是誰，曾少忠第一個望向我，噢當然了，他什麼事情想不通都會先懷疑我。只有我知道她呼叫的對象是誰。

果然，後來阿芯告訴我，李老太竟苦勸孝德不要追究林太太，說她也是個可憐人云云。這下連孝德也受不了。「那個瘋女人差點把悠悠從二十二樓摔下去啊！」他大聲反駁母親。

當林太太發現她犯的是刑事案件不是說不告就可以不告，她便抱著同歸於盡的心態爆料：一切都是李老太指示，證據就是她有阿芯家舊門鎖的鎖匙。

當然她後來硬說是李老太不喜歡阿芯這個媳婦才指使她去拐走悠悠，這就實在太牽強了，即使是警察的智商也不會相信。不過這個誣告還是有一半眞實性，所以就算我保持沉默，阿芯他們最後還是自己猜到了眞相。

當初阿芯跟我提說菲菲墜樓的事，我就已經心存懷疑。想要家訪也是爲了滿足我少許的好奇心實地看看。果然，菲菲墜落在簷篷的位置，並不是露台外，而是客廳的窗戶外。

可是客廳的玻璃窗裝有紗窗，而且阿芯回家時仍緊閉，也就是說，菲菲很可能不是自己跳出去，而是被人打開窗戶扔出去的。

李老太有最大的殺貓動機，偏偏菲菲墜樓時她有不在場證據。最簡單的解釋就是，她有共犯。她把鎖匙交給某人替她去處理貓咪了。

悠悠失蹤那天，本來吵鬧的李老太一看到林太太出現就馬上安靜，不是怕家醜外傳，而是心虛。當時我也是回心一想才想到，她們的確有可能認識——李老太曾經多次拿著鎖匙不請自來出入兒子的家，她有可能會跟住隔壁的林太太碰到面。

林太太爆料的時候也是這樣說，她聽李老太說到媳婦竟覺得貓比胎兒重要，就主動說可以幫忙。她和李老太約好，李老太在去酒樓的路上把鎖匙交給林太太，林太太則趁機進屋去把貓抓走放生。

可是，菲菲一看到陌生人就躲到梳化下死活不肯出來，時間緊迫，林太太不顧一切強行把牠扯出來，就被菲菲在手臂上抓出深深的血痕。那疤痕至今還未消褪，所以我熱得都要穿背心裙了，她仍然要穿著長袖外套。

林太太氣上心頭，一時怒火，等她注意到的時候，已把菲菲掐死了。

這下怎麼處理貓屍呢？

意料之外的狀況，她慌了，本想把貓屍裝進袋子裡帶走。但心念一轉忽然想到，乾脆從窗戶扔出去不就好了？不是偶爾會有寵物貓墜樓的新聞嗎？

她急忙打開窗戶把貓屍扔了出去，小動物在眼前迅速變成一個小黑點，落在下方的簷篷上。本來她還擔心聲響很大會引人注意，但是沒有人注意到。

她安下心來，要關窗時才想起一個不可思議的巨大失誤：窗戶原本都關緊，貓又怎可能自己開窗呢？

假裝窗戶沒關好？但玻璃窗是向外推，紗窗是向內拉，總不可能兩者都同時沒關好。情急之際，她便想到打開通往露台的門，因為露台的門沒關緊總比客廳的兩層窗都沒關上來得自然一點。

李老太沒想到林太太會狠到把貓扔出窗外，實在嚇了一跳，不過林太太說這比起貓咪離奇消失要好，起碼阿芯不會大著肚子到處找貓，李老太也只能接受這個解釋。

但李老太萬萬沒想到，林太太在交還鎖匙之前，拿去給鎖匠複製了一把，更沒想到，林太太已經默默注意阿芯很久了。

導火線就在阿芯與丈夫輕描淡寫地提到還不想生小孩的閒談，同乘電梯的林太太聽到，內心酸溜溜的。為什麼？明明就那麼年輕、身體健康，最適合生小孩的年紀，居然不想生？

然後看到阿芯懷孕了，她還說，其實這是意外，可以的話真想二人世界多幾年才考慮……這些話聽在林太太耳中，實在太刺耳了。

妳丈夫這麼愛妳一直待在妳身邊，上天還給了妳孩子，身在福中不知福的女人！

加上她還聽到李老太說阿芯重視寵物多於胎兒，上天爲何把孩子給這種沒母性的女人而不給她呢？如果是她，她願意爲了孩子放棄一切。

林太太說她偷偷複製鎖匙的時候其實沒想到什麼明確的目的，就只是想嚇阿芯和懲罰她。她會趁李宅沒人的時候偷進去惡作劇，例如把阿芯收起來的貓玩具放到別的地方，讓阿芯疑神疑鬼。

我覺得，林太太也許沒意識到自己的慾望，她心底想的懲罰，恐怕是暗暗期待阿芯會因受驚而流產，像她一樣失去孩子。

林太太偷進李宅有點冒險，但她不怕其他人發現。正如阿芯報警後來了一票警察，但除了林太太，我沒看到其他鄰居出來八卦打聽，門都關得緊緊的。我當時就知道這裡的鄰居實際上是自掃門前雪，不相往來。因此親切的林太太反倒讓我感到可疑。

總之她成功了，阿芯的確被她嚇到，以爲菲菲回來找自己。

不過當李老太從兒子那聽說這件事，她馬上知道是怎麼回事——有人偷進了兒子的家，誰有鎖匙？想必她當時一定爲自己曾經把鎖匙交給陌生人而悔恨不已。

這就是爲什麼她會立即找人把兒子家的門鎖換掉，因爲她已經是林太太的共犯，她不能說出眞相，只能推搪說是爲了讓阿芯安胎。

李老太以爲換掉門鎖就沒事了，她怎想到林太太不罷休，乾脆裝成親切的鄰居接近阿芯。起初阿芯對於鄰居突然的親切雖然有點奇怪，但她已習慣大家對孕婦有特殊對待，不疑有詐地接受了林太太的慰問和關懷，只當她是個好心的鄰居。

直到悠悠誕生，林太太還熱情地來道賀。

然而林太太看著悠悠，心裡想的卻是：阿芯這種母愛不足的女人不配有這麼可愛的女嬰。於是她開始想像可以如何拐走悠悠。

只是很不巧，她選擇實行犯罪計畫的那天，正好我也約了阿芯。

如果嬰兒不是從門口帶出去，那麼還能容許嬰兒通過的出口就只剩窗戶，接下來就很好猜了。所以我才會到阿芯家的露台察看是否可以看到鄰居的晾衣架，之後又到地面仰望確認。我認爲假設是有可能實行的。

可能是用繩，或者其他裝置，但無論如何她應該會使用能夠承受人體重量的東西。我首先想到的就是登山繩和登山扣環，因爲這些東西不難買到。她顯然曾經用西瓜做過實驗，也可能不只用西瓜，反正她只要在自己家露台就能測試裝置和承重力了，愛做多少次實驗都可以。

想到悠悠可能正處於危險，我只好兵行險著直接到林太太家故意試探。暗示如果她和丈夫都沒有爬山的喜好，要解釋怎麼會藏有登山繩（或之類的用具）就有點麻煩了。然後我就讓警察去找她麻煩，情急之下，她要消滅證據的唯一方法就是扔出窗外。

當然，證據也包括悠悠。

她會不會爲了自保，喪心病狂到把悠悠也扔出窗戶外呢？並非沒有可能。但是我覺得她不會。

如果悠悠還沒到她手，她可能會，因爲那是「阿芯的女兒」，所以她不惜冒著讓嬰兒摔死的風險偷過來。但一旦到了她手上，心理上，她已經覺得自己得到了，這就是「她的女兒」。她不會殺自己的女兒。

而且警察都在門外拍門了，她這時候才把嬰兒扔出去，也已經洗脫不了最大嫌疑還會變成殺人犯。

警察已經來看過一次都沒發現，她賭警察這次也只會看看就走，可惜她賭輸了。只要警察有合理懷疑和緊急需要，他們是可以不用搜查令就能搜屋的。

林太太和李老太背後的關係被揭穿後，阿芯和李老太的婆媳關係已沒法挽回。李老太不只害死菲菲，還差點害死悠悠。母親保護兒女的本能讓阿芯再也沒法隱忍，終於發火。李老太放不下長輩的尊嚴認錯道歉，愈想愈覺得連悠悠被拐帶這件事也怪在她頭上很委屈。

於是夾在中間的孝德壓力山大，在我這個輔導員面前無助哭泣。

我建議他們下定決心搬走，他們也覺得住下去有心理陰影，倒是爽快地搬了。但李老太不甘心，糾纏著要見孫女兒，阿芯受了教訓，過敏到再也不肯讓這位祖母碰悠悠一根寒毛。

不過困局很快就出現轉機。某天李老太在樓梯失足掉下，不幸身亡。據說她是被一隻突然跳出的黑貓嚇到才會踩空出意外。

孝德和阿芯百感交集地處理了喪事，將父親安置於護老院，兩人終於可以鬆一口氣，安心照顧新生命。壓力來源消失，兩人結束了在我這裡的輔導。他們領養了小貓，正計畫生第二胎。

正如我常跟客戶說的，大部分情緒問題，只要耐心等待合適的機緣，都可以迎刃而解。

平心而論，李老太確實是位疼愛兒子的慈母。她的離去能夠令兒子擺脫煩惱，專心養育下一代，也算是達成心願吧。

至於曾少忠，據說他嘗試在李老太意外現場的附近拚命尋找我出現過的證據。當然最後仍是徒勞無功。

就說警察到場時，我通常早就已經離開了嘛。

〈嬰兒與貓〉完

貓知曉一切

——黑貓C

1

「死者全名歐文德、本地人、男性、四十一歲、單身獨居……」

會議室內四面牆、一張長枱、兩排椅子，除此之外什麼擺設都沒有。阿麥坐在對面，仔細抄下彭警官所述的死者資料以及凶案重點。

「由於該單位近日傳出惡臭，鄰居投訴不果，遂報警交由警察破門，最後發現躺在客廳的歐先生的屍體。初步相信死者是三日前遇害，暫時列爲謀殺案處理。」彭警官續道：「暫時沒發現死者歐文德生前有什麼仇家，亦沒有不良嗜好……」

阿麥繼續抄寫，雖說錄音筆也能完整記錄警官的話，但作爲新人，工作態度尤其重要，他不敢有半點怠慢——但寫到一半不得已停下了筆，因爲彭警官說了這麼一句後，突然停頓：

「歐先生曾留有案底，三年前因經營非法貓隻繁殖場及殘酷對待動物而被判入獄。」

相對於新入職記者的阿麥，彭警官處事老練，眼神犀利，突然不說話，似在考驗阿麥。於是阿麥馬上應道：「但跟這宗凶案無關呢！」

「對。」像播放器按下繼續，彭警官回到機械式口吻繼續說：「歐先生早就服完刑，現在是位良好公民。我國對於肯改過自新的人都是歡迎的。」

彭警官尚算滿意阿麥的表現，在交代其他資料後，便把死者鄰居的聯絡資料遞給阿麥，會議就結束了。阿麥亦鬆了口氣，畢竟這是他第一次來到警察部的傳媒聯絡辦公室聽取案情，而對方更是高級新聞主任，職位比自己高得多，按道理說，這不是一個畢業沒多久的新人的工作，無奈阿麥的上司臨時有事無法抽身，他只好硬著頭皮代爲出席。

話雖如此，阿麥心裡知道，沒有記者喜歡負責這類新聞，付出多、回報少，所以才塞給自己。既然是新人就無法選擇，唯有盡力而爲；會面過程阿麥盡量表現得謙恭有禮，至少不要讓對方留下什麼不好印象。這份工作始終得來不易，能夠畢業後直進《公時報》工作，同屆同學都羨慕不已。特別是傳媒素質下降已成全球趨勢，不良媒體製造假新聞炒作謀利，或利用互聯網鑽空子逃避法律規管，社會吹起一片歪風；直至三年前政府通過《完善傳媒機構監管法案》，壞媒體相繼受法律制裁，再沒有譁眾取寵的新聞，像《公時報》這種堅持踏實做新聞的報紙才逐漸受到市民歡迎。因此現在新聞系的大學畢業生均以進《公時報》打工爲目標，阿麥就是其中成功的模範。

離開傳媒聯絡辦公室大樓後，阿麥便打電話跟上司匯報工作。上司沒有其他意見，亦放手讓阿麥自己一人採訪死者的鄰居。畢竟凶殺案是最沒有價值的新聞，這宗凶案的死者又是位尋常百姓，這樣的新聞充其量只適合放在報紙第五頁之後的其中一角，不值一提，交給新人記者去辦就好。

但就算這樣，阿麥依然相當興奮。因爲這是他首次負責的新聞，接下來只要回去案發大廈採訪死者鄰居，然後回報館交稿，明天《公時報》就會刊出他撰寫的新聞！他迫不及待想跟其他同屆畢業的同學炫耀。

2

話說阿麥畢業後搬離老家跟一位朋友合租單位居住。那朋友是大學時期在球場上認識的，叫馬田。跟阿麥相反，馬田畢業後沒有固定職業，就連阿麥都不大肯定他現在工作是什麼。不過既然馬田每月準時交他那份租金，就也沒什麼好在意的。而且馬田是位相當有趣的朋友，挺聰明的，很有正義感，看見他人有難會主動幫忙。有次阿麥被大學校方懷疑抄襲同學作業，原本修讀不同學科明明完全與他無關的馬田，卻插一腳來證明阿麥才是被抄襲的受害者，還了他一個清白。自此阿麥就把馬田視作最好的朋友，有什麼事情都會找他商量和分享，畢業後亦是如此。

因此第二天下班回家，阿麥就把當日的《公時報》拿來給馬田炫耀。

「看吧，今天的報紙有我寫的報導耶！而且是最多人讀的《公時報》！」

馬田剛好做完運動，用毛巾抹臉，然後好奇地接過報紙翻看。他翻了幾頁就覺得奇怪，問：「全部都是政府施政的報導啊，哪有你昨天說的那宗謀殺案？」

阿麥立即糾正他說：「你多久沒看報紙了，凶殺案都放內頁啦！」

果然翻了六頁後才看見。馬田好奇追問：「怎麼我印象中這類新聞應該放頭版才對，殺人這麼大件事。」

「以前的新聞太具煽動性了，唯恐天下不亂似的，每天看殺人的新聞心情不會變好，社會也不會變好。你也是因爲這樣才很久沒讀報紙吧。」

「這好像也有點道理。那讓我來鑒賞你寫的報導又是怎樣導人向善……」

阿麥撰稿的新聞確實只佔內頁的一小角落，不過內容充足、筆風樸實，具備《公時報》的風格。可惜的是報導最後還沒找到凶手。

阿麥補充說：「只是時間問題罷了。近年警方破案率屢創新高，快要接近百分之一百。」

「這樣就好。看報導像是死了個可惜的人呢。」

阿麥卻顯得有點尷尬，「其實死者也不是像新聞裡面說的那麼好啦，有經營過非法貓隻繁殖場和虐待動物的案底，只是沒有報導而已。」

「那爲什麼不報導？我看新聞裡面死者都是慈父孝子又或者是經常做義工的大好人，所以都是假的？」

「就像今次死者其實只有中學時期做過一日義工，我花了很大力氣才找到資料。」阿麥續道：「不過凶案死者必然是好人，這是定律，你不是讀新聞系所以不知道也正常。」

「說起來新聞也經常糾纏於凶手背景，基本都是性格卑劣的社會敗類……」馬田閉眼數秒，一臉恍然大悟般自言自語：「死者都是好人，凶手都是壞人，那麼最後把壞人繩之於法的就是正義，讀者看了就會感到滿足。眞有意思的新聞潛規則。」

阿麥佩服感歎，「有時候不得不承認你的腦筋轉得挺快。」

「不過這樣會使新聞變得奇怪吧，至少在你寫的這篇報導，我就感到渾身不自在。」馬田解說：「第一點，新聞說死者性格內向，又屬自僱人士，連工作上都甚少跟其他人來往，沒有仇家。可是死者在家中被人斬殺，家裡門窗卻沒有遭到破壞的痕跡，看起來應是熟人所爲，或者至少是死者開門給凶手入屋的，這就顯得跟新聞描述有點矛盾。」

「第二點，你說死者以前經營非法繁殖場，以我認知，罰金挺重的。然後現在他只是自由業的樣子，卻住在高樓價的單位，跟他收入不相稱也是另一個矛盾。而在這種情況下，凶手只是殺人沒有掠去屋內財物，根本是殺手模式，這宗凶案並不單純啊。」

馬田的論點很有說服力，聽得阿麥不斷點頭贊同。不過最後阿麥還是不大在乎，他回答馬田：「反正街上到處都是監控鏡頭，警方很快就會破案啦。那時候就會知道眞相，不用在這裡瞎猜。」

「嗯，這樣最好。」馬田喃喃道：「要是這樣就好了。」

沒料到，馬田的話彷彿一語成讖，過了數天，在警方還沒有破案之際，城內又發生另一宗凶殺案。這其實是十分罕見的情況，亦令有些人開始擔心治安問題。

3

「死者全名盧禮傑，本地男性、二十三歲……」

「欸？」

在同樣的會議室內，阿麥的反應引起了彭警官的注意，「畢業於××大學，死者是你認識的人？」

阿麥微微點頭，「我想他很可能是我的大學同學。」

「那你知道死者的友人關係嗎？跟什麼人來往，有沒有女朋友之類。」

居然是警方反過來問自己，讓阿麥感到很意外，「據我所知，他性格比較古怪，有時候挺難相處，大學時期跟女朋友分手後就沒再聽他有戀愛對象了……不過我跟死者不大熟絡，畢業後也很少聯絡，抱歉幫不上忙。」

「不，只是關心一下罷了。你才是不幸的那個，一星期連續兩宗凶殺案，死者還是你同學。」彭警官淡然道：「往好的方面想，至少你懂得怎樣寫死者的背景資料吧，雖然今次這個人我不大喜歡就是。」

阿麥大概猜到原因，唯有苦笑附和；待會面結束，阿麥帶著複雜的心情離開傳媒聯絡辦公室大樓。

縱然他很享受自己寫的新聞稿能夠面世給其他人讀，只不過想到這次死者是自己的同學，內心難免一陣傷感。太年輕了，即使跟死者不算很熟絡，仍然是太年輕了；不久前才一起畢業，如今則頭腦一片空白、糊裡糊塗般依照彭警官給的地址上門採訪同學的死。

雖然那位同學有點古怪，但也有值得欣賞的地方。他確實挺能幹的，大學時期就會做點小生意，賺錢打扮自己，其他同學都稱呼他作傑少。傑少跟阿麥一樣新聞系畢業，但畢業後沒有找新聞相關工作，而是經營網上頻道，專門以一些陰謀論爲題材拍片，什麼新世界秩序、祕密組織控制人類之類的。大學時期傑少已經很沉迷那些主張，經常把深層政府[1]掛在嘴邊，就算阿麥不相信他的話，但把它們當作故事聽也挺有趣的。

1 深層政府：deep state，指的是隱藏在執政政府下的幕後掌權勢力，他們未經民選，爲守護各自利益而集合在一起。

「請問先生是案發單位的業主嗎？」

下午時阿麥來到命案發生的公寓單位門外，在封鎖線外正好遇見協助調查的房東。房東明顯心情欠佳，粗魯質問阿麥來意。阿麥連忙拿出記者證，房東看見是《公時報》的記者才安分下來。

「是啊。記者大哥拜託你輕手點，別寫得太誇張。我已經夠倒楣，如果新聞鬧大肯定會被下個租客壓價，生活艱難啊。」

「我們只會不偏不倚報導事實，不用擔心。」

「事實就是那年輕人不知招惹了誰，被人破門入屋斬死。我就是走霉運，這個月房租已經收不回來，修門又要額外花另一筆錢。」

根據警方報告，盧禮傑的死狀跟日前另一位死者歐文德十分相似，身上多處刀傷，都是遭犯人入屋用利器殺死，分別只有今次凶手是撬門入屋殺人罷了。

——喵。

阿麥回頭一看，一隻三色貓緩緩走到二人中間，站在門口仰望著大門的封鎖膠帶。花貓是黑、橘、白色，橘色佔比最高，點綴著忌廉[2]和巧克力，雙眼則是兩顆明亮的青葡萄，這就讓阿麥記起來了。這隻貓正是傑少的寵物——蛋糕。大學時期有一陣子傑少經常上傳這隻三色貓的照片到社交平台上，然後不知何時開始又沒再看到了。原來蛋糕還在。

「又是這隻不值錢的花貓。」房東抱怨道：「警方教我來檢查一下有什麼東西是屬於我的，什麼是死者的，然後拋下這隻貓給我。我也不養貓啊，還得浪費我時間丟去保護動物協會。」

阿麥沒聽下去，只是盯著三色貓……

……

「——所以你就把這隻叫蛋糕的抱回來了？」

下班後阿麥把收養蛋糕的前因後果告訴了室友馬田。

「傑少的家人不要蛋糕，蛋糕既不是幼貓又不是純種貓，那些動物協會也沒資源照顧棄貓，這樣蛋糕的下場只有人道處理，我不想看見那樣子啦。」

「喵。」

主角蛋糕只是伏在梳化上，悠然自得，偶爾伸伸懶腰喵叫一下。意外地牠很快就適應新家，也不怕阿麥和馬田這些陌生人，亦不會嚷著要找舊主人。也許貓很聰明，

2 忌廉：即台灣的「鮮奶油」。

蛋糕已經知道發生了什麼事情吧。阿麥仔細地想，傑少遇害時說不定蛋糕在場，有機會目睹整個過程，這樣想，牠也是挺可憐的，一定會有心理陰影，更不能放下不管。

「好啦，我理解了。但話在前頭我不會照顧牠的，也不會帶牠散步。」

「又不是狗。」阿麥說：「總之我會負責照顧蛋糕，也已經寄信申請更改登記資料。」

法例早就規定狗隻須要植入晶片記錄資料，而前年亦有立法規管寵物貓必須植入晶片以打擊非法繁殖或遺棄動物等，因此領養寵物必須更改登記的飼主資料。

馬田站在客廳中間，一邊雙手平舉啞鈴一邊說：「貓的事情先擱下，那麼關於牠的主人——傑少的死，有沒有什麼奇怪？」

「什麼奇怪的……就是被人謀殺，除此之外還能說什麼？」

剛好馬田完成一組訓練，放下啞鈴稍微休息，便開始多話：「我們跟傑少也算是認識一場，你不好奇嗎？被人入屋謀殺，這不是什麼衝動犯罪，而是有預謀的，而且無論如何都要置他於死地。究竟傑少惹上什麼麻煩，要付出那樣的代價？」

阿麥聞言皺眉，「請別誤會，就算我是《公時報》的記者也沒有任何特權。我也只能依照警方指示採訪，不得私下接觸或騷擾其他證人。所以新聞報導已經是所有我知道的了。」

「不是身為記者，而是作為同學，你不想弄個清楚嗎？」

「說得好像現在就不清不楚似的，剩下就交給警方調查吧。」

「雖然我也是這麼想過，但還記得你之前負責的新聞嗎？到現在差不多一星期，案件還是沒有進展。最近我每天都有看新聞，但就沒看到凶手落網。」馬田在背後書桌拿來筆記簿翻看，「兩名死者相隔六天遇害，同樣懷疑是遭刀手入屋殺死。兩位死者身上多處刀傷，大量濺血，怎樣看刀手的殺人手法都挺業餘的；死者如此大量出血，血跡一定會沾到凶手身上，卻仍然逍遙法外，實在奇怪。」

阿麥嘆了口氣。他很清楚馬田的性格，一旦遇到感興趣的事情就一定要查到水落石出，畢竟也是他這個性格才令二人成為朋友。

「那麼你有什麼想法？」

「我在猜他是得罪了什麼有勢力的大人物，勢力大得能夠某程度得到包庇。」

「結果只是訴諸陰謀論嗎。」阿麥再嘆氣。

「說到陰謀論，傑少不是有網上拍片嗎？我看過他的平台訂閱數，也有幾千，不至於是沒人看的頻道，可惜裡面的影片全部轉成私人，已經看不到。」馬田胸有成竹地笑道：「還好我認識一個會電腦的朋友，他應該有方法把隱藏的影片弄回來。」

阿麥拿他沒轍，只好讓馬田調查到滿意為止，自己亦看看有沒有什麼方法打聽多些關於傑少的事。

4

翌日朝早，一則新聞彷彿打臉馬田似的。原來警方在凌晨展開行動，突擊一住所單位拘捕一名本地男子，該男子懷疑與上星期的凶殺案有關。據警方透露，疑犯與死者不認識，但他有精神病紀錄，案發時疑因情緒失控錯手殺害死者。

剛好阿麥還沒出門口上班，看到新聞便跟馬田說：「看吧，犯人不可能逍遙法外。我猜傑少的死警方也會很快查出凶手是誰。」

馬田一早起床就在客廳做運動，揮揮拳，跳跳繩，然後趴在瑜伽墊鍛鍊肌肉。他氣定神閒地回話：「蛋糕剛才也看電視，也看新聞。但你不是蛋糕啊，看完新聞之後你沒發現有什麼不妥的地方嗎？」

「哦，你在暗示如果我沒發現問題，我的腦袋就跟一隻貓沒分別嗎？」

「貓的智商大約相當於五歲小孩，過了暑假我可以考慮替你找小學面試了。」

「最好你能把蛋糕養到可以出來工作分擔租金喔。」但說到這地步阿麥也不再廢話，而是仔細回想早上的新聞有什麼奇怪的地方，尤其自己之前還負責報導凶案和死者資料。這樣想的話，很快就找到答案。

阿麥說：「上星期的凶案，案發單位的門窗沒有遭破壞的痕跡，很可能是死者開門讓凶手入屋的。爲什麼死者要開門讓個陌生的精神病入屋？」

馬田答：「依我推斷那個凶手確實是殺害死者的凶手，但絕不是什麼精神病，更像是被僱用的刀手要殺害死者滅口。死者也很可能知道原因，或者至少他也有事情主動跟對方聯絡所以才開門，詳細情況仍完全猜不透就是。」

「如果是買凶殺人的話，下手是誰都不重要，真凶反而躲在幕後。」

類似這樣的買凶殺人也不算是很新奇的事，這樣下手的有機會就是什麼黑幫的小混混。正當二人聊得興起，阿麥才猛然驚醒過來。現在不是玩偵探遊戲的時間，他還要上班，試用期都沒過不可以遲到，便轉身飛快地出門離去。

還好剛剛趕得及回到報社，阿麥報到後便立刻打電話跟高級新聞主任的彭警官聯絡。縱使今天各大傳媒也有報導警方破案的新聞，不過阿麥還打算寫篇關於凶手的專稿，內容大概是寫凶手做錯了什麼因而誤入歧途；這樣既符合《公時報》的作風，阿麥亦能找機會向警察套取關於凶案更多的資料。畢竟朝早馬田的話確實勾起了阿麥的好奇，說到底，傑少的死令他無法置身事外。

不過彭警官對凶手專稿的反應跟預期不同，顯然不感興趣，拖了大半天到接近傍晚，才答應在電話裡接受阿麥的查詢。

「……犯人就是一名本地男子，基本能公開的資料都刊在警方新聞稿了，你還有什麼問題？」電話裡頭彭警官的語氣感覺不大耐煩。

阿麥只好更加謙恭地請教：「因為良好市民都是奉公守法，凶手這麼殘忍，我想知道他有沒有其他犯案的前科？」

「前科，沒錯……」彭警官猶豫片刻，「但案件已經進入司法程序，無須再糾纏疑凶的背景。」

「咦？但、但是……」阿麥反應不過來，他想繼續話題來套取資料，卻說不出什麼理由來，反而讓彭警官起了疑心。

「我覺得你好像對案件特別感興趣，不是嗎？」

「因為其中一位死者是我的同學……」

「我相信專業記者不會公器私用，濫用職務上的方便來滿足自己的好奇。」

阿麥當場冒出一額冷汗，「對不起，是我多事了。」

「年輕人，我勸你少管閒事為妙，你的上司不會想知道你正在做的事情。」

彭警官冷冰冰地把線掛了，剩下電話長響的聲音讓阿麥猶有餘悸。對方就是這樣有威嚴的人，職級要比自己高得多，稍微向他上司投訴的話，第二天就不用上班，可以跟蛋糕一樣躺在家裡了。而事實上，在掛線後彭警官也確實撥了個電話給別人——對象雖然並非阿麥上司，但也是個足以給他麻煩的人。

5

下班到外面餐廳吃晚飯，吃飽就回家休息。即使當了記者，但只要社會一片和諧、沒什麼突發新聞，阿麥就能保持他規律的生活。相反地，室友馬田總是不知道他什麼時候出門，更無法捉摸他會什麼時候回來；像今晚，他就十點鐘才回到家，一看到阿麥便春風滿面地來個招呼。

「喲，兄弟！我今天打聽到很重要的情報喔，你那邊怎樣？」

阿麥則沒精打采，「沒什麼，今天差點丟了工作而已。但如果我沒錢交租你會幫我付我那份的對吧？」

「大概不會吧。」

「剛剛我好像聽到說兄弟的？」

「雖然不是値得自豪的事，但唯獨錢我沒辦法，哈哈。」馬田從膠袋拿出幾盒減價壽司，邊吃邊問阿麥今天的事。阿麥如實相告，而馬田總有方法挑出他話中令人在意的地方。他跟阿麥再次確認：「那警官眞的警告了你別深究傑少的死喔？」

阿麥點頭，「不要公器私用的話，我想就是這個意思。」

「那可神奇了。你說的是兩件案啊！先問第一宗案件的疑犯是否有犯案前科，再解釋因爲第二宗案件的死者是熟人。因爲我們昨天的討論，你不自覺地把兩宗案件看作同一系列也無可厚非，可是對方卻沒有反駁，他潛意識說不定也認爲兩宗凶案有關聯呢。這情報的重要度不下於我今天打聽到的喔。」

「你是說找懂電腦的朋友把傑少隱藏的影片弄回來，有結果了嗎？」

「結果了結果了。」馬田得意洋洋地說：「聽我說啊，在排除其他人云亦云沒什麼特別的影片後，傑少最近上傳的影片是關於『怎樣利用貓來統治世界』！」

阿麥沉默半秒，反問：「你眞的相信這種鬼話？」

「本來我也不相信，但聽見你剛才關於那警官的話，假如連警方都認爲兩宗凶殺案有關聯，那該影片又何嘗不是一個共通點呢？」馬田拿筷子指向伏在梳化的蛋糕，「你看那共通點，正是貓。」

蛋糕不只伏在梳化上，更是用肚子壓住阿麥的手機。阿麥須要哄蛋糕離開才能取回手機，然後翻閱記錄在手機的案件資料，觀乎兩宗案件的共通之處，確實最有趣的就是貓——乍看跟案件毫無關係，細看下卻察覺到第一死者曾經營非法貓隻繁殖場，第二死者則是有養貓還拍片講述關於利用貓來統治世界的陰謀論。

「不過就僅限於有趣，實際上跟凶案完全扯不上關係，抑或你認爲他們都是因爲貓而招來殺身之禍？有什麼原因嗎？」

「對，我認爲他們的死都跟貓有關——就憑我的直覺！」

「你這樣的推理也太隨興了吧，跟我教蛋糕玩碟仙找犯人差不多了。」

「但別忘記就是這樣隨興的推理幫過你一把喔。」

阿麥無法反駁，姑且接受馬田的說法，「那傑少說『利用貓來統治世界』又是什麼回事？」

「當然是標題黨。內容嘛，直接看就好，反正只是幾分鐘的短片。」

馬田弄了一下手機，把影片投影到掛牆電視，畫面一轉就是已經離世的傑少充滿朝氣地打招呼，不禁令人感觸。說過開場白後，畫面就轉到各種貓咪的特寫，有英國短毛貓、布偶貓、波斯貓，所有貓照片都有個共通點，牠們雙眼總是盯著你，就像《蒙娜麗莎》那樣。貓咪的眼睛跟人類很不同，圓圓發光的，盯著你彷彿牠們能夠看穿你內心所想。

——貓知曉一切。

有沒有想過你家裡的貓一直監視著你？你的一舉一動、你的生活作息，牠們都無所不知、無所不曉？影片旁白說：假如貓的眼睛是錄像鏡頭，貓的耳朵是竊聽器，你的一切貓都瞭如指掌，貓咪更會互相分享牠們家人類的資訊——這就是人類被貓控制的年代。自嘲是貓奴的人，終將眞正成爲貓的奴隸。

「你不相信嗎？下次影片我將會爲大家揭露貓的祕密，敬請留意！」

阿麥首先感到的是失望，「就這樣結束了？」

「傑少的頻道大部分影片都是那樣，把原本一個專題剪輯成幾段短片，再擠牙膏式上傳到平台。那樣做好像能夠增加人流之類的，反正剛才看的就是他生前上傳的最後一個短片了。也許有後續，但沒上傳過就沒辦法拿得到。我想傑少的電腦硬碟現在應由警方保管吧。」

「可是片中所說的也太過科幻。貓怎麼了，牠們想統治人類嗎？」

「我想影片並非指貓在監視人類，而是有人類利用貓去監視其他人類。」馬田續道：「我上網找過資料，人類利用動物作爲工具的例子不少喔。二戰時期蘇聯就把炸藥綁在狗背上，訓練牠們當反坦克犬；冷戰時期美國也曾經替一隻貓咪動手術，把竊聽器材和天線等放入貓的體內，並訓練牠作爲一隻活生生的間諜貓。不過傑少所說的是不是這種間諜貓就無法得知了。」

阿麥走近蛋糕把牠抱起，自言自語：「難道你也是一隻間諜貓？」

「我就是間諜貓，你什麼時間去夜尿我都知道。」

阿麥看著扮貓說話的馬田，只好選擇無視並冷靜駁斥：「你說的那種間諜貓要動手術植入儀器吧，在我看，蛋糕好像沒動過什麼手術。」

「那是冷戰時期的產物了。數十年後的現在或許有什麼微型裝置能夠神不知鬼不覺植入貓咪體內也說不定。雖然我不是這方面的專家無法下定論。」

「哪有這麼高科技到像魔法一樣的微型裝置能隨便植入貓咪體內……不對，還眞的有……」

阿麥和馬田互相對望，兩人都忽然想起一樣東西，異口同聲說：「寵物晶片！」

「這個太巧了！」馬田興奮地說：「兩年前政府才立法規定連貓都要植入晶片，假如政府指定的晶片其實是間諜晶片，然後把所有家貓都變成間諜貓，豈不就是超具話題性的陰謀嗎！」

「然後傑少就因爲得悉這個陰謀而遭到毒手。」阿麥半信半疑，「可是眞的有這種高科技的間諜晶片存在嗎？」

馬田答：「這個我又要拜託我那位懂電腦的朋友，還可以帶傑少的貓去給他檢查，我想他能夠查出一些什麼來。」

「眞可憐呢那位會電腦的朋友，就像大多數會電腦的朋友一樣寫作『朋友』唸作『工具人』。」

「別說得這麼直接嘛。明天你應該不用上班？我帶你去認識一下我那位朋友，順便一起吃頓飯作爲答謝他幫忙。」

事到如今，阿麥也沒其他選項，只好奉陪到底，調查所謂間諜貓的陰謀。

6

走過塵土飛揚的建築地盤，穿過工程鐵馬臨時圍起的小路，二人來到孤立在市中心的基層社區，周圍破舊大廈林立令人感到悶熱，天空亦變得十分狹窄。灰色混凝土牆上貼滿廣告，路邊坐了形形色色的人，有些在吃飯、有些在擺賣二手物件。十多門口幾個小孩看見寵物車時特別好奇，阿麥感覺周圍目光好像都在注視自己。

阿麥說：「你那位朋友是本地人嗎？我以爲這裡的人背景都是比較複雜的。」

「跟你我沒大分別，普通人而已。」馬田笑道：「但愈是品流複雜的地方愈是臥虎藏龍。」

看馬田帶路在迷宮般的小巷左穿右插，大概來過不只幾次，已很熟識周遭環境。他帶阿麥來到一棟六層高的舊式公寓，沒有電梯，只能走樓梯上到四樓；來到大門看見很古老的物理鎖，阿麥還以爲物理鎖都已經被電子鎖淘汰。

馬田拍了大門幾下，大喊：「Q，我們到了喔。」

接著一位身材高大、不修邊幅的短襯衫男子出來開門。看外表，估計跟阿麥和馬田一樣二十出頭，臉型偏瘦，戴著無線入耳式耳機，亦戴眼鏡。阿麥心想這確實很符合所謂科技宅的形象，眼前男子應該就是馬田那位懂電腦的朋友。

「給你們介紹。這位阿麥是我的大學同學；這位是Q，所有跟電腦有關的問他就對。」

馬田簡單介紹過後，Q邀請二人入屋，意外地這類舊式住宅空間挺寬敞的，意料之內則是果然放置很多電子器材、工作桌上電子零件四散、電腦螢幕都是黑底白字。

Q蹲在寵物車前，把蛋糕放了出來，「這隻就是傳聞中的間諜貓嗎？」

馬田答：「就像昨天說的，純粹懷疑，所以拿給你看看。」

「不過這邊本來就有反竊聽設備。」Q又走到其中一張電腦桌敲了幾下鍵盤，續道：「假設這隻眞的是間諜貓，貓體內置諸如ＧＰＳ或者竊聽裝置之類，在收集資料後總要把偷來的資料傳送給用家。無線電也好，雷射也好，紅外線也好，都是電磁波，就像你的手機也是用微波傳送，只要一傳送資料就會露出馬腳，好比玩捉迷藏的人就算藏得多隱蔽，只要發出聲音也是會被人發現。」

馬田應道：「簡單來說，就是貓咪來了之後房間沒有偵測到可疑電波，所以貓咪體內沒有間諜裝置這樣？」

「不錯的回答，雖然不對。用剛才捉迷藏來比喻，就算躲起來的人需要出聲跟外面的人聯絡，但不代表要二十四小時一直叫。一直叫的是低級的偵測儀器，隱匿性更高的偵測儀器會是收到指令才開始對話，其餘時間就眞的跟木頭一樣沒有反應，無法利用掃描異常電波來發現。」

「即是說間諜裝置的開關握在其他人手裡。」

3 士多：爲store的音譯，是類似便利商店的小店。

「沒錯，就像電視遙控，隨時開關。」Q補充說：「更厲害的是，那電視遙控還能夠遠距替間諜儀器充電，這樣間諜儀器就不須外接電池，可以做得更微型。日常交通卡的RFID[4]技術就是差不多那樣吧。」

馬田抓抓下巴，整理思緒後總結道：「換言之沒在貓咪身上找到間諜裝置有兩個可能性，第一個是就眞的沒有，第二個是那間諜裝置的隱匿性十分高，而且需要額外儀器啓動。」

「不過就算眞的在貓的體內植入間諜裝置，這樣的間諜貓也不可能大量生產，做不到大規模的人類監控效果喔。」Q又走近蛋糕仔細觀察，與貓四目交投。馬田和阿麥都虛心聽著講解，唯獨蛋糕一臉不屑。

「那寵物晶片呢？」馬田追問。

「就算把微型晶片弄成可以傳送和接收ＧＰＳ信號，以現今技術內置體內也很難確保信號穩定，更不用說其他諸如竊聽錄音裝置之類了，不可能做到那樣精細植入入貓的身體裡。那種高科技微型間諜晶片暫時只限於科幻小說才會出現吧。」

Q一笑置之，看來他不大相信眼前的這隻貓是什麼間諜貓。不過話說回來，其實最初阿麥也不大相信傑少的陰謀論，只是被馬田的話術勾起了好奇心罷了。

馬田則有點不甘心，喃喃自語：「明明應該很接近眞相才對，我始終認爲凶案跟間諜貓有關。」

「當然還有其他透過貓而完成的監控手段，可能我們還沒想到而已。」Q說：「畢竟那是跟黑幫扯上關係的凶殺案。」

「疑凶的身分已經查出來了？」

「要查那個人的背景比想像中簡單。那疑犯多次更換名字，精神病紀錄也是買回來的；他是本地其中一個最大黑幫『舊金幫』的打手，有多次暴力犯罪紀錄，就算換過名字，但沒整過容很容易露餡。」

馬田不感意外，他早就這麼猜想，「問題是僱用他去殺人的幕後勢力究竟是什麼。」

「如果不是舊金幫自己盯上死者，而是有人僱用舊金幫去殺人的話，對方來頭肯定不小。」

阿麥插話道：「雖然不認識第一名死者，但第二名死者是我的同學，我想他應該沒有跟黑幫扯上關係。」

「所以他得罪的人跟黑幫有連繫的可能性更大。」Q警告說：「假如你們把兩宗

4 RFID：即無線射頻辨識，全名爲Radio Frequency Identification，是一種無需接觸的無線通訊技術。

凶案當作連環殺人的話，你們的對手將會是個冷酷無情、不把人命當作一回事的瘋子。你們該小心自己變成下個目標才好。」

阿麥有點猶豫，反問：「這樣你不怕會被我們牽連嗎？」

「別小看這裡的人，而且這邊不是舊金幫的地盤，至少比你們安全。」

「這樣啊……」阿麥則尋求馬田意見：「怎樣？我們還要繼續調查嗎？」

但馬田只是皺起眉頭，若有所思，不斷自言自語：「這樣的話……買凶殺人……間諜貓……好像只差一步就能解開謎題……」

看馬田愈苦惱就愈是生自己的氣，不服輸的他不可能就此罷休，唯有見步行步。阿麥提議：「這樣吧，至少今天我們也有不少收穫，不如先休息一下吧。你吃過午飯沒？馬田說今天他請客喔。」

Q冷笑道：「那先教他去好廁所，別像上次結帳時又去找廁所。」

此時阿麥有不好預感，忽然明白馬田帶他來一起吃飯的原因。因此午飯時阿麥全程都在確保馬田不會耍賴中途離開，不過只是杞憂，馬田意外地表現得很平靜，也突然變得很少說話，就像臉上掛著「請勿打擾」的門牌，似乎他真的想通了什麼，就只差一步的感覺。

7

翌日星期一，阿麥又回到崗位工作，然後當日傍晚又發生了一宗謀殺案。突發新聞輪不到仍在試用期的阿麥去跑，他只能跟同事打聽現場消息，然後用通訊軟體向馬田報告。

「眞是悲劇，又有一宗凶案，如果跟之前兩宗都有關係就太可怕了。」

不到十秒便收到馬田回覆：「這次死者是女性？」

「是啊，你怎會知道呢？」

「該不會死者的名字叫施佩琳吧？」

馬田的回覆嚇得阿麥目瞪口呆，連忙跑到茶水間直接撥電話給馬田質問。

「到底是怎麼一回事！爲何你知道死者身分？才剛剛發生沒多久，警方只把消息告訴傳媒，傳媒還沒對外公布！」

相比起阿麥連珠砲發問，電話對面的馬田相當冷靜，平淡回答：「因爲我已經知道這三宗連環殺人案的眞相，如果是推理小說的話差不多該結局了，不然下一個會死的就是我。」

阿麥不敢相信，才半天沒見，馬田怎麼突然知道眞相了。「我連死者是誰都不認識，你說你知道眞相？」

「很抱歉……」馬田嘆氣道：「我想，施小姐是我害死的。」

幾乎沒聽過馬田如此沮喪，阿麥亦冷靜下來，希望了解怎麼回事。

「阿麥你差不多下班了吧？還記得上個月我們去過那間德國餐廳嗎？我們七點半約在那裡見，到時我再把一切來龍去脈告訴你。」馬田更警告說：「別回家，我們家已不安全，下班後別亂逛直接來餐廳見面就行，盡量避免走少人的路，要走大路。」

阿麥來不及追問，馬田電話便已掛線，聽他語氣應該是認眞的，且就算他平時怎樣隨便，也不可能拿死者來開玩笑。馬田說是他害了死者，因爲他知道了眞相，並有生命危險。聽了這些，阿麥別無他法，下班後直接走到餐廳，結果比預定早了十分鐘。

他們約的那間餐廳位於鬧市中心，屬商業大廈的一個地舖，主打西餐菜式和啤酒，晚上十分熱鬧。阿麥急步走過馬路，來到餐廳門口的櫥窗，很快就發現坐在一角的馬田，便跟門口侍應交代，自己亦趕緊走到窗邊的廂座跟馬田會合。

「究竟怎麼回事？」阿麥小聲問。

「那個嘛，你先坐下來，我再慢慢跟你解釋。」

於是阿麥坐到對面，卻發現座位上放置了一個紙袋，便問馬田：「有其他人？」

「沒，那紙袋是我的，但先放你那裡。你也無須緊張，坐下來吧。」

然而阿麥坐下了卻無法冷靜，「當你聽見有人告訴你家裡不安全，又警告不要落單云云，你還能夠不緊張嗎？」

「至少我能確保你在這裡暫時很安全啦，好嗎？」馬田替他斟水，續道：「先深呼吸，別自亂陣腳，因為我已經知道眞相，很快就是我們這邊的勝利了。」

「好啦好啦，我信你就是。」反正阿麥疑問已經夠多，他只想要答案，「那究竟白天發生什麼事情，你認識那位姓施的女死者嗎？」

「先看看這個吧。」馬田把一個信封放到餐桌，遞了給阿麥。封面是環境局寄來的信，收信人是阿麥自己。於是他打開信封看。

「這是更改貓主登記的回信……申請更改失敗通知……貓主身分不符……」阿麥感到疑惑，「這封信說蛋糕的主人並非傑少，所以就算我把傑少的死亡通知寄給他們，他們也不能替蛋糕更改登記的貓主。」

「沒錯，所以我打了電話給環境局查詢——」

「慢著，即是你偷看了寄給我的信嗎？」

「事到如今你就別計較那些小事了！」馬田反問：「你能猜到蛋糕的登記主人是誰嗎？不過登場人物沒剩幾個，用猜也能猜得到吧。」

「施小姐……」

「施佩琳，跟你在手機短訊告訴我最新那宗凶案死者的姓名一模一樣，沒有那麼多巧合，我肯定是同一個人。」

「這樣你害死施小姐又是怎麼回事？」

「我在家裡跟環境局通電話，得悉施小姐才是原本貓主之後，傍晚施小姐就遇害了。」馬田亦開始正經起來，把頭靠向阿麥，凝重解說：「而且你有關於施小姐身分的資料嗎？她在一間科技公司任職技術員，那公司其中一個產品正是寵物晶片。」

「我知道。美積科技──近年勢頭最強的創新初創公司，其中打著本地品牌旗號生產的寵物晶片極受歡迎，佔了本地市場近九成的銷售額。前年政府立法規定貓隻必須跟狗隻一樣植入晶片，曾被民間質疑過官商勾結，但那類傳言很快就被官方撲熄了。」

「不愧讀新聞出身，記性不錯嘛。」馬田小聲總結：「第一名死者曾經營非法貓隻繁殖場，第二名死者生前最後一段影片講關於間諜貓，第三名死者更是任職於生產貓晶片等的公司，井字過三關，一隻貓把三宗凶案串起來，還能夠不信邪嗎？」

「那、那間諜貓是真的？」

「我上午跟環境局通電話，傍晚施小姐就死了，我不得不懷疑我們家已被監控和竊聽。」

「可是你那位朋友說過，那樣高科技的間諜貓只會在科幻小說出現。」

「我想通了，能夠利用微型寵物晶片來實行大規模監控的方法……」說到一半，馬田看見阿麥心不在焉，左顧右盼，問道：「怎麼了？你有在聽我說話嗎？」

「不對……不對勁啊。」阿麥慌張起來，輕聲反問：「現在夜晚七點多還沒到八點，理應是晚市最繁忙的時間，我剛才入餐廳也看到門口有很多食客排隊等候。但你有留意嗎？餐廳好像愈來愈少人，全部餐桌都放了預約卡牌；然而我們坐了這麼久，根本沒有任何顧客來過，連侍應好像也開始沒見到幾個了……」

「啊，時間到。」馬田告訴阿麥：「你座位旁的紙袋裡面有支防身手電筒，大力敲中腦袋的話應該會馬上暈倒。」

「欸？你說什——」

語音未落，餐廳門口突然闖進六、七個彪形大漢，餐廳內剩下的幾個食客嚇得雞飛狗走，侍應則抱頭大叫逃到廚房裡，換言之，現場就剩下了馬田和阿麥二人。

「動手！」其中一個凶神惡煞的男人一聲令下，後面緊隨的男人馬上亮刀衝向馬田二人。馬田立即單手抓住枱邊，用力一翻，四方形的餐桌馬上垂直變成盾牌隔開廂座與走廊，而馬田自己已一躍翻過餐枱飛拳撲向對方，拳拳到肉；即使對方人多勢眾，但馬田一拳就扳倒其中一人，第二拳「砰」聲巨響他就衝進人群，霎時餐廳變成擂台，馬田隨手拿起玻璃樽[5]就當頭打過去，玻璃碎片橫飛，天花燈泡爆裂，餐廳燈光一明一滅；縱然對方有備而來揮著刀光劍影，不過在不同意義上來說馬田也不是吃素的，平日在家瘋狂健身的肌肉沒有背叛他。

5 玻璃樽：即台灣的「玻璃瓶」。

看起來就像以前那些黑社會毆鬥的電影，但阿麥卻是身處現場幾乎讓他喘不過氣來。同時間有人拿刀衝向自己，他情急下大力握緊手電筒，剛好開了強光直射對方，再順勢雙手大力一揮像棒球揮棒般清脆擊中了對方的臉，下一秒手電筒光就染成血紅。

馬田看見這情景顯得游刃有餘，笑道：「舊金幫也太瞧不起老子，居然只派幾個小混混來送頭！」

轉眼間那幾名惡漢已倒得七七八八。馬田走近看起來最像頭目的那個，一腳大力踩下去，對方原本筆直的腿「咔喇」一聲變形，對方叫得痛不欲生。只見那老大滿頭冷汗，喘著氣回過神來，放話恐嚇說：「既然知道我們是舊金幫還敢作對，你是不想活了！」

「我不但知道你們舊金幫，還知道你們美積的老闆企圖買凶殺人，就像傍晚你們才剛殺死一個美積的員工那樣。」

對方咬牙切齒，在地上掙扎回罵：「不知你在胡扯什麼，但別以為這些手段就能套到我的話！」

「美積科技大量生產間諜晶片，把監控資料在黑市轉賣圖利，卻有內鬼告發因而殺人滅口。我說得對不對？」

「白痴！我只是收到指令要殺你滅口，其他事情你以為我會知道嗎？」

阿麥盯著他們二人對質，但其實他自己只想盡快離開餐廳，心想既然全部人都被打倒，不如趁機離開吧？但就在同時，吧枱那邊突然有個黑影在晃，剛好給阿麥看見——

「有槍！」

火花一閃，馬田往後飛撲，和阿麥一同伏下躲在餐桌後，用餐桌當作擋箭牌，但擋的卻是子彈。吧枱那邊至少有一人拿著手槍不斷往廂座開槍，二人只能處於被動，被困在廂座裡，眼前餐桌已被打穿了好幾個彈孔；但即使馬田如何身手敏捷也沒辦法衝過走廊制伏吧枱後面的人，更不知道廚房那裡是不是同樣埋伏了幾個拿槍的。

正當阿麥以爲走投無路之際，窗外傳來嘈吵的引擎聲，車頭大燈急速迫近，還沒反應過來，餐廳的落地櫥窗已被越野車撞個粉碎！趁其他人嚇呆半秒，馬田立刻把阿麥拉上車，然後越野車扭軚[6]倒車，輾過滿地玻璃就駛離鬧市大街，揚長而去。

8

「以後我都不會相信你的鬼話了，什麼保證在餐廳裡面會很安全，剛剛才經歷了

6 軚：即台灣的「方向盤」。

一輩子裡面最不安全的遭遇！」阿麥坐在後座，摸著自己心口，心還是怦怦、怦怦猛跳，猶有餘悸。

「抱歉把你扯了進來。」馬田說：「但我也沒想過對方有槍，這次他們也鬧大了吧。」

「所以一切都是你預料之內……除了對方有槍？就算沒有槍，我都可能被他們斬死啊，我只是個記者還不想當死者耶！」

「這個我也很內疚，但無論如何都要你在場幫忙。而且現在我們平安無事，已經贏了，就結果而言是個完美結局。」

但阿麥仍然一頭霧水。這時越野車停在交通號誌前，馬田爬到前座跟司機換位，說：「我的任務到此爲止，剩下來的工作就交給你了。」

這時候阿麥才發現負責駕車接應他們的正是那位會電腦的朋友。Q托了一下眼鏡，便坐在副駕駛座開始敲打膝上的筆記型電腦。

果然一切都是馬田的安排，阿麥無奈發問：「所以你們有人要好心解釋一下剛才發生的事情嗎？」

馬田一邊握著軚盤，一邊回答：「剛才嘛，對了，今晚餐廳的菜還不錯。」

「我完全沒有在餐廳優哉游哉享用晚餐的記憶，或者說我能活著離開已要還神了！」

「好吧，我記起了，餐廳裡我還沒告訴你間諜貓的原理吧？」馬田說：「我始終認為一定是寵物晶片作怪，但寵物晶片沒有監控能力，正如Q之前解說，現今科技沒辦法做到那麼微型的監控晶片植入體內。像竊聽、錄像之類不是一塊微型晶片能夠辦得到——不過貓還是間諜貓，晶片依然是間諜晶片。」

旁邊的Q接力解說：「嘿，還記得之前我說的遙控的原理嗎？結論就是，寵物晶片不是監控裝置，而是另一個遙控器。當間諜貓體內的晶片受到激活，啟動了間諜模組，就會向周圍發放電波訊息，目的是控制另一個監控裝置。因此寵物晶片比較像是個跳板的存在，它自己並不具備監控功能。」

阿麥問：「有沒有入門級的解釋可以讓像我這樣的普通人能夠聽得明白？」

Q便向馬田抱怨：「說到這地步你朋友還不明白，看來只能說白一點。」

像唱雙簧般又輪到了馬田解說：「即是寵物晶片有一個隱藏的間諜模式，當間諜模式開啟時就會利用近場通訊釋放病毒。近場通訊簡稱ＮＦＣ，多少也聽過吧？你用手機當作電子錢包像智慧卡[8]那樣，拍在付款裝置交易，那就是ＮＦＣ技術。現在手

7 還神：指感謝神明保佑。

8 智慧卡：又稱為「ＩＣ卡」。

機都有NFC功能，好處是不需繁複設定也能使用，相對地就有安全風險，間諜晶片就是利用NFC技術入侵手機來奪取手機的控制權限。」

阿麥回應：「換句話說，像蛋糕那樣植入了寵物晶片的貓，晶片其實是感染了電腦病毒，然後可以透過近距離接觸把病毒感染到手機裡面？」

「就是這樣！手機就是最好的監控設備，有錄像功能、有錄音功能，還能監控手機通訊、GPS，諸如此類。重點是這種病毒只是由寵物傳播，沒有存在於網上，正常情況沒有人會察覺，就算有人懷疑自己手機被入侵也不會想到病原體居然是自己家裡的貓。再者，晶片的間諜模組需要額外激活，平常就是普通的寵物晶片；即使激活了間諜模組也可以設定時限或者關閉的條件，完成任務就自動關閉，這樣就不會有人發現它的祕密。」

阿麥感歎：「聽起來好像很厲害。」

「很厲害，最厲害還是隱蔽性，不是有人冒死揭發的話可能永遠都不會知道這個陰謀。」

「所以凶案的三名死者都是因爲打算揭發間諜晶片的陰謀而遭滅口的嗎？」

「關於他們的事我雖然也有想法，但已經不重要了。剩下來我們要做的就是讓幕後的眞凶受到制裁。」

「對耶，你都知道間諜晶片的原理，那就能舉報了吧！」

馬田和Q都搖頭。馬田代答：「很可惜，剛才所謂的原理全部都是我的假設，寵物晶片的間諜模組也是我的假設，沒有最重要的『遙控器』激活間諜模組的話，根本無法證實我的假設。至於那個『遙控器』，當然是藏在美積科技的手裡，因此他們最高明的地方是把狐狸尾巴收得妥妥的，很難找到證據指控他們；就算把現賣的寵物晶片拆出來研究，沒有對應的激活方法就無法證明病毒能入侵手機，不能入侵手機的病毒只是滅活病毒而已。」

「聽不大懂，總之就是沒有證據能指控美積科技的意思吧。」

「正因如此，你的存在更是必要。」馬田轉頭問Q：「網上現在什麼情況？」

「畢竟對方還在餐廳開槍，這下子全城都在討論事件，網上鬧得熱哄哄的，有路人剛好拍攝到餐廳打鬥的影片上傳網上，瀏覽次數不足半小時已經突破十萬人次，還只是其中一個影片而已。」

「呵呵，就算爆發槍戰都只顧拍片，那些路人幫了大忙呢。」

阿麥問：「這情況也是你們計畫的一部分？」

馬田答：「還記得傑少經營的頻道怎樣吸引人流嗎？就是用擠牙膏的方式爆料。現在滿城瘋傳餐廳外拍攝的影片，還差臨門一腳，就是我們偉大的《公時報》記者第一身現場直擊！」

接著馬田透過司機倒後鏡瞄向後座，阿麥才驚覺自己旁邊放著一個紙袋，而且正是剛才餐廳裡的那個。馬田補充說：「紙袋裡面不只有防身手電筒，還有幾個盒子藏著針孔鏡頭，你把盒子拿出來交給Q吧。」

Q道：「當所有人都在瞎子摸象，猜想餐廳內發生何事的時候，一段由《公時報》記者發布的現場直擊便是一錘定音，成爲大家心目中的標準答案。整段餐廳內偷拍的影片重點不是要證明美積科技買凶殺人，重點是要說服大眾認爲美積科技跟舊金幫有關聯，而且實際上有美積科技的員工死了，凶手也有舊金幫的人，網民自然會腦補其他細節，陰謀論滿天飛隨時比我們自己說的更誇張。」

「所以餐廳內我才不斷向舊金幫那群打手提及美積科技。我想美積科技行事謹慎，不可能愚蠢到把計畫透露給黑幫知道；但只要大家看了影片認爲兩者有聯繫，美積科技怎樣也洗不清嫌疑。」馬田又告訴阿麥：「當然最後還是得你同意啦。我個人非常建議就是。」

「但眞的會順利嗎？」阿麥好像想起了什麼，「我覺得警察可能也在保護美積科技。」

「何以見得？」

「傑少死時，彭警官問過我關於傑少的人際關係，回想起來那時候警方就在尋找施小姐了。」

「你也被陰謀論影響了嘛，說不定警察只是想找施小姐協助調查。」馬田笑道：

「無論如何，警察都不可能保護美積科技，你搞錯了他們的保護對象。」

「好啦，反正事到如今只能放手一搏。」

「收到！」完成剪片的Q在副駕駛座上大笑，大力敲響鍵盤，把對付「貓疫」的「疫苗」上傳至網絡上，八卦的傳播速度要比病毒感染快上百倍。

9

一如所料，阿麥在餐廳現場偷拍的影片成爲最熱門的話題，美積科技的股價翌日開市即跌停板，多名高層被當局約談。不論是業餘的工程師以至外國的實驗室都找來美積科技的晶片詳細檢查，有報告說有可疑，亦有報告說無法下定論。

隨後經過警方深入調查，三宗凶案總算水落石出，眞相跟馬田猜想的差不多。案件第一名死者歐文德，三年前經營非法貓隻繁殖場因此被美積科技看中。當時雖然強制貓隻植入晶片尚未立法，但很多家貓都有植入晶片，因此美積科技需要有大量沒登記的野貓來試驗寵物晶片而聯絡上歐文德。

及後歐文德被捕入獄，刑滿後他從美積科技獲得的一大筆補償金很快就敗光了。理論上他不曉得美積科技的計畫，但至少他知道對方在做什麼見不得光的勾當，因此想再敲詐一筆，卻自招殺機，遭對方上門滅口。

第二名死者盧禮傑是施佩琳的前男友，但交往不過半年就分手，雙方亦再沒有聯絡；直至近日從施佩琳獲得關於美積科技的監控計畫，遂製作影片，最終惹來殺身之禍。

第三名死者施佩琳爲美積科技的初級技術員，因得悉美積科技的監控計畫而感到懼怕，不想同流合污便嘗試當上吹哨人。然而她聽聞歐文德的死訊，深深明白不能以個人身分告密，便找來多年沒有聯絡的盧禮傑爆料，心想就算盧禮傑被盯上也不會牽涉到自己。

只可惜棋差一著，她沒想到當年與盧禮傑分手後留給他飼養的貓，盧禮傑沒有更改貓主登記，因而身分敗露，賠上了性命。

三宗凶案眞相大白，首當其衝就是舊金幫，多名幫會成員被捕甚至判處死刑，以命抵命。壞人受到懲罰，好人獲得表揚。

「今年×月，警察網絡安全大隊接獲情報，指控有不法分子利用寵物晶片入侵用户手機，竊取個人訊息轉售圖利。警方從黑幫入手順著線索調查，最終鎖定了美積科技。×日，警方組織百名警力分頭搜查美積科技的辦公大樓以及生產工廠，合共抓捕五十一名嫌疑人，繳獲監控設備四千餘個，精準摧毀不法分子的黑色產業鏈，成功保障公民私隱。警方重申，我國憲法保障了公民的私隱權，任何侵犯個人私隱的圖謀都是註定失敗，遭受社會唾棄，切勿以身試法……」

帶著蛋糕來到傑少墓前，阿麥用新買的手機播放著新聞，並道：「我已經替你拍攝了《貓知曉一切》的下半集，影片也有連結到你的頻道。我知道很多人對陰謀論有興趣的同時，亦一定有很多人嘲笑陰謀論；如今所有人都知道是你揭露了美積科技的陰謀，希望你能安息吧。」

蛋糕渾圓雙眼盯著墓上傑少的黑白照，然後溫柔地喵了一聲，彷彿在跟以前的主人道別。或許貓眞的知曉一切。

至於阿麥則因爲他的直擊影片而爆紅，網民皆稱他爲英雄；他亦獲新聞局頒贈傑出記者大獎，還有電訊商來找他拍廣告，可喜可賀。

〈貓知曉一切〉完

貓咪在夜裡的奇怪事件

——莫理斯

I・二〇二二年日記　by悦悦　9¾歲

一月一日　星期六

未來的我，妳好！我是二〇二二年的妳啊！妳現在幾多歲呀？二十歲？三十？我現在還差幾個月便十歲，很快便和妳一樣是雙位數字的年齡了！

新的一年開始，我又要許個新年願望。不過今年跟去年的願望不同，以前每年許的願望可能太貪心了，希望將來做漫畫家，又希望可以像哥哥那樣每天早上練跑，做個運動健將，可是都不知道什麼時候能實現。所以，今年只許一個小一點的願望。

音樂老師Miss Chan說，貝多芬耳聾，年紀大後聽不到東西，所以臨死時說的最後一句話是：「我在天堂可以再聽到音樂了。」

我今年的願望有點相似，便是：希望我的貓敏感[1]不要等到上天堂才消失啊！希望將來的我看到這本日記的時候，已經養了不只一隻貓貓！:-)

媽媽說，我現在年紀還小，吃敏感藥對身體不好，但如果我乖的話，好好讀書

1　敏感：即台灣的「過敏」。

做功課，不要整天掛住~~畫公仔~~只顧畫圖畫，那麼等到我大一點的時候便可以吃敏感藥了，到時貓敏感好起來，便可以抱貓貓了！

說起來，薑B好久沒有過來探我了。:-(

哈哈哈，妳還記不記得薑B是誰？那時我們還住在爺爺留給爸爸的舊屋，隔壁2A李太養的橙黃色貓貓，英文名叫作Ginger，所以我中文便叫牠作「薑B」。（Ginger中文應該寫作「薑」而不是「姜」，是哥哥教的。）牠很肥很可愛，樣子好似加菲貓，但卻沒有加菲那麼古靈精怪，妳不會忘記了吧？(^w^)

李太十分有錢，妳記不記得我們這棟樓有三層，一梯兩伙[2]，一共六個單位，其中三個單位她都是業主。我們對面2A，還有樓上3A和3B，都是她的。在我們上面的3B，李太租了給人，她自己就住在2A和3A，樓上樓下兩層打通了，變成雙層~~覆式~~複式單位[3]。我也入過幾次，裡面的樓梯~~好靚~~很漂亮的！

媽媽說，以前李太跟兒子~~心抱~~媳婦和幾個孫兒一起住，不過我很小的時候，她兒子和妻兒移民去了澳洲，所以我記不起他們了。他們移民之後，2A和3A兩層樓這麼大的地方便只剩下李太自己一個住，她一定好孤獨，便養了貓貓來陪自己。

Ginger每日都會爬出窗口，在外面的小平台曬太陽。牠跟隨日光沿著平台移動，會在我放學回到家裡時來到我房間的窗口，所以就算不是放假也可以見到牠。

妳一定記得兩年前，有天早上我忘了關窗，結果放學回來時發現薑B走入了我的房間，我又忍不住跟牠玩，結果敏感發作得好辛苦！眼睛又紅又腫，眼淚鼻水不斷流，咳得幾乎不能呼吸，爸爸媽媽馬上送我去急症室。媽媽還罵了我十大餐大罵了我一頓，我以後也不敢了，嗚嗚嗚。QQ

自從那次之後，雖然只能隔著玻璃窗跟Ginger打招呼，但這依然是我一天裡最開心的時間。（有時哥哥還會偷偷幫我買一些魚乾，給我放在窗外請貓貓吃，好彩幸好媽媽沒有發現！）可惜聖誕之前，李太去了澳洲探望兒子一家人，便把薑B寄養在3B的租客家裡，我已經一個多月沒有見過牠了。:-(

日記簿這頁紙差不多不夠寫了，明天再寫。畫了一幅圖畫，夾在日記簿這一頁，嘻嘻嘻。(^w^)（見下頁圖）

2 一梯兩伙：指一層有兩個單位。
3 複式單位：即台灣的「樓中樓」。

3A
3B
2A
2B
1A
1B

一月二日　星期日

昨天說到薑B寄養在我們樓上3B，住在那裡的人叫作Linda姐姐。她是李太的親戚，十分親切，知道我~~中意~~鍾意貓貓，聖誕節送了兩個Hello Kitty髮夾給我，我現在加上了絲帶，打了蝴蝶結，天天都戴著呢。;-D

不過爸爸媽媽其實不大喜歡Linda姐姐，說她明明是土生土長的香港人，又不是外國華僑，卻只說英文不說中文，是個「假竹升[4]」。但我想，Linda姐姐在香港讀國際學校，之後又在外國讀大學，中文說得不好也不出奇啊。哥哥和我將來可能會去外國讀書，所以爸爸媽媽說得對，我們現在一定要學好中文。

爸爸媽媽不大喜歡Linda姐姐，也因爲她~~成日~~經常換男朋友，而且個個都是~~鬼佬~~外國人。我記得她一共有過三個男朋友，都是跟她一起住在3B的，算不算很多?!?

她上個男朋友很高大而且滿身肌肉，還滿面鬍鬚。（從來都不見他戴口罩，所以知道他不剃鬚。）他一點都不友善，樣子凶神惡殺，~~成日都嬲爆爆~~整天都是氣沖沖的，好似大力水手卡通裡的壞蛋布魯圖，所以哥哥和我都叫他作布魯圖，哈哈哈。XD

---

4 竹升：指在海外生長的華人，含負面意義，比喻他們對中國文化如竹子般「節節不通」。

幸好不久前，Linda姐姐換了新男朋友Dr. Sam，他比布魯圖斯文得多。他是附近一間動物診所的獸醫，Ginger和樓下1A的Lucky都是去看他的，聽說Linda姐姐便是有次代李太帶薑B去動物診所做check up，所以認識了Dr. Sam。如果Linda姐姐還是和布魯圖住在一起的話，李太一定不會把貓貓寄養在3B呢！

去年萬聖節，那時Linda姐姐還跟布魯圖在一起，他們叫了很多朋友在樓上開party，非常嘈吵。過了午夜十二點鐘，爸爸媽媽一起上樓叫他們不要這麼吵，布魯圖和幾個鬼佬外國朋友喝醉了，竟然講粗口罵人，還推倒爸爸呢！（布魯圖比爸爸高出一個頭，爸爸已經很勇敢的了！）結果媽媽打999叫了警察來，之後還拉了布魯圖上警署呢！>:-(

這事情已經在去年的日記裡寫過，總之結果是，後來雖然沒有控告布魯圖，但媽媽是業主立案法團[5]的祕書，便代表法團向法庭申請了一個叫禁制令的東西，命令布魯圖必須搬走不准再回來。Linda姐姐也跟他分手了。哈哈抵死——活該！

現在Dr. Sam做了Linda姐姐的男朋友便好得多了。前晚他們在樓上也有開New Year party，但音樂沒有開得那麼大聲，過了午夜倒數之後還教他們的朋友安靜地離開呢。

Dr. Sam第一次見到我，還讚我pretty girl呢，嘻嘻嘻！不過我又聽媽媽說過Linda姐姐醜樣樣子醜，扁鼻細眼權骨顴骨大，只有鬼佬外國人才會覺得好看。那麼Dr. Sam讚我pretty girl，是不是其實我也醜樣樣子醜呢？不過我的眼睛也算大啊！

其實我也有想過，我這樣子，長大了之後會不會找不到男朋友呢？不過看看Linda姐姐也知道，有男朋友其實很麻煩。最重要的還是貓貓，只要我長大了可以養貓貓便足夠，有沒有男朋友反而沒所謂呢！:-p

5 業主立案法團：爲根據法律條例所成立的法人團體，具有訴訟權利，能夠代表所有業主管理建築物的公用部分。

一月三日　星期一

今天是最後一天公眾假期[6]，明天回學校上課，又可以和同學玩了。哈哈！幸好哥哥已經教我做好了所有要交的功課！特別是數學科愈來愈難，連媽媽也未必懂得教我呢！

妳記得我們家裡請的菲律賓姐姐Delia嗎？她放假回了菲律賓過聖誕，但因爲新冠疫情，飛機停飛了，不知道什麼時候可以回香港，所以這時家裡沒有人幫媽媽做家務了。雖然媽媽可以work from home，不像爸爸那樣天天要上班，但也是非常辛苦的。希望Delia姐姐快點回來，媽媽便可以輕鬆一點，不用每晚給我們煮飯了。媽媽煮的東西其實很難吃，但我們又不敢告訴她。:-p

哥哥也盡力幫媽媽做家務，大部分清潔打掃都由他來。我也好想幫幫媽媽，但可惜什麼都做不來。:-(

今天又畫了幾幅圖畫，但只是練習，所以不放在日記裡面了。就像哥哥每天練習跑步一樣，我也要好好練習畫畫。不知道明天回到學校，美術課的Miss曾會教我們畫什麼呢？希望她又會拿我的畫來貼堂[7]。:-)

一月四日　星期二

今天媽媽接我放學回來時，在樓梯碰見Linda姐姐。她見媽媽一個人手忙腳亂，便幫我們拿東西上樓，還跟我說，隨時可以去她家裡探望Ginger呢。Linda姐姐知道我對貓貓嚴重敏感，但她跟媽媽說，反正現在因爲疫情大家都要戴口罩，我戴口罩去看薑B應該OK吧。可是媽媽卻說不可以，因爲貓毛可能會飛到衣服上面。

臨走前，Linda姐姐給我看她手機上薑B最近的照片。哈哈哈，牠好像又肥了！很快便要給牠改名，叫作「薑豬」！^@^

其實如果怕貓毛弄到衣服上，回到家裡馬上換衣服便安全了。只要戴著口罩，就算摸摸貓貓也應該OK的。只要摸完貓之後不要用手碰到自己的臉，馬上洗手便沒事了。以前媽媽也試過帶我去李太家裡探薑B，不過我們的門口對著2A門口，過去探牠很容易，但現在要上樓去3B便太麻煩了，所以媽媽才不讓我去看貓貓。好失望啊！:-(

---

6 公眾假期：即台灣的「法定假日」。

7 貼堂：把優秀作品公開表現出來，供大家觀摩學習。

這天晚上，爸爸和媽媽又鬧交吵架了。:-(

不知道是怎樣開始的，但我在房裡寫日記的時候，聽到他們在客廳裡愈說愈大聲，又是因為搬屋的問題。媽媽又再跟爸爸說，現在這地方出入太不方便，快點賣了搬去有電梯升降機的新樓。可是爸爸說這個單位是爺爺留給我們一家人的，在香港有這麼大的地方住已經非常幸運，兩個孩子都可以有自己的房間，還想怎樣？如果賣了這個單位搬去新樓住，一定買不到這麼大的地方。

他們又從搬屋說到移民，媽媽依然想移民，但爸爸仍舊不願意，說移民之後一定不會找到像現在那麼好的工作。爸爸又說，就算移民也等到哥哥和我在香港讀完中學再說，而且如果我們到時出國讀大學，要花很多很多錢，假如移了民又找不到好工作，下半生怎麼辦？

聽到爸爸媽媽又因為這些事情鬧交吵架，好難過啊！其實哥哥和我都很喜歡這裡，不想搬屋，也很喜歡香港，不想移民。我也想好好讀多點中文呢！（所以做功課和寫日記也盡量不要寫錯字，幸好哥哥教了我怎樣上網查字。）讀大學也不一定要去外國，我不想爸爸媽媽花這麼多錢，而且香港的大學在世界排名也絕對不差啊！哥哥說外國才有很多野雞差勁的大學呢！

其實上到大學讀什麼科目才是最大問題呢。只有哥哥知道我想讀美術系，我還不敢跟爸爸媽媽說呢，他們一定不會贊成的。:-(

一月五日　星期三

今天新聞說，~~Omicom~~Omicron變種病毒在香港傳得愈來愈~~利害~~厲害，但政府卻宣布，學校可以維持面對面上課，暫時不用改爲網上授課。

不過政府又宣布，從星期五開始，晚上六點鐘之後餐廳只能做外賣，這樣我們週末便不能出去吃晚飯了，每晚都要媽媽煮。可惜我進廚房亦只會阻著媽媽，不然的話我眞想幫她。

很多地方的飛機航班也取消了，不知道Delia姐姐什麼時候可以回香港照顧我們。李太也不會這麼快從澳洲回來了，不知道要等多久才可以再見到薑B？

爸爸說，如果確診數字繼續上升，學校遲早還是要改爲網上授課的。希望不要這麼快吧！如果又再不能回學校上課，便不知道什麼時候才可以跟其他同學再見面了。我這樣想，是不是很自私呢？

Delia姐姐在菲律賓不能回來，爸爸又要上班，只有媽媽一個送我上學和接我放學。雖然她可以work from home，但要跑來跑去接送也是非常辛苦的啊！如果我可以像其他同學一樣自己搭校車，媽媽便不用這麼辛苦了。:-(

不過如果政府又再宣布暫停回校，改爲網上授課，很多家庭便會更辛苦呢！我們一家雖然不是有錢人，但正如爸爸所說，已經非常幸運了。哥哥和我都有自己的房間，而且就算要在家裡網上上課，也不用爭電腦。（哥哥讓我用桌上電腦，自己就用爸爸放在家裡的後備筆記電腦。）但很多小朋友沒這麼幸運，要和家人一起住在很小很小的劏房[8]，如果幾個小孩子要分用一部電腦，又或者連電腦也沒有，那他們怎麼辦呢？:-(

Covid之前的世界是什麼樣子的，我現在都差不多記不起來了。希望疫情快點結束，世界快快回復正常。

一月六日　星期四

今天眞是嚇死人！布魯圖竟然回來了，走到樓上跟Linda姐姐和Dr. Sam鬧了一場大交大吵一場，還踢爛了3B的門呢！8-O

可惜警察來到之前他已經逃走了，希望警察可以快快捉他去坐監坐牢！>:-(

事情是這樣的：下午媽媽接了我放學回到家裡不久，爸爸當然還未下班，哥哥在學校又沒這麼早回來，所以家裡只有我們兩個。忽然聽到樓上3B有人不斷按門鈴，然後聽到布魯圖的聲音，大聲叫Linda姐姐開門。Linda姐姐也是WFH的，這時我們便聽到她說不會開門，教布魯圖快走。但布魯圖沒走，反而一邊大叫一邊大力拍門。

我和媽媽都很驚慌，媽媽不敢開門去看，馬上打電話給Linda姐姐，問她好不好要不要報警。但Linda姐姐教媽媽不要報警，她說已經打了電話叫Dr. Sam回來。

不久後聽見很大很大的「砰！砰！砰！」聲音，好像是布魯圖在大力踢門，連牆壁都震動起來呢！跟著便是很大的一聲「CRASH」！！！門眞的被他踢開了！！！之後聽到布魯圖走了進去，和Linda姐姐大聲鬧交對罵，還有打爛杯杯碟碟的聲音，媽媽

8 劏房：劏，指切開。劏房，指業主或二房東把一個住宅單位隔間成窄小的獨立住宅單位。

便馬上打９９９報警了。

警察沒有那麼快到，反而Dr. Sam的動物診所離我們不遠，這時便聽到他趕到回來。然後樓上的鬧~~交~~對罵聲便由兩個人變成三個人，比之前還要~~利害~~厲害，跟著好像還有打架的聲音呢！之後突然靜了一會，接著便聽到一陣沉重的腳步聲很快地跑下樓梯，應該是布魯圖逃跑了。:-O

媽媽擔心出了事，又打電話給Linda姐姐，我們也聽到她的手機在樓上響，但很久都沒有接聽。又過了一會，終於有警察來到樓下按街上的門鈴，媽媽按電掣[9]開閘讓他們進來，才敢開門告訴他們發生了什麼事。

媽媽跟警察上樓到３Ｂ，才發覺Linda姐姐和Dr. Sam幸好沒事。後來媽媽告訴我，Linda姐姐說因爲她和布魯圖分手之後一直封鎖了他的電話，這天布魯圖在Facebook看見她原來已經和Dr. Sam住在一起，便發怒回來找她。

Linda姐姐又說，布魯圖搬走之前雖然交還了鎖匙，但一定是偷偷去配了一副後備匙，所以能夠打開街上的閘門進來，不過幸好Linda姐姐已經換了３Ｂ的門鎖，才能夠擋著布魯圖一會。布魯圖踢開了門之後，Dr. Sam剛好趕到回來，布魯圖便動手打他，打了人之後就逃跑了。媽媽說Dr. Sam的臉被打腫了一大片，好可憐啊！:-(

我很擔心薑Ｂ，牠一定也嚇壞了。媽媽說，和警察上去３Ｂ的時候，看見貓貓跑出了樓梯，不過Linda姐姐立即把牠抱了回去，關進廚房。幸好牠沒有跑到街上！如果走失了，我會哭死呢！

警察錄完Linda姐姐和Dr. Sam的口供，又向媽媽和我問話，問我話的是個警察姐姐，她雖然剪了一個好短的男仔頭男生髮型，不過一點也不凶，還讚我好勇敢呢！:-p

警察說布魯圖犯了傷人和刑事毀壞罪，聽媽媽說原來還有禁制令不准他回到這裡，便說這也是一條可以拘捕他的罪名。他把門踢爛又打人，最好加多一條罪，讓他坐監坐牢坐得愈久愈好！

之後警察還去找樓下1A和1B兩伙人，但只有1A的菲律賓姐姐在家，我聽到她說當時不敢開門看，所以沒有什麼可以告訴他們。警察走之前，提醒媽媽馬上找人換了樓下閘門的鎖，防止布魯圖再進來，還建議法團在樓梯安裝CCTV攝錄機。

不久哥哥回來了，聽到發生了什麼事當然嚇了一跳。不過雖然布魯圖這麼大隻健碩，哥哥卻不信他眞的可以踢爛大門。這時媽媽已經給Linda姐姐和Dr. Sam打電話找了

9 電掣：即台灣的「開關」。這裡指住宅單位中用來打開樓下閘門電子鎖的按鈕，通常附有對講機。

師父師傅來修理3B的門，哥哥便忍不住上樓去看看，可惜我不能跟著他一起去。

哥哥看完之後回來告訴我，原來踢爛了的不是木門（木門眞的好厚！），而是旁邊的門框、門鎖插入去的部分，所以師傅還要回舖頭拿木材來修補。師傅弄了很久，之後還順便換了樓下街閘的門鎖呢。

這時爸爸和樓下兩伙人都已經下班回來，媽媽便告訴大家發生了什麼事，還把新的閘門鎖匙分配給大家。眞是驚險刺激的一天啊！

一月七日　星期五

好慘啊！我今天凌晨入了醫院，嗚嗚嗚！QQ

昨天發生了布魯圖案件之後，媽媽要處理很多東西，比平常晚了才能幫我洗澡，接著我寫完日記便上床睡覺了。

不知道睡了多久，可能因爲我掛念著Ginger，便夢到牠了。在夢裡，我也是睡在自己的床上，但抱著的卻不是我的加菲貓毛公仔，而是薑B，牠眞的好軟熟柔軟好溫暖，還咕嚕咕嚕地~~扯鼻寒~~打鼻鼾呢！>^^<

可是想不到，我在夢裡也一樣有貓敏感，很快便咳起來了，而且咳得好~~利害~~厲害，咳到醒來了。醒來的時候，發現抱著的還是加菲貓公仔，不是薑B。我咳到幾乎不能呼吸，又不斷流眼淚鼻水，比兩年前那次貓敏感發作還要辛苦很多很多，嚇得我哭起來了。(T_T)

我哭得好大聲，媽媽聽到便走了進來抱住我。她本來以爲我只是作~~惡夢~~噩夢，但看見我這樣子，嚇得大叫爸爸，連哥哥也聽到了跑過來看看發生什麼事。大家看見和上次貓敏感發作相似，但又怕可能是新冠肺炎，便馬上打電話叫救護車了。

嗚嗚嗚，我好怕入醫院！媽媽又連加菲貓也不准我帶，因爲怕可能是公仔毛令我敏感發作。但沒有加菲貓陪我，我在醫院便只得自己一個了，好可怕啊！:-(

爸爸媽媽陪我來到急症室，醫生給我做快速檢測，幸好不是Covid。他看了我上次的病歷報告，說這次也是過敏症引發急性哮喘，最好留院觀察。打針好痛！但打完針吃了藥舒服很多，我覺得很累，很快便睡著了。(-_-)zzz

今天醒來時，好想見媽媽，但還未到探病時間。護士姐姐好nice，給我探完熱之後協助我去洗手間，接著又拿了幾本公仔書[10]圖書給我看，我當然選了一本有貓貓的。其實再深一點的書我也看得懂，不過還是這些給小朋友看的書有趣得多呢。吃過東西之後我又睡了一陣，醫院的東西不好吃，但比起媽媽煮的也不算差。;-p

終於等到探病時間，媽媽帶了加菲貓來給我。她把加菲貓洗過，好香呢，不過還有一點濕濕的。她知道我每天都寫日記，便帶來了這本日記簿給我呢，已經用消毒紙巾抹得乾乾淨淨。我通常把日記收在房間裡一個很隱密的地方，連哥哥這麼聰明也應該找不到，不過幸好昨晚入醫院前我沒有想到要收起來，不然媽媽想帶給我也找不到了。日記是私人東西，媽媽應該不會偷看吧？如果她知道我說她煮的東西不好吃，一定會很不開心啊！:-(

醫生說，因爲我年紀還小，過敏反應又嚴重，雖然今天再檢查過好像已經沒事了，但最好還是留院多觀察一晚。我好想快點回家，不過今晚有加菲貓在醫院陪我，我便沒有那麼害怕了。

一月八日　星期六

今天回家了！全家人都來到醫院接我回家，好開心啊！:-D

爸爸預約了一架特別大的車，司機叔叔還送我上樓呢。哈哈，如果每天上學和回家可以這樣，媽媽便不用這麼辛苦了，Delia姐姐回到香港之後也不用這麼辛苦。不過租車一定很貴，爸爸媽媽賺錢還不夠辛苦嗎？不想他們在我身上再花更多錢啊！(~_~;)

上樓後，看到對面2A門口好奇怪，不知道爲什麼貼著幾條長長藍白色相間的膠條，上面寫著「POLICE」。爸爸說，是怕布魯圖知道2A和3A沒有人住，回來進去偷東西，所以警察在門口貼上封條嚇走他。

我好掛念Ginger，便問牠怎樣了。想不到媽媽告訴我，薑B現在去了樓下1B跟張uncle和張auntie住。原來Linda姐姐和Dr. Sam因爲怕了布魯圖，昨天已經沖沖匆匆忙忙搬走了！因爲我有貓敏感，樓下1A又養狗，所以Linda姐姐和Dr. Sam搬走前，便把薑B交了給張uncle張auntie寄養。

不知道Linda姐姐和Dr. Sam搬了去什麼地方呢？他們搬得這麼快，沒有機會跟他們

10 公仔書：專指有許多插圖的兒童故事書，而非漫畫。

say goodbye，眞是覺得有點可惜啊。

吃飯時，媽媽煮了我最喜歡的魚香茄子。雖然味道其實和她以前煮的沒有分別，但可能因爲我吃了兩天醫院的食物，所以今晚覺得特別好吃！

媽媽還說，現在薑B由樓上搬到樓下，我想見牠便容易得多了。媽媽已經問過1B的張auntie，張auntie說當然會讓貓貓到窗口曬太陽。（不過窗子一定要關好，因爲怕牠會從一樓跳出街！）這樣，我放學回來，上樓之前便可以隔著玻璃跟薑B打招呼了。好期待星期一放學！

臨睡前畫了一幅我和薑B的圖畫，放在日記簿裡。=^_^=

II・哥哥給悅悅的信

未來的悅悅，妳好！

我是妳在二〇二三年的哥哥啊！哈哈，想不到吧！

雖然妳很聰明，把日記簿藏在一個很隱祕的地方，爸爸媽媽一定不會找到，但又怎瞞得過妳這個超級偵探小說迷的哥哥呢？;-)

不過妳不要擔心，也不要生氣啊！妳祕密藏起來的幾本日記，我只是偷偷拿了這本二〇二二年的，也只看了開頭的一小部分，目的是想看看年初那一個星期左右、妳突然入醫院前後的紀錄。

我教慣妳做功課了，看妳日記的時候也忍不住順便給妳改正一些寫錯的地方，所以妳也可以看得出，我只是改到妳從醫院回到家裡的那天。我寫完這封信之後，便會把它夾在日記裡我看到的那一頁。

我爲什麼要偷偷把這封信藏在妳的日記簿裡面呢？其實是爲了向妳解釋一件妳不知道當時發生了的事情。因爲事發時妳還小，爸爸媽媽和我便跟所有鄰居私下約定，不會跟妳提起在妳入了醫院的那兩晚，我們這棟樓裡發生了什麼事。

妳跟我說過很多次，妳的日記是寫給將來的自己看的，每一本都打算過了起碼十年才會拿出來看。所以我把這封信放在這裡，讓妳長大成人之後才發現，用這個方式對妳透露到時不必再向妳隱瞞的真相。

由妳入院的那晚開始說吧。

那晚妳的過敏急性哮喘發作，我們全家當然是嚇了一個大跳，但現在回想起來，其實可說是不幸中之大幸。妳也應該記得，不久之後香港第五波新冠疫情進入了高峰，每天都有數以萬計的新確診者，數以百計的病人死亡。急症室應付不了求診者的數目，醫院床位更是供不應求，很多病人都要睡在走廊裡，旁邊的甚至可能是屍體，妳說可不可怕？如果妳到了那時候才病發，便真的不堪設想了。

妳入院那晚，因爲第二天還要上學，爸爸媽媽便不許我跟你們一起去急症室。但其實我留在家裡，還不是整夜都擔心得睡不著？第二天早上，我本來也沒心情如常出外跑步，但躺在床上眼睜睜看著天花板，心情反而更加煩躁，所以最終還是出去練跑了。也正因爲這個小小的決定，接下來的事情才會發生。

我練完跑回來時，天色還未全亮，想不到在樓下遇到Linda和Dr. Sam出來，一人拉著一個行李箱。（我記得好像教過妳，不要寫作「行李喼」。）我心想，在疫情下他們應該不可能去外地旅行，多半是因爲害怕布魯圖回來，暫時搬去酒店staycation[11]吧。我正想跟他們打招呼，但他們似乎心情仍受昨天的事情影響，一反常態，沒有say hello，連正眼也沒有看我一下。

那時剛巧1A的菲傭也牽著Lucky出來散步，妳應該記得牠是隻非常溫馴的狗狗吧？牠從不會亂吠，對人總是搖著尾巴嗅嗅舔舔的，連妳這麼不喜歡狗狗也不怕牠，還說牠乖。可是那天，Lucky一走到街上便向著Linda和Dr. Sam吠個不停，而且不是開心興奮的那種吠聲，反而是充滿警戒性和敵意的那種。Dr. Sam大聲喝住Lucky，還怪責菲傭爲什麼不好好把狗拉著。菲傭不好意思馬上say sorry，急急拖著Lucky走了。

當時我也不以爲意，但回到家裡淋浴的時候，便愈想愈覺得不對勁。妳九歲、十歲的時候還未看福爾摩斯小說，不知道長大了有沒有讀過？其中一個短篇故事裡有這樣的一段經典情節：

福爾摩斯調查的案件裡，有隻狗狗在事發當晚一直看守著現場。福爾摩斯跟助手華生醫生說，案中最關鍵的一點，便是「The curious incident of the dog in the night-time」——「那隻狗狗在夜裡的奇怪事件」。

華生醫生聽了後莫名其妙，說：「可是那隻狗什麼也沒有做過啊！」

福爾摩斯答他：「這便是我所說的奇怪事件。」

剛才Lucky的行爲也十分奇怪，卻跟福爾摩斯故事裡的狗狗剛好相反。故事裡的狗

11 staycation：由stay（停留）和vacation（假期）組成，指「宅度假」，也就是在住家或住家附近度過假期。

什麼也沒有做，但Lucky卻做出了平時不會做的行爲。

我從來沒見過牠表現得那麼激動，而且Linda和Dr. Sam兩個都不是陌生人，又是愛動物的人，通常見到Lucky都會跟牠的主人或者菲傭聊兩句，摸摸Lucky的，爲什麼狗狗今天會這樣呢？我記得Dr. Sam是Lucky的獸醫，難道是Lucky上次去動物診所時Dr. Sam弄痛了牠？但Lucky又不像會這麼記仇啊。

由狗狗的奇怪事件，我又想到貓咪。

妳病發時，爸爸媽媽和我都嚇得手足無措，根本沒有時間好好想清楚，到底是什麼令妳的貓敏感發作呢？

妳說夢見薑B，爸爸媽媽當然不信作夢眞的會令病情發作，只當妳在說夢話。之後我上網查過，原來眞的有種病叫作psychosomatic illness（哈，又學了個新字！），中文叫「心身症」，意思是指並非由外來病源引發的病，而是純粹由病人心理因素產生病徵。例如，病人其實沒有某種病，但卻以爲自己有這種病，結果便完全因爲自己的幻想而令身體產生這種病的病徵。

即是說，如果妳抱著加菲貓公仔睡覺，但在夢中以爲抱著的是薑B，似乎理論上也有可能讓身體產生跟妳七、八歲時薑B走入妳房間之後引發的過敏反應。不過，我始終懷疑這個解釋。妳一向都是個貓痴，整天都想著貓貓，總不會是第一次夢見薑B吧？爲什麼之前從來沒有出現過這樣的「心身症」呢？

於是我又想到，會不會妳其實不是作夢，而是薑B眞的在夜裡來過妳的房間？雖然一月的天氣可以十分寒冷，但那幾晚的氣溫並不是冷得須要關著窗子睡覺，牠會不會從窗口溜了進來，跳上了妳的床讓妳不知不覺地在夢中抱著呢？幸好這個時候我還來得及查出眞相。

爸爸媽媽送妳去急症室之前，媽媽擔心妳房間內是不是有什麼致敏的東西令妳病情發作，便吩咐我用消毒液把妳房間每一吋都抹乾淨。她回來之後，又把妳的床單和被子都換上新的，不過當時還是大清早，她還沒有時間把換下的舊床單被子連同加菲貓公仔一起放進洗衣機清洗。於是我馬上從洗衣籃裡翻出妳昨晚睡過的床單被子，用放大鏡仔細檢驗。果然，給我發現了好幾根橘黃色的貓毛，跟薑B的毛色一模一樣。

福爾摩斯故事裡的是「狗狗在夜裡的奇怪事件」，但我現在要解決的，卻是「貓咪在夜裡的奇怪事件」。

薑B上次進入妳房間已經事隔兩年，之後妳的床單和被子已經更換和清洗過不知多少次，所以這些貓毛一定是昨晚遺留下來的。妳沒有作夢，薑B在夜裡眞的走入了妳的房間跟妳一起睡覺，所以才會引致妳的貓敏感發作。直至妳咳得太厲害，醒來還大哭的時候，牠便嚇得逃回窗外，妳沒有發覺，所以才以爲是夢到牠。

可是薑B怎麼會來到妳的房間呢？唯一的途徑，是沿著妳窗外連接著隔壁2A的小平台。但自從李太去了澳洲探親之後，2A和3A上下兩層整個複式單位經已空置了一段時間，而貓貓亦已經寄養在我們樓上3B的Linda和Dr. Sam那裡，牠應該不可能從那裡去到妳房間的。

媽媽說，昨天布魯圖踢開3B大門的時候，薑B的確受到驚嚇跑出了樓梯，但Linda已經把牠抱回去，暫時關在廚房內。直到晚上師傅把3B的門修理好之後，薑B應該一直都在3B單位裡面的。但既然妳床單上的貓毛證明牠在夜裡到過妳的房間，那即是表示，牠在夜裡不知怎地由3B進入了2A和3A，然後又從2A窗口沿著外面的小平台來到妳的窗口，走進了妳的房間。

可是李太過了澳洲之後，2A和3A一直沒有人住，所有窗子應該是一直關著的。這到底是怎麼一回事呢？除非……除非……我心裡開始浮現一個可怕的想法。

吃早餐時我不敢跟爸爸媽媽說，匆匆吃完便拿起書包上學。走到街上，我馬上回望我們這棟樓。2A和3A兩層樓的窗子，這時的確如常地關著，而3B的窗子也同樣關上了。可是……昨晚深夜時分又如何呢？

回到學校，我整天上課都心不在焉，被老師罵了幾次。放學時我跟田徑教練說有點不舒服，今天不參加訓練了，之後便趕快回家，因爲我起碼還有一件事情要弄清楚：薑B現在究竟在哪裡？

幸好我回到家的時候，陽光還不錯，便一口氣跑上天台。妳很少有機會上天台，可能不知道從天台探頭出去是可以看到三樓窗外的小平台。我在妳房間那邊探頭一望，果然看到薑B正在3B外面的小平台上曬太陽。Linda一定已經回到家裡，放了牠出來。我又看到，3A那邊的窗口依然是關閉著的。

妳看到這裡可能會想，我在鑽什麼牛角尖了？給妳一個提示：關鍵的一點，是3A那邊的窗子在「這個時候」才是關閉的，但這並不表示夜裡也同樣關閉著。妳明白我的意思嗎？

我回到家裡等到傍晚，又再上天台確認一次，一如所料，看見薑B已回到屋內，3B的窗子亦和3A那邊的一樣，已經關上了。

接下來的問題，是怎樣證實我的想法。自早上，我已經花了大半天想出一個計畫，但要等到深夜才能實行，希望還來得及。

這晚吃完飯幫媽媽洗完碗碟之後，我推說有很多功課要做，沒有如常陪爸爸媽媽看電視便回房了。但其實我趁他們正在看節目的時候，靜靜潛入他們的睡房，偷偷借用一樣東西。

妳一定記得，媽媽當年是我們這棟樓的業主立案法團祕書，而隔壁李太的業權最大，便順理成章擔任了法團的主席。李太跟媽媽最熟絡，所以這次出門遠行之前，便把一套2A和3A兩層單位的後備門匙交了給媽媽保管。我有時也幫媽媽處理一些簡單的法團事務，當時我碰巧在場，所以知道。我入到爸爸媽媽睡房，打開媽媽存放法團文件的抽屜，李太家的後備鑰匙果然在裡面。

我快快拿了鑰匙，回到自己房間，這時才開始覺得緊張。我須要借用兩件東西才能實行我的計畫，李太的後備匙是其中之一，但要取得另外那件東西才是最具挑戰性的一步。

到了大約十一點半，我出大廳跟爸爸媽媽說完晚安又回到房間，關了燈之後卻沒有上床睡覺，只是瞪著床頭的鬧鐘，看著電子數字慢慢跳著。我的計畫必須等到凌晨時分才可以實行。

我一路等著等著，愈來愈緊張，到了深夜也沒有絲毫睡意。好不容易等到兩點鐘，這時爸爸媽媽早已睡了，我便靜悄悄地由房間摸黑走了出來，偷偷上到天台。這次我看見3B那邊的窗子依然是關著的，屋內也沒有燈光，可是3A那邊的窗子卻全部打開了，而且可以看見屋裡透出微弱的燈光。我的想法證實了。

我又悄悄回到家裡，因爲還要等進入3A的人離開，才可以實行我計畫的最後一步。又過了一個鐘頭，我再上到天台，可是仍看見3A裡依然有人。我開始擔心了。他們會不會等到臨天亮才走呢？要是這樣的話，我的計畫便未必行得通。

到了凌晨四點，我再次上到天台，終於看到3A和3B的窗子都關著了，兩邊單位內亦完全沒有燈光。我的心怦怦亂跳，是時候行動了。我手上有李太的後備門匙，可以打開2A和3A兩層的大門，應該由哪一層進入這個複式單位呢？

我陪媽媽入過李太的家許多次，知道樓上樓下的間隔。我最害怕看見的東西，一定會在浴室裡面，但2A和3A兩層都有浴室，會是哪一個呢？李太爲兒子和媳婦把樓上最大的睡房和旁邊的浴室打通，改裝成主人套房，我最怕看見的東西多半便在這套房的浴缸裡面。如果眞是這樣的話便最好了，因爲我要找的東西，最有可能是放在樓下2A李太自己的睡房裡面，那麼我就不用經過3A。

我落到二樓，用鑰匙進入了2A。進門後我不敢開燈，無聲無息地關上了門，小心確定樓上樓下眞的沒有任何聲響，才微微鬆了一口氣。這層所有的窗子都像樓上一樣是緊閉著的，我忘了戴口罩，這時在這個沒有空氣流通的空間裡便聞到一陣異味。我知道那是什麼氣味，不用去找它的來源也知道最重要的證據依然在現場。我咬緊牙關，盡量壓制著心裡的恐懼，告訴自己要速戰速決。

李太已經七十多歲，雖然身體十分健壯，但爲安全起見，她像很多獨居長者一樣，家裡都放了一個俗稱「救命鐘」的小型電子儀器，萬一發生意外或急病發作，只要按它一下便可以向救護隊求救。我須要借用來完成計畫的第二件東西，便正是她的救命鐘。

我知道李太有這個儀器，因爲是媽媽幫她塡寫申請表的，而且李太的兒子不在香港，表格上「聯絡人」一欄也是塡上媽媽的名字和電話號碼。救命鐘服務只適用於香港，李太去了澳洲探望兒孫沒理由帶著這東西，一定留下了在家裡。最有可能擺放的地方，應該是在她床邊觸手可及之處。

我小心翼翼進入她的睡房，拿出一早預備好的筆型小電筒，用手掌掩著半邊筆頭才敢亮起，便看見救命鐘果然放在床邊的小桌上面。我猶豫了一下，怕留下指紋，便用手帕包著救命鐘才拿起。大力按下儀器上的按鈕後，確定已發出信號，我就把它放回原位，迅速離開2A。出門口時，我只是輕輕把大門關上，卻沒有上鎖。整個進出現場的過程，前後頂多只花了兩、三分鐘，但我的心已經跳得像剛跑完八百公尺那麼厲害。回到自己的房間，我終於倒在床上，雖然很累，卻怎會睡得著呢？

說到這裡，我相信妳應該已經知道到底是怎麼一回事。

由貓毛開始解釋吧。妳的床單和被子上找到橘黃色的貓毛，證實薑B在布魯圖踢門事件那晚的確入過妳的房間。牠是怎樣進來的呢？之後又去了哪裡？

薑B唯一可以進出妳房間的途徑，是由2A的窗口沿著外面的小平台去到妳的窗口。那晚妳是開著窗睡覺的，所以妳這邊當然沒有問題，可是2A那邊呢？李太一個多月前已經去了澳洲，2A和3A整個複式單位沒有人住，上下兩層所有窗子都應該是日夜關閉著才對。既然薑B可以來到妳的房間，那即是說，有人晚上進入了2A，打開了窗子，而當時薑B亦在2A裡面，才可以沿著窗外平台去到妳的房間。那麼這個在深夜進入2A、打開了窗子的人會是誰呢？

雖然一開始，我不能完全排除可能有個懂得開鎖的小偷在夜裡進入了2A和3A進行爆竊，但我覺得更合理的解釋，是這個人其實根本就有鑰匙。

會不會是媽媽？李太去澳洲前，交了一套２Ａ和３Ａ的後備門匙給媽媽保管。她會不會拜託媽媽偶爾過去開一開窗，讓房子通一通風？但我馬上又打消了這個念頭。媽媽除了接送妳上學下課之外，大部分時間都在家裡work from home，若要過去２Ａ或３Ａ開窗通風，沒理由等到深夜。況且那晚，當妳敏感發作的時候，媽媽明明是從睡房出來看妳發生什麼事的，身上還穿著睡衣，分明沒有出去過。

於是我又想，除了媽媽之外，李太說不定也交了另一套相同的後備門匙給別人保管。Linda是李太的親戚兼租客，李太飛去澳洲之前又把薑B寄養在她家裡，所以如果真的還有人保管著另一套後備匙，這個人一定是Linda。她的同居男朋友Dr. Sam也有可能拿了後備匙使用，所以那晚深夜進入２Ａ和３Ａ打開窗子的人，一定是他們其中一個，又或者是兩個一起行事。

那天晚上，我們已知所發生的事情，可以先嘗試重組一下它們的次序：

深夜時分，Linda和Dr. Sam因爲某個理由，用李太交給Linda保管的後備匙進入了２Ａ和３Ａ，把上下兩層平時關閉著的窗子打開。但他們離開自己所住的３Ｂ時，卻沒有想到要關上自己那邊的窗子，於是寄養在３Ｂ裡的貓咪薑Ｂ便由窗口走出了外面的小平台，沿著平台走到３Ａ的窗口，走了進去。

Linda和Dr. Sam在２Ａ或３Ａ裡因爲忙著處理某件事情，沒有留意薑Ｂ已溜進了３Ａ。２Ａ和３Ａ是個上下兩層打通的複式單位，薑Ｂ便由樓上３Ａ走落樓梯去到樓下

２Ａ，再跳出窗外，沿著外面的小平台去到妳的窗口，走進妳的房間。

那晚妳以爲夢見抱著薑Ｂ睡覺，但其實牠眞的跳上了妳的床陪妳睡覺才對。可是妳有嚴重貓敏感，很快便呼吸困難，猛烈地咳嗽，醒來的時候薑Ｂ一定是已經嚇得逃回窗外了。

薑Ｂ循原路回到２Ａ和３Ａ，不知道Linda和Dr. Sam是離開複式單位之前發現了牠，還是回到３Ｂ之後發現牠逃出了窗外才回來找牠，但總之最後他們把薑Ｂ抱回３Ｂ。他們離開２Ａ和３Ａ之前，亦把所有窗子重新關好。

這是我能夠想到，爲什麼會在妳的床單和被子上發現薑Ｂ貓毛的唯一解釋。合理嗎？

那麼Linda和Dr. Sam又爲什麼要在深夜裡進入２Ａ和３Ａ打開窗子呢？這個問題，我也只能想到一個合理的解釋。妳進醫院的第二晚，我偷偷借用媽媽保管的鑰匙，進入２Ａ去按李太的救命鐘，便是爲了證實這個想法。

我必須在凌晨時分實行這計畫，因爲我考慮到急救隊收到救命鐘信號後，一定會嘗試打電話給登記人。李太已去了澳洲探望兒子一家，我記得她說過他們住在珀斯，那裡跟香港沒有時差，所以就算李太帶了她的香港手提電話到澳洲使用，在凌晨四、五點鐘也一定還未開機。同樣理由，雖然媽媽是李太救命鐘表格上的聯絡人，但在這個時間打電話給她也一樣不會接通。所以，急救隊不會發現２Ａ和３Ａ裡其實沒有人求救。

我不知道他們需要多久才會到達，但相信不用等太久。這時我便換上了睡衣，好讓大家以爲我一直在睡覺。不到二十分鐘，急救隊來到樓下了。我本來還以爲救護車會響著警號而來，但可能因爲在凌晨時分不怕塞車，他們沒有開警號。這樣更好，不會打草驚蛇。

急救隊在街上按２Ａ和３Ａ的門鐘[12]，當然沒有人應，之後他們便按遍所有門鐘，教鄰居打開閘門讓他們進來救人。我一直在房裡等著這一刻，這時便馬上跑出大廳接聽訪客對講機，假裝吃驚，按電掣開閘讓他們進來。

我聽到急救隊上到二樓我們這一層，但他們怎樣按２Ａ的門鐘和拍門，當然都不會有人來開門。這時爸爸媽媽已從睡房出來，問我發生什麼事，我於是藉著這機會盡量拖延他們一會，因爲如果太快讓他們開門跟急救隊說話，我的計畫便可能功虧一簣。

幸好急救隊隨即發現２Ａ大門沒有鎖，以爲屋裡有老人家出了事，便馬上入內，逐個房間找尋。

就是這樣，當他們上到樓上３Ａ的主人套房浴室時，便在浴缸裡發現了布魯圖被

12 門鐘：即台灣的「門鈴」。

肢解了的屍體。

(((。O。)))

Dr. Sam和Linda被警方拘捕後，Dr. Sam承認自己是主犯，殺害死者及事後肢解屍體的人都是他，Linda只是協助他企圖隱瞞眞相的從犯。

綜合之後的新聞報導，再加上我自己的推理，這宗殺人毀屍案的過程是這樣的：

那天Dr. Sam在動物診所突然收到Linda的求救電話，知道布魯圖在3B門口大吵大鬧，便馬上趕回家。他回到3B時，布魯圖已經踢開了門，根據Dr. Sam和Linda的說法，Dr. Sam爲了保護Linda便和布魯圖打了起來，一時錯手殺了他。

可是後來法庭沒有接受他們自衛殺人的說法，因爲根據驗屍報告，死者是從背後被利器插進心臟致死的，而傷口的大小和形狀跟一把來自Dr. Sam診所、用來解剖動物的刀子完全吻合。即是說，那天Dr. Sam接到Linda的求救電話之後，刻意從診所拿了凶器回家，所以在法律上足以成立殺害死者的意圖，亦很可能是在背後偷襲死者而不是他所說的自衛。也可能因爲這樣，在布魯圖斃命之後，Dr. Sam和Linda才會企圖隱瞞事實，把屍體藏了起來。

之前布魯圖還在3B門外吵鬧的時候，媽媽早已打過電話問Linda要不要報警。那時Dr. Sam和Linda知道媽媽多半已經報了警，情急之下，便想到可以用李太交給Linda保管的後備鑰匙，開門進3A把屍體藏在裡面。

那天媽媽、妳和樓下1A的菲傭，聽到樓上爭吵和打架聲，接著又有一陣沉重的腳步聲跑下樓梯，便以爲布魯圖踢門和傷人之後就逃走了。但你們幾個都沒有開門去看看，我們這棟樓又沒有在樓梯安裝閉路電視攝錄機，怎能夠確定跑下樓梯的人一定是布魯圖呢?事實上，當時跑下樓梯的人其實是Dr. Sam才對。

他爲了誤導你們，故意用力地跑下樓梯，弄出很大的聲音，讓你們聽到的時候很自然地以爲是布魯圖逃跑的腳步聲。之後，Dr. Sam便靜靜地輕步上樓梯回到三樓，和Linda一起合力把布魯圖的屍體由3B拖進3A。

Dr. Sam和Linda成功騙過了警察和鄰居，讓大家以爲布魯圖刑毀和傷人後逃走了。但他們當然不能把死者一直留在3A，所以到了深夜時分，便回去處理屍體。

那麼我又是怎樣識穿他們的罪行呢?

我也說過，在妳入院之後的那個早上，我跑完步回來看見樓下1A的Lucky向著Linda和Dr. Sam亂吠，便開始起疑。其實當時狗狗不是吠他們，而是因爲聞到他們拖著的行李裡面有血腥味。

那個時候，Dr. Sam已經把布魯圖的屍體肢解了一部分放進行李箱，Linda正在幫他把遺骸運到別處。警察後來在Dr. Sam的動物診所內，發現布魯圖的內臟和部分殘肢，包了起來放在冷藏庫裡面，相信是等到有安樂死的動物遺體要火化的時候，便把殘肢再分割成小份混進去，毀屍滅跡。

可是動物診所冷藏庫空間有限，布魯圖的體型又太大，所以Dr. Sam第一晚只能處理屍體的一些部分。到第二晚急救隊揭發了事情的時候，死者被解剖了一大半的軀幹仍在樓上浴缸裡，但頭顱及其餘殘肢已用保鮮紙包好。根據犯人的證供，他們本來是打算分批拿到偏遠郊區埋葬的。

雖然天氣偏涼，屍體腐爛的速度稍微慢了一點，但犯人知道時間一久，即使一直關著２Ａ和３Ａ的窗子也一定無法掩蔽愈來愈強烈的屍臭。在日間，現場的窗子必須一直保持關閉，Dr. Sam只能在深夜解剖屍體時開窗透氣。這便是爲什麼在第一個晚上，薑Ｂ能夠由３Ｂ沿著窗外的小平台走進３Ａ，再由２Ａ的小平台走進妳的房間。

我在這事件中的推理過程，可說是倒轉了的逆向推理，由後果推理到前因。爲什麼妳會突然貓敏感發作？床單上的貓毛證明薑Ｂ曾在夜裡到過妳的房間。那麼薑Ｂ怎可能從３Ｂ去到妳的房間呢？唯一的可能，是那夜有人進入了２Ａ和３Ａ，打開了複式單位上下兩層的窗子。爲什麼有人要這樣做呢？我想到Lucky對著Dr. Sam和Linda的行李亂吠，又想到其實沒人親眼看見布魯圖離開我們這棟樓，便知道只有一個理由。

可是沒有眞憑實據，如果我報警，警察絕對不會相信一個中學生的話。如果告訴爸爸媽媽，就算他們相信我，也一定會先去２Ａ和３Ａ看一看，但萬一碰著Dr. Sam怎麼辦？還有最大的問題，是不出一、兩日，一切證據便很可能已被犯人消滅，所以必須馬上採取行動。

那天我絞盡腦汁，終於想出了之前已經交代過的妙計來揭露眞相。當然，這條妙計也並非十全十美。救命鐘「碰巧失靈」因而揭發命案，始終是個重大疑點，但大部分傳媒都說成是天網恢恢，Dr. Sam和Linda當然也不會因爲這個疑點而脫罪。另一個疑點，是2A的大門沒有鎖，但這一點在案裡也解釋成犯人自己一時大意而已。

我最擔心的，是警察會不會因爲媽媽也保管了一套2A和3A的後備門匙，而懷疑她可能與案件有關。發現屍體那晚，警察來到向住戶問口供的時候，我馬上趁機再次潛進爸爸媽媽的睡房，把偷偷借用了的後備門匙放回原位。我當時已經打定主意，如果警察懷疑媽媽，我便馬上站出來說明一切。不過當然還是Dr. Sam和Linda的嫌疑最大，警察馬上扣留了他們，幸好鑑證科亦很快在肢解屍體的現場找到足夠的指紋和DNA等證據起訴他們，所以媽媽完全沒有受到牽連。

經過大半年審訊之後，Dr. Sam和Linda終於罪成判監了。由始至終，我一直有把相關的報導剪下來，會保存到妳看到這封信的時候。如果妳想看的話，隨時問我。

在這封信的開頭也解釋過，因爲妳年紀小，我們不想讓妳知道隔壁發生了這樣恐怖的凶案，所以那天從醫院接妳回家之前，便已經跟所有鄰居約好，不會跟妳提起這事情。現在妳看了這封信，便知道爲什麼在妳回家那天Linda和Dr. Sam已經「搬走」了，也知道爲什麼後來李太沒有從澳洲回來，託媽媽幫她找地產公司匆匆把2A、3A和3B賣掉。（小聲告訴妳，我們和樓下兩伙人，亦始終沒有告訴新鄰居凶案的事。）不過讓妳最在意的，也是最令妳開心的，應該是薑B在樓下1B住了下來吧！

好了，這封信已經寫得有點長，但難得有機會寫信給未來的妳，便讓我再說幾句話吧。

看到妳開始寫這本日記時提到幾年來的新年願望：希望貓敏感早日消失、將來像我一樣成爲運動健將、當然還有妳從小立下的志願，要成爲漫畫家。

先說貓敏感，我相信妳看到這封信的時候，應該早已克服了這個問題，還養了屬於自己的貓貓，所以在這裡預祝妳願望成眞！

說到運動，雖然妳無法像我那樣每天早上出去練跑，但誰說因此便不可能成爲運動健將呢？妳還記不記得二〇二一和二二年，夏冬兩季在東京和北京舉行的奧運和殘奧？記不記得我們一家人在電視上一起看到香港運動員取得空前優異的成績，有些還取得獎牌，大家感覺到多麼興奮和驕傲？我相信有一天，妳會讓我爲妳感到這種驕傲，也希望我能讓妳爲我感到相同的驕傲。

最後，想成爲漫畫家也是妳的願望，其實不是一早已經實現了嗎？因爲妳自小就已經是個出色的漫畫家！雖然爸爸媽媽不喜歡妳整天「畫公仔」，但就算他們未必明白，我也知道妳是不會放棄的。因爲我便是妳的No.1漫畫粉絲嘛！看見妳夾在這本日記簿裡的圖畫，眞的覺得妳畫得愈來愈好！特別喜歡妳夾在這頁和薑B一起的自畫像。所以我祝妳一直不斷實現這個夢想。

十年、二十年之後的世界不知道會是什麼樣子，到時妳和我都應該有自己的生活，未必可以像現在一樣每天都在一起。我很期待妳找到這封信，因爲我相信當妳讀到這封信的時候，一定已經達成了以下的願望：

一、不再貓敏感，養了（不只一隻）貓貓；

二、成爲了運動健將，甚至代表香港出賽；

三、出版了漫畫書，與更多人分享妳的作品。

看完這封信，便告訴我一聲吧。電聯也好，見面也好，我們又可以再一起嘻嘻哈哈，懷緬一下小時候的日子。:-)

哥哥 ×××

二〇二三年一月

PS：到時可以把這幅妳和薑B的畫送給我嗎？

〈貓咪在夜裡的奇怪事件〉完

Faceless

柏菲思

那隻沒有名字的貓，端坐在鋁窗外的平台上，身披玳瑁斑紋，雙色細毛交錯覆蓋全身。鼻梁如同分水嶺，把臉龐一分爲二，左黑右黃，乍看像戴了半邊面具。牠湛藍的瞳仁深似淵，直勾勾望向房間內的女人。

女人眼窩凹陷，透露出說不清道不明的疲累。她倚窗而立，向貓遞出一隻小魚乾，手執尾鰭把吻突指向牠，繼而晃動逗弄。貓出於狩獵本能，伸出前爪擊打，用鼻頭蹭了蹭手背，女人才順從地將魚乾送到口中。

貓一手扶住魚乾，瞇起泛光的眸子，自酥脆的魚頭咬下去。女人要笑不笑，觀察牠用臼齒和裂齒細嚼慢嚥，一點點碾磨魚頭，令分明的輪廓逐漸模糊不清，化成碎屑吞食入腹。

一臉苦大仇深的男子，默默注視女人的後腦勺。由於盛夏熱力，放軟身子癱坐在床褥上，汗珠滑下鬢角，室內電風扇正忙於攪拌空氣。

「從頭部開始吃的話，比較不會噎到。」女人頭也不回說：「孩子成長眞快，快認不出牠原來的模樣了。」

大概是餓得前胸貼後背，貓很快把魚乾啃完，連忙舔嘴叫一聲催促，女人又拿出一隻塞住牠的嘴巴。

「吃完別賴著不走哦。」女人呢喃。

男子一動不動，在歲月靜好的幻象裡消沉。

吃飽的貓前足踏上窗框想進屋，被女人揚手下逐客令。見狀，貓灰溜溜地調頭跑了。

女人眺望著遠去的黑影，不疾不徐說：「要是牠下次再來，不要趕走，把牠收養下來吧。」

□

單幢式住宅大廈內，短髮的女保安闔眼，沐浴著迎面吹來的涼風，下巴不斷往下撞擊。與此同時，緊閉的電子鐵閘外，一雙目光明亮射人，猶如在模仿動作中的掛牆風扇，有規律地左右搖擺——

柳永詩穿過鐵閘間的空隙，窺視大堂裡的情況，只見摸魚打混的保安在打盹。無法入內的她唯有大力拍門，雖然極力想避免失禮，還是迫不得已。

被巨響驚醒的保安，伸手至桌上，架起擱在那兒的老花眼鏡，瞅瞅來客，然後按鍵開了門。

「早晨。」

年二十五的柳永詩有朝氣地打招呼，她長著一張大眾臉，是通街可見的那種黑長直髮、不胖不瘦的女生。雖則缺乏個性，但優點是外貌沒有壓迫感，較有親和力。因此即使美夢被打斷，保安亦生不起氣來。

「小姐，帶客看房？」

「我不是地產經紀。」柳永詩笑容可掬。

「原來是租客……」保安感覺沒勁，不想搭理她，「這裡很受單身族歡迎，早就沒有租盤囉。」

因接連被誤會，柳永詩不由失笑，「也不是想問有沒有放盤[1]。」

「那妳是誰？」

「記者，」柳永詩從手袋掏出一張卡片，「想打聽一下前任保安的事。」

保安把玩著卡片，上面標明了所屬傳媒公司和頭銜，此份報章她認識，因每天途經便利商店門都會看見。

「爲何調查他？」保安猜不透她的來意，乾脆直問。

「我想寫一篇報導。」

「他很普通，沒什麼好寫的。」保安慢條斯理打開保溫瓶，呷一口熱水。

柳永詩進一步地追問：「妳應該聽聞了昨天的事吧？」

1 放盤：指被放到市場上出租的房子。

保安推三阻四敷衍道：「有點忙，待會兒還要巡樓，請回吧。」

「我有時間，可以等。如果在大堂不方便的話，可以到快餐店聊。」

大概是怕麻煩，保安的眼神總是迴避著她。爲此，柳永詩暗自用鼻孔噴氣，從手袋中再掏出一樣東西，「小小心意。」那是紅包。

對於見慣世面的保安而言，這紅彤彤的東西不會令她感到出奇，卻在打動人心方面非常見效。

保安雙手作揖，接過紅包拆開，窺看裡面然後收好，「我從前是替更的，只有他放假時才來當值，了解不多。但他的家就在上面，要不要看看？」

「妳有鑰匙？」

「他出門常常忘記帶鑰匙，所以把後備放在大堂的桌子抽屜。」

柳永詩故作矜持地推托一下，「會否不方便？他的家人不介意嗎？」

「家人？都斷絕來往了吧，我連他的朋友也沒見過。」保安說得興起，索性不留情面，「除了下來大堂坐坐，回家洗洗睡，閒時去一趟賽馬會，他活動圈子窄得很，用不著坐交通工具呢。」

「既然如此，麻煩妳帶路。」柳永詩不客氣地應下。

兩人一前一後踏出電梯，保安熟門熟路拐往右，向一扇油漆泛黃的木門走去，把鑰匙插入鎖眼，扭動門柄，騰出空間讓後面的人先進去。柳永詩點頭致謝，跨過門檻。

屋內約二百呎，空間侷促，雜物堆至天花板，十足十垃圾屋。電器包裝盒，舊報刊、影集，一看便知道盡是些沒有轉賣價值的東西。洗手間外的牆上有壁癌，逼仄的睡房只放得下一張單人床，以男人的家來講，擺了過多棉花玩偶，推測睡覺時轉身會被活埋。

「這雜物的數量，清理起來不容易啊。」保安四下張望。

柳永詩應和著，「是啊。」她察見密匝匝的裝飾櫃上有個十五吋相架，放著一張年邁女性的黑白照片，隨口問：「這是他母親？」

「應該是吧，他很少提及私生活。」

「他平時跟妳說什麼？」柳永詩打蛇隨棍上。

「都是沒營養的話。」保安想起來什麼似的，「對了，他說過人活太久沒意義，與其寂寂無名不如做件大事，只是天意弄人，下場居然是這樣……」

□

早上十時六分，穿T恤牛仔褲、揹背囊，裝扮平庸的男子現身地鐵站口，進入監控拍攝範圍。高峰時段的人潮剛散去，乘客漸趨疏落。男子穿插人群之間，順著手扶梯，滑向深入地底的通道。

月台上出現該男子的身影，周遭皆顧著處理事務，低頭使用手機或與夥伴談天，全然沒留意別的動向。男子平視前方，似在看電視循環播放的廣告，一副直眉愣眼的樣子。十時十分，列車減速駛入月台，乘客魚貫登上列車，男子亦不慌不忙緊跟其後。

車廂內部攝像頭，顯示男子於列車開始運行時佇立車門側，背對駕駛室。由於列車已竄進隧道，窗外漆黑一片，頭頂的照明成爲單一光源。行駛噪音於狹長空間內形成極大回響，令人短暫性失聰。

五分鐘車程才過了三十秒，男子將背囊反掛胸前，打開拉鏈。未幾，摸出一把刀，徐步向中央走道。有機敏的乘客發現利器，嚇得腳步踉蹌，附近大多數尚未察覺異樣。男子繼續行走，來到第三扇車門，與倚滅火筒站立的青年打照面。一刻間，刺向青年的腹部，拔出再補刀，鮮血飛濺到雪白的牆壁上。

終於有人慘叫，但因噪音及使用耳機的緣故，後方乘客沒聽見呼救。第一車卡[2]的人爭相奔往車尾方向，其餘的則怔忡地觀望著，試圖理解狀況。染血男子步入第二車卡，途經數名補眠的男女，一些乘客感知到危險馬上慌張逃命。唯瑟瑟發抖的老伯錯過了逃生時機，牢牢抓住中間扶手。男子迅雷不及掩耳，割向對方的脖子，老伯倒地不起。生怕對方死不掉，男子居高臨下俯視好一會，又插了幾刀方收手。

幹掉了兩人，男子渾身是血，面部表情尤爲平穩。他踏上車卡接駁位，披頭散髮的中年婦人不知腿軟抑或怎樣，杵在原地。男子手起刀落，連續刺了她腹部兩下，血流如注。

男子避開尚有餘溫的血泊，走進下一卡，不鏽鋼座椅上有小貓兩三隻。男子出其不意捅向靠邊坐的女生，正中胸腔。勇氣可嘉的目擊者嘗試阻止，卻被男子砍傷手腕後匆匆跑開；有乘客使用緊急通話器與車長對話，口齒不清地說明事態；其他人失心瘋似亂衝亂撞，車廂內滿載鬼哭狼嚎。

此際，列車已出發三分鐘，逃亡至車尾的乘客因人數優勢，產生凝聚力，群起反抗。他們固守陣地，迎向來犯的男子，一陣吆喝怒吼。男子大概認爲事敗，失去進攻的意欲，在數公尺距離止步。卸下背囊，拿出兩公升機油澆在身上，間不容瞬地用打火機點燃了自己。

乘客號啕大哭，本已驚恐的臉容更加扭曲。僅存一絲理智的人，立時打開座椅上方的通風窗。不一會，車長以廣播呼籲大家冷靜，並說列車將要抵達月台。

在下一站月台，不知情的民眾正輪候上車，卻看見一股濃煙，伴隨隧道盡頭一束光入侵站內。列車停定，自動門旋踵開啓，大批鼻青臉腫、狼狽不堪的乘客同時往外擠，好事者迅速拿手機拍攝。

2 車卡：即台灣的「車廂」。

一段豎屏影片，記錄了男子自焚的場面。鏡頭通過車窗，拍攝到火光熊熊中的男子衣物盡毀，袒露出燒成炭色的皮肉，因條件反射身體猛烈抖動，恍如在跳一場詭異的舞蹈。

□

資料片段播放完畢，謝思羽順手關閉平板電腦，螢幕登時變回黑色鏡面，反映出劉士杰眉頭緊鎖的表情。

「以上是從地鐵公司和市民取證得來的影像。」身爲後輩的謝思羽，肌肉發達卻絕不粗枝大葉，對前輩說話畢恭畢敬。

「就是俗稱的無差別殺人吧。」劉士杰天生一張娃娃臉，卻雙目炯炯，頗具威勢。

「是的，」謝思羽戳螢幕，重複確認資料無誤，「據統計目前三死十八傷。」

未睡醒的劉士杰，搓著長滿鬍碴的下頜，「壓力這麼大哎，居然拿刀去地鐵站砍人，當差這麼久真是頭一次碰見。」

「這是地鐵啓用以來，首宗釀成多人傷亡的案件。」

「知道，我是以爲這種事只會在海外發生。」劉士杰摳眼垢，問：「那瘋子在哪？」

謝思羽一雙三白眼，漠然投向重症病房的玻璃窗上。房間內放置一張加護病床，上面躺了一名全身包紮紗布的男子，旁邊連接著生理監視器，全天候監控他的心跳、血壓、呼吸等各項指數。

「何世育，二十一歲。殺人後自焚，造成大面積燒傷，情況危殆。這樣子也死不了，醫生說是撿回一條命。」謝思羽感慨道。

「救回來也有後遺症，對他來說不是好事吧。」劉士杰雙手插袋，看著床上半死不活的人，「看來暫時沒辦法落口供，你手頭上有其他情報？」

「有，何世育九歲入住兒童之家，十八歲時因成年離院，獨立後無人知道去向。」謝思羽以三言兩語解釋。

「他沒有親人？」

「沒有結婚，沒有兄弟姊妹；父親在小時候失蹤，領了死亡證；母親未過身，叫曾素薇。」

劉士杰按摩眉心的皺摺，「聯絡上她了？」

「聯絡不上。」

「他媽也玩失蹤？」劉士杰一語雙關，「她不看新聞？親兒子搞這麼大一齣戲，也不出來交代。」

「或許因爲失散太久了。」謝思羽淡定問：「已經查出曾素薇的住所，要上門訪問嗎？」

兩人離開醫院，用公費坐的士前往該地址。下車後，骨牌密集式的舊樓映入眼簾，外牆延伸出來的簷篷上滿布垃圾，不難猜測是欠缺公德心的居民非法投棄的。

劉士杰仰望那組破爛的建築群，有感而發：「住在這種舊區的，都是即將遭社會淘汰的人。如果有能力，早就搬到鄰接的新市鎮去。」

謝思羽搖搖頭，「我不喜歡新市鎮，沒有人情味。」

出入口既缺乏人員把守，亦沒有安裝機械鎖，猶如無掩雞籠，閒雜人等一概能自出自入。建築群內縱橫交錯，門口無主次之分，每一扇都似是後門，通往不同的橫街窄巷。他們邊搜索牆身尋找棟數標示，邊梭巡內部格局。樓房之間通地垃圾，違法棄置的陳年傢俬無人清理，甚至有發泡膠盒遺下某人的剩菜殘羹。謝思羽忍受不了細菌滋生的餿酸味，擠擠鼻梁。

千辛萬苦找到目標大廈，兩人拾級而上，彳亍過長長的走廊，站定在一扇門前。劉士杰按鈴，沒人應門，稍頃不耐煩地揚聲：「有人在嗎？」但聽不見回音。

「確定是這門號？」劉士杰矚一眼旁邊的人。

謝思羽篤定地點點頭。

走廊另一端傳來腳步聲，兩人不約而同看去。頭髮花白、佝僂著背的老人恰巧經過，向他們投以奇異的眼光。

「你們，」老人的嗓音顫巍巍，「是漁護署派來的？」

兩人面面相覷，不答言。

「那隻畜牲總是在叫，聽到也晦氣，快抓走牠……」老人嘰咕。

劉士杰順水推舟問：「這幾天你有見到這戶人家出入嗎？」

「很久沒見過了……」老人恍恍惚惚離開，儼如不能久留人世的幽靈，眨眼間化作煙霧消逝。

謝思羽抓頭皮搔癢，「他沒事吧？頭腦好像不大清醒——」

「破門吧。」劉士杰驢唇不對馬嘴，倏忽下達命令。

謝思羽一臉茫然，發覺前輩的思維也不清醒了，「我們沒有搜查令！」

「你不覺得這兒特別臭嗎？」

「垃圾的味道？」

劉士杰斬釘截鐵，「萬大事[3]由我負責，動手。」

縱然被毫無預警的話嚇唬，但謝思羽深知他說一不二，唯有忍痛從褲袋掏出信用卡，訓練有素將之插入鎖頭與門扉間的隙縫。左弄右弄，時而用蠻力擰動把手，總算

3 萬大事：指無論有什麼事之意。

撬開了。本應好好慶祝一番，臭不可聞的氣體卻隨開門時帶動的空氣流動撲面而來。兩人捂住口鼻，倏地一條影自門縫竄出來，繞過腳畔，害謝思羽心跳滯後半拍。

「天呀！那是什麼？」

劉士杰追視影的蹤跡，答：「畜牲。」

「別開玩笑，是貓吧。」謝思羽抹一把冷汗，「追不追？」

劉士杰目光如炬，「待會再說。」

言畢，劉士杰跨入大門，看見擱在地板的發霉床褥上，躺著一具臉部血肉模糊的屍體。不出所料，是屍臭。

謝思羽來不及哀悼報廢的信用卡，已聽見劉士杰嚴肅地說：「通知上頭要擴大調查規模。」

□

設立在街市的垃圾站，分上下層。由於廚餘等發酵氣體長年累月積聚，一旦靠近，原本潔淨無味的身體亦會一瞬間沾染惡臭，要是不慎吸入更會殘留鼻腔。途人經過時均掩鼻而行，唯柳永詩無所畏懼邁了進去。

入口捲閘下方，停泊了野獸般身經百戰的垃圾收集車，灰綠色的塑膠桶雜亂無章圍繞它擺放。凹凸不平的地上，流淌著尿液似的垃圾汁。牆身因天雨滲漏和污垢侵蝕，形成一面直紋、斑點相間雜的圖畫。

柳永詩深入寸步難行的垃圾站，內部有部分區域鋪設了磁磚，磁磚邊角已崩裂剝落。擺放了幾張顯然是撿來的膠椅，另有木色摺枱，後方堆起如山的雜物，吊衣杆晾掛著發黃的衣物。

時至正午，兩名清潔工在休息。由於衛生環境惡劣，豆大的蒼蠅飛到頭髮甚至飯盒上，他們卻習以為常，繼續進食。

「不好意思，」柳永詩微笑著湊近，「方便講句話嗎？」

清潔工愛理不理，以眼梢確認來者，或因平日甚少與人溝通，面無表情。

柳永詩厚著臉皮坐下來，「我想找個人。」她用手機展示女性的照片，那人五官端正，略嫌纖纖弱質，總的來說長相不俗，看得出是個美人胚，「請問你們認識她嗎？」

頸上佩戴圓玉的女清潔工瞄一眼，「不認識！」又埋首扒飯。

「喂，是不是蓉妹？」另一名男清潔工沒有門牙，說話漏風，「她幾個月沒做工了吧。」

「不是她，蓉妹臉上有紅胎記。」

柳永詩中斷兩人的議論，「我要找的不是你們的同事。」

「呃？」

「她入住過露宿者宿舍，理應經常進出垃圾站。」柳永詩不厭其煩，以手指示室內一條隱蔽的樓梯，據她所知，那是通往上層宿舍的路徑。

男清潔工不解地問，「姑娘，妳怎麼會找那種人？」

「實不相瞞，我是記者，和她有一面之緣，之前提過想採訪露宿者生活，可後來失了聯，所以來碰碰運氣。」

他晃晃腦袋，「宿舍的人來去無蹤，大多見不得人似地偷偷摸摸，哪有交情。」

「畢竟是認識的人，忽然人間蒸發我很擔心，能否請你們努力回想一下？」

見柳永詩好聲好氣，女清潔工把手機搶過去。「讓我看清楚！」她調整手機遠近角度，好不容易找到正確焦點，「這個女的是有見過，但沒有照片裡那麼漂亮。」

「眞假？」柳永詩興奮起來。

「她陰陽怪氣，很憔悴，黑眼圈像熊貓一樣！」女清潔工用手比劃完，打開了話匣子亂噴口水花，「有次她買蘋果回來，說要孝敬老人家，送了我一顆，算是聊過幾句。」

「你們聊什麼？」

「她說自己沒有維生技能，原本結婚樂呵呵做少奶，可老公凶神惡煞、天天打人，才躲了進來。」

「嘖嘖。」男清潔工用牙籤剔牙，搭腔，「男人打女人，不得好死。」

柳永詩說：「眞意外，還以爲大多露宿者不喜歡透露私隱。」

「會說的，」女清潔工暗忖她入世未深，嘟嘴道：「當他們想賣慘，向妳借錢的時候。」

「她走前有跟妳道別嗎？」

「沒有，估計是爲了逃避又開始流離浪蕩吧。」女清潔工盯著外面人來人往的街市，「世間壓根兒沒有她的容身之所，像她那種人，最終還不是要返家，當個平平無奇的主婦！」

□

劉士杰蹲下，毫不忌諱端詳那具血流肉爛的女屍。髮際線以下，下頷骨以上，突出器官全部覆沒，剩下坑坑坎坎。幸而眼珠還在，眼皮卻不見了，強行變成死不瞑目的形相。耳廓也消失了，切口不平整，似是被硬生生扯斷。屍體已經發脹，肉眼看不見蛆蟲繁殖，瞥一眼窗戶是緊閉的。

他按著膝蓋起身，環顧四周。室內臭氣熏天，充滿腐爛味的氣體，正方地磚上散落著便溺物，加乘了臭味。房間牆紙鮮艷，除此以外擺設簡單，只有基本生活用品。另有飼養寵物的工具，飯碗、水碗空無一物，廁盆的礦砂結成塊狀。

怕事的謝思羽站在門外，戴口罩，「是不是曾素薇？」

「不確定，但是女人。」

「她的臉……沒了？」謝思羽寒毛直豎。

「嗯。」劉士杰不假思索地回答，「我想是貓啃掉的。」

「貓殺人！」謝思羽破音。

劉士杰用尾指挖耳孔，「你思緒太跳躍了，有機會是人死後貓才吃的。瞧，窗戶關閉、房間沒人出入、屍體已有一段時間，加上乾糧和食水不足，那隻貓明顯是被困在單位裡。」

聽完，謝思羽稍微鎮定下來，「意思是，牠因糧荒迫於無奈啃噬屍體？」

劉士杰有條有理地指揮下一步行動，「先教鑑證人員勘驗，通知法醫進行屍檢，查明死因有沒有可疑。順便核實身分，指紋是必須的，另外須要找曾素薇的醫療報告。若然有高清照片，再做一份虹膜比對。」

「明白了。」謝思羽雖心有餘悸，已大致恢復正常，打起十二分精神抄下重點。

而劉士杰則逕自取出手機，鉅細無遺拍攝房間，保留第一手資料。

房子間隔簡單，有一扇門通往廚房。收納空間不少，是原裝設計，實際使用率低。劉士杰打開碗櫃，有四套食具，貌似購買整套特惠牌多出來的，冰箱只有調味料沒有食物。另有一扇便宜的塑料門連接浴室，沒有做乾濕分離，洗臉盆前放了一人的牙刷和膠杯，杯旁有圓形水垢。

巡視了一遍，返回客廳，聞見謝思羽正在外邊通電話，劉士杰心無旁騖繼續查看環境。窗戶對著水泥平台，與簷篷同樣是垃圾天堂，窗框無損壞，木門上有貓抓痕，牆紙樣式斑剝似繩紋。他出於好奇觸碰，驚覺那並非牆紙，而是一筆一劃畫上去。細看，竟是麥克筆墨水，原色的線條亂中有序地填滿整面粉牆。

「通知了鑑證科，很快到場。」謝思羽向沉思中的劉士杰匯報。

「好，你看守現場，我去逛逛。」

劉士杰獨個兒下樓，仗著個高腿長，三步併作兩步衝往附近的地產舖。招牌尚未亮燈，有位穿格紋襯衫的男經紀在做開門準備。劉士杰隔著玻璃叩門，遂引起他的注意。

「嗨，我是警察，問個話。」劉士杰言簡意賅地說，「這裡有沒有負責對面街的放盤？」

「有。」

「我要查你們的租務紀錄，門號是——」

半晌，包租婆緊張兮兮撞門而入，外貌用不著花筆墨描述，就是千人一面的師奶。

「太太，這位警察找妳。」經紀替他們介紹。

「租客死了？」包租婆氣還沒喘勻，劈頭就問。

劉士杰大馬金刀坐在圓凳上，反問：「誰告訴妳的？」

「街坊見到門口有封鎖線，傳訊息給我。」包租婆用手帕拭汗。

劉士杰心想消息眞靈通，與經紀交換了眼色，對方尷尬一笑。

「不過是發現屍體，警方未確認死者身分。」劉士杰補充。

話音剛落，包租婆已淚光粼粼，搥著胸口大喊：「管他死的是天王老子！我的房子，陰公[4]咯……變了凶宅，租不出賣不掉，我下半世怎麼辦？」

經紀安撫她，「別擔心，我幫妳！」

劉士杰挑挑眉毛，沒耐心糾纏下去，速戰速決亮出曾素薇的證件照。

「簽租約的人是不是她？」

「是。」包租婆哽咽，「交租挺準時的，想不到……」

「做哪一行？」

「散工吧，這區哪有什麼專業人士，收到租金已經偷笑。」

劉士杰捻著下巴的鬍鬚，「租了多久？」

經紀代爲答覆：「一年死約[5]，一年生約，已經續期。」

「住多少人？」

「就她一個人。」包租婆頓了頓，「可有街坊告訴我，她家時常有男人過夜，我懷疑她是人家情婦。」

不得不承認，沒有事情瞞得過包租婆的法眼，果眞是猛虎不及地頭蟲。

踅回案發現場，光景已與之前大不同，穿防護衣的鑑證人員交替進出，白晃晃的閃光燈閃個不停，居民湊熱鬧擁在一起，交頭接耳。大汗淋漓的劉士杰與守候在外面的謝思羽碰頭，將所知所見一五一十講出來。

「所以，你認爲何世育和曾素薇同住？」謝思羽一本正經問。

「只是臆測。」劉士杰環著手，「從杯底水垢、剩下調味料的冰箱，可知這裡多於一人居住。先不論死者是誰，假如有人莫名去世，即使是何種死法，不會沒有食物留下，相信是事後清理掉。拿東西一般都取貴重物品，雖說屋裡沒有什麼高價的，爲何單單拿走食物和刷牙用品？」

劉士杰舉起食指和中指，「一，他想消滅證據，這未免太欲蓋彌彰了；因而極有可能是二，那是他慣用的。包租婆說的過夜的男人，興許就是他。離開兒童之家後，下落不明的何世育沒有就業，否則已留下行跡給我們追蹤。換言之他財政不寬裕，臨走前取走了。」他說得頭頭是道，不給人回話的餘地，「現今社會一個人很難消失得

4 陰公：在香港有罵人不積陰德，沒有良心之意。

5 死約、生約：死約指「租約條款不能更改」，而生約則指「租約條款可以調整」。

如此徹底，除非他躲在另一個人背後。我猜，他大部分東西以曾素薇的名義申請，包括電話卡、銀行戶口——」

謝思羽打岔，「房子是她名下租借的，因此登記上查不出何世育的住所。」

「租期和他離院的時間亦吻合。」

「可是有人死了，他爲何不報警還逃走？」謝思羽半懂不懂，問道。

「原因？」劉士杰譏誚地笑了，「殺人犯、神經病，你覺得更像是哪一種？」

「兩種都是。」謝思羽因憤怒而嘴角抽搐，「那喪心病狂的傢伙，該不會以弒母作爲練習，再去地鐵砍人吧？」

須臾，鑑證科一員的眼鏡男主動接近他倆，「兩位有留意到牆身嗎？是人手畫的。」

「留意到，」血氣方剛的謝思羽磨磨牙，「是眞瘋子才做得出來！」

「也可能是藝術家。」劉士杰插嘴。

眼鏡男審視著劉士杰，做出扶眼鏡的標準動作，「死者面目全非，謝Sir跟我說你認爲是貓造成的。」

「沒錯。」

「那隻貓呢？」

劉士杰理不直氣也壯，「破門的時候跑了。」

「你們最好盡快把牠找回來。」

兩人異口同聲，「什麼！」從未試過如此上下一心。

「因爲牠是現場的證物……證人。證貓？」眼鏡男的語調分三階段逐步轉變。

「找牠幹嗎？」劉士杰問。

「要證明傷口由什麼造成，最直截了當的方法就是找到貓，對照牙床排列，提取胃囊殘留的未消化物。」結尾時眼鏡男不鹹不淡地說了句：「加油。」便事不關己走開了。

謝思羽愣住幾秒，望向前輩求助。

劉士杰丟下一句：「加油。」然後走爲上著。

□

黎明將至，兩頭流浪貓於篷篷上廝打，片時鬧得街頭巷尾嘈吵不已。昨晚起一直沒有休止的嗚叫，透過藍朦的微光滲入耳膜。一男一女的身姿穿梭樓宇間，猶如進入錯綜複雜的迷宮，追蹤聲音來源。涼風颯颯使人不住吸溜鼻涕，從起床到現在找了十數分鐘，可誰也不想做提出打道回府的人。冥冥中自有主宰，下一秒他們看見兩面牆壁的罅隙裡，有一窩出生十日左右的小貓，堆在母貓身上。

母貓是這區的老大，大部分流浪貓都與牠有血緣關係，可惜歲月無情，此時此刻的牠已衰老孱弱，在冷到爆表的天氣下打哆嗦。小貓無知，一心顧著成長，即使母貓營養不良，依然爭先恐後擠到腫脹的乳頭前，吸吮牠的生命力。

三隻小貓中，兩隻正忘我地飲奶水，餘下的則聲嘶力竭，看來牠便是導致男女失眠的主因。那小貓的臉蛋半黃半黑，長得不算好看。牠耗盡九牛二虎之力，欲爭奪乳頭，卻屢遭母貓拒絕。

「那孩子存活不了……」女人木立，雙眸虛焦在回憶往事。

她身後站了一男子，「天寒地凍，妳打算怎麼辦？」

「不怎麼辦，任由牠自生自滅。」

男子不忿說：「那孩子眼睛開了，走路也不錯，看上去很健康，爲何偏偏冷待牠？」

「爲了自保吧。」女人鼻音濃重，「一旦給予關懷，就不得不無條件給予下去。孩子那麼多，母親只有一個，應付不來，寧願打從開始便放棄牠。」

男子忍無可忍，「我們照顧牠不行嗎？」

女人攬住皮包骨的肩膀置身事外般，「不可以一味寄望他人幫忙，流浪貓太多，縱使動物義工也無能爲力。況且你沒聽說嗎？街坊打算組織撲滅小隊，不久便會把牠們一網打盡。」

遭排擠在外的小貓，不依不撓終於盼到一個位置，立刻狼吞虎嚥起來，未幾，又被母貓一腳踹開，委屈巴巴舔舐嘴角。

「牠只可在狹縫中長大，狹縫中老去……」女人幽幽說。

男子一聲不吭，兩束深不可測的目光戳在她的脊梁上。

□

熙熙攘攘的警察總部，劉士杰跑完外勤背脊冒煙，於辦事處忙裡偷閒，往椅上一靠吹吹冷氣，憶起案件排山倒海襲來，不禁長吁一口氣，「這份調查報告愈寫愈長……」

相反，謝思羽神采奕奕，在角落彎下腰，窺視排列整齊的籠子，有數頭剛捕獲回來的流浪貓。

「喂！」劉士杰把文件夾擲向他，「虧你還有心情優哉游哉逗貓，做正事！」

謝思羽不服氣地揉頭頂，「費了不少工夫才抓到，多看幾眼嘛。」

「這裡眞的有曾素薇養的貓嗎？」劉士杰雙臂枕在後腦，一臉狐疑。

「牠逃跑時我看了眼，依稀記得是隻玳瑁貓。」謝思羽興味盎然地觀察著貓。

「動態視力不錯呀，問題是那區的貓長得差不多。」

「怎麼可能！同一胎生，長相也迥然不同。」謝思羽信心滿滿，指向左邊數去第二個籠子，「依我見解是這隻。」

「為什麼？」

「別的貓咪被捕捉受了驚，注視我時有的變成飛機耳，有的嘶叫恐嚇，唯獨這隻泰然自若——」

「哦，」劉士杰坐直腰板，俯向前，「牠被馴化過，對人類比較友善？」

謝思羽天眞笑語：「不，我只是認爲敢吃人肉的貓咪，會表現得處變不驚而已。」

劉士杰眼角的笑紋立即消失，心想，我的拍檔怎會這麼笨……

成列的軍裝男警適時踏進門框，破解了冷場，領頭者捧著一個紙箱，來到劉士杰桌前，將裝在其中的物證一字排開。

「劉Sir，這是在現場撿獲的何世育的隨身物品。」語畢，領頭者教後面的同伴把餘下紙箱同樣放到桌面。

偷懶時間告終，劉士杰扶著桌沿起身，邊欠伸邊掃視。用證物袋密封的物件中，有襲擊時使用的刀和刀套，兩者尺寸符合；有串鑰匙，可以拿去和曾素薇家的門鎖配對；還有一個錢包，款式平實、沒有牌子。別的紙箱裝了體積相對大的物件，比如清空了的背囊，以及輕飄飄的機油瓶。

謝思羽命人把貓籠送往鑑證科後，湊上去一同看物證。

「怎麼沒有……」劉士杰稀裡糊塗地在桌上摸索。

「沒有什麼？」謝思羽問。

「手機，現代人怎會不帶它出門？」

「不在背囊裡，會否在何世育身上？」謝思羽歪頭詢問男警。

男警唯唯地回應：「入院前已沒收一切私人物品，這是全部。」

謝思羽略一沉吟，猜度說：「他可能和母親使用同一部手機，或者把它放在家裡。」

劉士杰以指甲敲桌面，「派人再去認眞找找。」

「遵命。」

這時，一袋封存著的零碎小東西入目。「這些呢？」劉士杰指著問。

男警回答：「是錢包裡的雜物。」

劉士杰二話不說拆開來看，翻閱那疊凌亂不堪的收據，當中有些已褪色變成白紙。他飛快過目，將收據遞向右手邊，謝思羽有默契地一一接住。

「不是便利商店就是超市，買的吃的和一般人分別不大，實在難以想像他會做出那麼恐怖的事。」謝思羽聳聳肩道。

劉士杰作勢遞出下一張收據，卻凌空做個假動作，轉一圈收回。謝思羽憑肌肉記憶伸出手竟撲了個空，不禁面露窘態。

「ＡＢＣ網吧？」劉士杰蹙眉盯著收據，翻過去背面有鉛筆痕，寫了四組編號：

A_D3_FiEx，C_D2_CeHa，CD_GC_LeHa，D_D23_RiPrSe。

「是不是Wi-Fi密碼？」謝思羽縮手，問。

「這麼多組嗎？」

「網吧顧客對上網需求很大。」

眾人鳥獸散後，劉士杰覺得心累，沏一壺茶慰勞自己，捧杯在手正要聞香時，不懂看面色的謝思羽來打岔。

「準備好可以隨時出發！」

「去哪？」劉士杰擺臭臉。

「你忘了，要去兒童之家。」

搭順風警車時，坐副駕駛座的謝思羽，仍不忘替後座的劉士杰「補課」。

「據情報組的資訊，何世育之所以進兒童之家，是由於曾素薇被診斷患上精神分裂症，必須長期入院治療，法庭判定她失去照顧兒子的能力，剝奪撫養權。沒有親友願意收留何世育，最終交由社福機構接管。」

「她住院多久？」劉士杰蹺起二郎腿，問。

謝思羽瞟看倒後鏡，「一開始耗了三年，其後斷斷續續入院，最後一次是在五年前，即何世育十六歲的時候。」

「然後在她退院兩年後，他亦恢復自由身……」

「除了和母親團聚，大概沒有別的選擇，畢竟他孤苦伶仃，而曾素薇是世上唯一的親人。」

劉士杰抖腳，若有所思，「奇怪，既然她在精神病院待了那麼久，證明不是能夠根治的病，怎地家裡沒有處方藥？」

「我讀過醫療報告，她自上次退院就沒有覆診紀錄。」

劉士杰直白說：「怪不得，現時精神科門診普遍要輪候兩年，一個病人不出現，其他病人很快填補上，到頭來誰消失了根本沒人在意。」

抵達日久失修的公共屋邨，兩人就聽見一把輕柔有禮的女聲。「阿Sir好。」那是擔任院舍工作員的阿姨，她在樓下守候多時，見到警車即刻前來迎接。

謝思羽欠欠身子，「謝謝妳抽時間，我們問完就走，不會耽誤太久。」

「沒關係，該問的都問吧。」阿姨唉聲嘆氣，「那孩子做出那種事，我也責無旁貸。」

阿姨引路在前，到設立在公屋一室的兒童之家，整體裝潢窗明几淨。三人於餐桌坐下，謝思羽旋即切入正題。

「今天主要想問何世育入住時的情況。」

彷彿已彩排過無數次，阿姨娓娓道來：「我平日負責照顧孩子的起居飲食，世育他自十四歲起在此居住，十八歲滿齡出院，之前輾轉到過幾間不同院舍……」

「爲什麼轉院？他有行爲問題？」謝思羽打斷她的話。

「不是的，」阿姨難爲情地否認，「因爲我們有人事調動，與他不相干。」

劉士杰以極具穿透力的雙眸望向阿姨，她眼神躲閃，續道：

「印象中，他年紀輕輕已很懂事，與其他院童相比屬於守規矩的類型，會準時完成家務，甚少頂撞大人。與誰都相處得來，溝通能力不錯，說話挺伶俐的。讀書方面就四平八穩，英文成績最好，其次藝術、宗教科分數頗高——」

「藝術？」劉士杰問，「是畫畫的意思嗎？」

「我也不知道學校學什麼，可他本人滿喜歡繪畫的，一有空檔便拿起畫筆。」

劉士杰和謝思羽心有靈犀地瞅瞅對方。

「像這樣？」謝思羽展示平板電腦，是在曾素薇家拍攝的牆壁照片。

「不是抽象的，是寫實畫。」阿姨起身，熱心地到五斗櫃翻抽屜，少間拿著一疊畫紙回來，「因爲畫得太好，我捨不得丟，留下做紀念。」

劉士杰接過來一瞥，第一張是風景畫，第二、三、四張畫了院舍內的日常生活，還有以院童爲對象的炭筆畫，最後幾張則是曾素薇的多角度素描，技巧爐火純青。

阿姨重溫那些畫作感觸特別深，泫然欲泣，「住在這裡的孩子表面上活潑，內心卻很缺愛，縱然模仿真正家庭的相處模式，始終會掛念親生父母。」

謝思羽壓低聲線在劉士杰耳畔說：「這些畫感覺意圖純粹，看不出丁點變態性。」

「你那是刻板印象。」劉士杰駁斥。

在如此寧靜的空間，阿姨理所當然聽見他們的對話。「假若照片中的畫眞的出自世育手筆，這段時間他一定遭遇到重大變故。」她摩擦著掌心，醞釀一下，「這樣說受害者絕不會同意，可是我認識的他是心地善良的孩子……」言罷，她的眼淚潸潸而下。

□

位處地下的管道地鐵站形似墓穴，將煙雨淒迷的氣象隔絕在外。家屬與關係者等人垂頭失語，帶備香燭紙錢、祭品鮮花，整齊步入站口。尾隨身後的是一群事事關心的採訪記者，他們扛著沉重的攝影器材同行。各方就位，穿黃袍的道長頻頻作法，人們哭喪著臉，招魂叫喚此起彼伏。柳永詩站立眾中，朝黑燈瞎火的月台隧道口，肅然行鞠躬禮。

路祭結束，眾人互相攙扶離場。柳永詩逆流而上，來到一名面色蒼白的老婦面前，輕語：「王太。」

穿素服的王太坐在一旁的長椅，淚眼婆娑，因喊聲總算回魂。她手抖得跟篩子般，抬起頭來，用渙散的眼神上下打量柳永詩。

「妳可能不認識我，其實——」

「我見過妳。」王太扯出僵硬的笑容。

柳永詩慶幸她認得自己而展顏，卻意識到場合不對，斂色道：「請節哀順變。」

移步至連鎖咖啡店，柳永詩從取餐處端兩杯冰美式返回座位，發覺王太在擤鼻子，眼瞼已哭到紅腫起來。她小心翼翼把杯放到王太面前，然後坐到對面。

王太啞聲，「謝謝妳……」

柳永詩搖首以示不足掛齒，「這是我的分內事。」

「有些遇難者很少親友，幸好有輿論關注和妳的出席，場面才不會顯得太冷清。」

「王生呢？」

王太心緒不寧地盯著杯身凝結的水珠，「他本來就身子弱，這一刺激入了急症室，唯有我自己來。」

柳永詩不忍地安慰，「有需要幫忙的地方隨時告訴我。」

「有心……」王太的淚腺又失控。

「喝點吧。」

聞言，王太喝一口飲料掩飾表情。「真是家門不幸，兒子發生意外，丈夫心臟病發，我一個女人怎麼辦……」她大概覺得失態了，清清喉嚨，「對不起，這些話題妳沒興趣吧？」

柳永詩施以同情的目光，「不用在意，說出來會舒服點。」她能感受到對方的情緒即將突破臨界點。

「現在回到家裡空無一人，總會想起和兒子最後的對話，竟是吵架。早知如此，我不會一天到晚罵他沒出息。」

「他好像是在上市公司做文職吧？」

「不過是合約制員工而已。」王太鉛球似的瞳孔失去光澤，連說話也會造成沉重負擔，「以前我時常怪他庸庸碌碌，存不到首期、娶不了老婆。他總會大發脾氣，說社會沒有上進空間，既不想做樓奴又沒條件移民。還埋怨我們，別人家有父蔭，他只能靠自己打拚，沒有出頭天。那時候我儘管罵他，可意外之後想通了，那些有什麼要緊，他活著就夠……」

柳永詩像是感同身受，熱淚盈眶，用溫暖的手心覆蓋王太的手背。

□

車程全長五分鐘，是站與站之間距離最長的一段，換句話說，被困時間亦是最長。由於人們等待太無聊，一登車便各自做喜歡的事情，令專注力大幅下降，製造了有利因素。列車開出，滑輪的呼嘯開始閉塞聽覺。

我背向駕駛室，這樣能確保身後不會受敵。就緒後，伸手入背囊摸到硬物，是刀的形狀。我靈巧地單手推開護套，緊握手柄，確保擺正刀鋒，然後急不可耐亮刀。

徑直走去，其貌不揚的青年背靠滅火筒站立，凝睇著我，那麼硬邦邦，背脊不疼嗎？我們四目相覷，青年如畫面定格靜止。一不做二不休，我把刀捅入青年的腹部，他咬牙忍痛，噴灑的血花沾污潔白的視野。

一聲慫在嗓子眼的尖叫撕裂了宇宙，懸浮外太空的我刹那墜回地球！逃亡的乘客如激流擊打胳膊，擁往下一卡車，我站不穩腳。頂部的電燈因高速行駛接觸不良，明滅了兩下，車軌磨擦音在脈動。我心悸如雷，決定快刀斬亂麻。

自車頭望穿車尾，可見列車迂迴行進，如蜿蜒的蛇。部分人目睹了死神，心神大亂，面青唇白地逃生，像鬼打牆。我忽略那些閉目養神的人，到了第二扇門，一名青絲混雜白髮的老伯擋路，抖抖簌簌。我用眸子勾勒出頸動脈，主觀慢動作剖開它，老伯懨懨若絕倒下。

血的腥羶味麻痺了情感，耳朵嗡嗡作響，似抽走空氣成了真空，我朝車卡之間邁進。那面黃肌瘦的中年婦人，傍著左方扶手，滿面徬徨。怎麼不頑抗？我狠下心腸，俐落地連刺兩刀，她一手壓著肚上的傷口，瞳仁的銀河逐漸熄滅。

鮮血形成一灘明亮的湖，我迴避倒影，到乘客寥寥無幾的車卡。在第二、三扇門之間，右手邊坐著穿制服的女生，她把書包夾在腳中間，戴耳機打瞌睡。我把刀筆直刺入她初發育的乳房，血如泉湧，她意識尚未甦醒卻痙攣起來。

猝然，多管閒事的傢伙扯我的衣袖。我一反手，刀刃劃過他手腕，血滴滴答答掉下。連滾帶爬的人中，有位奇女子自後方跑來，一言不發盯著我，估計是來攔截。殺紅了眼的我大可以解決她，但沒有下手，斜睨了一眼便走開。

逃散的乘客慢慢成群，雖說如此依然是烏合之眾。大開殺戒簡直易如反掌，我偏不要那樣做。全員視線均集中起來，舞台已經備妥。我拿出機油倒頭淋，鬼哭狼嚎統統化成雜訊。接下來只需借點火花，就能將極致的恐懼焚燒，我點燃打火機——

「劉、劉Sir！」

魔怔的劉士杰聽見呼喚，可算回過神來，「抱歉。」

「請不要橫衝直撞，把我甩在後面。」謝思羽憂心忡忡，「你的表情很恐怖，在想什麼？」

「重組案情。」

翌日，兩人到地鐵車廠調查事發列車。警方撿走重要證物後，清潔工代爲執拾了無關痛癢的垃圾，其餘幾乎原封不動。

劉士杰把手機播放中的影片進度條拉回最初，重放一遍。旁邊的謝思羽本想裝帥做壁咚，可車廂牆壁有乾掉的血跡不得不收回。

「我一直在想，」謝思羽不經意問，「他怎麼不選擇多人的時段犯案？若然是我，必定在人流高峰期動手。」

劉士杰無暇分神，敷衍答：「車廂太擠擁的話不方便行動吧。」

「可我看過一宗海外案例，凶手故意挑選最擁擠的時段，藏匿乘客當中，趁亂襲擊貼身的數人，再逃之夭夭。」

「你說的案例我看過，交通工具上的隨機殺傷分好幾種，像他有表演慾的，把身分藏得太深，反而與計畫不符。」

謝思羽傻不愣登問：「如何判斷有表演慾？」

劉士杰瞋目，「哪一點看不出來？他一上車就舞刀弄槍，還自焚，樣樣誇張絕倫，想低調行事的人會這樣嗎？」

謝思羽恍然大悟拍一下腦門。

「只是，有些地方與同類案件不同。一般凶手殺害乘客時，前半段傾向密集快速，後半段比較零散緩慢。這是因爲暴力衝動隨著時間流逝緩減，還有乘客未能及時做出反抗。」要是拖延太久，人們的警戒心愈高，變數就愈大。因此在前期提高效率，也能減低未成事就遭制伏的風險。劉士杰續道：「其他凶手通常前前後後、來來回回地殺，但何世育並沒有表現出些許猶豫，一直向前走，間隔也很平均。」

「有道理。」謝思羽附和道，「而且，第一個攻擊對象是年輕力壯的人，不應該找老弱婦孺嗎？」

「這又是另一個疑問。爲何不攻擊身近、防禦能力弱的人，而走了那麼遠？途中有不少沒有警惕的乘客，他根本沒動過念頭。」

「他不打無防範的人主意，是因爲有特定目標？」

此番有意無意的話，霎時開啓了閉塞腦洞的栓子。劉士杰像倒帶影片般，急步逆行，從終點返回起點。反射弧慢了的謝思羽，暗罵倒楣趕緊追上去。

「此樁事件並非大家想像中的無差別殺人！」劉士杰語速極快，腳步與人聲在空洞的車廂內響起回音，「四個受害者，四組編號，答案呼之欲出，他有預謀！」

「你說這是謀殺？」謝思羽詫異地大喊。

到達車頭，劉士杰來個急煞車，一不小心，緊隨的謝思羽栽到他背上。

「每組編號應該對照一名受害者，可要弄明白代表什麼意思……」劉士杰絲毫不在意正在摸鼻子的謝思羽，拿出收據低吟著。

A_D3_FiEx，C_D2_CeHa，CD_GC_LeHa，D_D23_RiPrSe。

謝思羽探頭窺看參與研究，「這字串大寫小寫都有，好像……是英文詞彙的縮寫。」

劉士杰咬著拇指指甲，當下一頓。「何世育下手時沒有躊躇，說不定是因爲把握了人們的位置！」他靈光乍現地接腔：「第一人遇襲地點是第三扇門、滅火筒前，Door 3 Fire Extinguisher。」他風風火火如走台步，邊跑邊用手指示，「第二人，第二扇門的中央扶手，Door 2 Center Handrail；第三在車卡接駁位、左邊扶手，Gangway Connection Left Handrail；最後在第二、三扇門中間，右方座椅的優先座，因此是Door 2-3 Right Priority Seat。」

汗涔涔的謝思羽連忙確認收據，「原來如此，但編號裡的頭字又是什麼意思？」

劉士杰名偵探上身似地推斷，「按照推算，每組編號分爲三部分，由廣至狹。後兩組既然代表門或身處點，那頭字自然表示車卡。」

「車卡號碼不是很長嗎？」

「對，鐵路迷以外不會記得，因此他只記住開頭字母。」

爲證實自己所言非虛，劉士杰縱身衝了出去尋找標識，卻光速打臉，從第三車卡倒數回去的號碼分別是ＢＣＡ。

「這……」劉士杰語塞。

善解人意的謝思羽迅速鋪下台階，「如果編號代表定位，那他爲何要在這些位置殺人，又如何確保對象上車後到指定地方？抑或，他對於出現在該處的人，無條件施以毒手？」

劉士杰企圖挽回顏面，正色下來，「假若是後者，現階段想不出那些座標對他有什麼實質意義。」

「那前者呢？」

劉士杰踱步思索，若何世育想殺害那些對象，毋須引導到指定位置，只要確保同時登車隨機應變即可。定下殺害地點目的究竟是什麼？又不是武林大會，各路冤家有這麼巧合，雲集在同一班列車上嗎？且慢，若打從最初就不用引導，而是被知會，得悉對象會定時定點出現？不過，正常人無法每次坐車都一樣站位，不確定性太多……

「我懂了！」劉士杰心中有數，「手上有死傷者名單吧？」

謝思羽半信半疑把平板電腦裡的資料調出來，死者名單上有三個人名：王洛亘／男／文職／31，潘時允／男／保安／65，蕭逸意／女／失業／34。

「四人遇襲，三名死者，那學生被救活了是吧？」急性子的劉士杰來不及等回覆，指頭已向上一掃，在傷者名單中尋找條件相符的女生：姚穎佳／女／學生／16。

「她人在哪裡？」

□

身軀初長成的青少年，個個肩寬背厚，然而即使裝模作樣穿上制服，受發育荷爾蒙影響留下的痤瘡疤痕，依然透露出稚氣。

在杳無人煙的後巷，三名不良學生拉幫結夥，包抄目標不讓其逃竄。當中兩人拳打腳踢，以變聲期的嗓音嚎叫，聽者無一不毛骨悚然。另一人則在旁看戲，前仰後合的似乎樂在其中。

提膠袋的男子於街影斑駁的道路上，似有所覓地踱來踱去。嘶哩沙喇、哈哈、嘶哩沙喇、喵……

他陡然止住腳步，聞見袋子磨擦以外的聲音，扭頭，循聲跑去。氣喘如牛趕至現場，眼下是施暴的畫面。男子從渾濁的懸浮粒子中，分辨出血腥味，即使是陽光底下的塵埃，也比這群心腸狠毒的人有存在價值。

作壁上觀的不良學生，留意到身後的男子，口氣不善說：「有事嗎？」

男子眼核剩下三人的影子，急火攻心下，把膠袋下墜的一方擲向學生。受到劈頭蓋臉的攻擊，三人下意識閃避，然後像發生短路故障般僵住不動。遭圍剿的玳瑁貓機靈得很，趁機逃脫，在前方拐個彎消失無蹤。

「痴線[6]！」一名學生鐵青著臉罵，「突然衝過來打人！」

「為何攻擊牠？」男子口沸目赤，反詰。

另一名桀驁不馴的學生回嘴：「我們只是在剷除沒殺乾淨的死剩種，一天到晚叫叫叫，煩死人——」

男子嗤之以鼻，猙獰地逐一巡望他們。

「牠們是寄生蟲，四處留種、亂生一通，沒貢獻又傳播病毒，死掉一了百了，皆大歡喜！」學生仍然不知悔改，大放厥詞。

聽畢，男子引臂捉住其中一人的胳膊，用力拽，把他撂倒在坑渠蓋上。另外兩人愣怔，男子雙眼寒芒一閃，牙縫裡擠出一個字：「滾。」

見勢不妙，學生四肢並用地從地上爬起，夾著尾巴走人。

男子捏緊拳頭深呼吸，打開膠袋瞄一眼，裡頭有剛從超市買來的貓罐頭。

半刻鐘後，女人自男子口中得知小貓遇襲的消息，頓時失魂落魄。兩人四處尋找，卻遍尋不獲……

不知去向的小貓驀地現身，在轉角探出頭來破喉大喊，那嘶吼像嬰兒的哭泣，悲慟欲絕。眼見小貓活著，兩人放下心頭大石。牠後腳負傷，卻堅持一跛一跛往巷裡走。男子見牠行動不便，想抱起來，卻被牠不領情反咬，一雙圓潤的眼睛特有靈性，只管指引他倆前進。

男女不發一言，來到頭上有冷氣機滴水的窄路，橫向不足成年人的肩寬，相信是流浪貓日常使用的通道。雖無憑據，但他們覺得應遵照牠的意思，於是側身竄進去。

出口是一棟工業大廈的背面，一排排蓄滿積水的溝渠飄出久未消散的惡臭。小貓蹲坐下來，朝溝渠連聲呼嗚。男子靠直覺搜索，發現一具動物屍體蜷曲在打開的蓋板

6 痴線：指人有毛病，行爲不正常。

下，細察，是遍體鱗傷的母貓。

「原來，牠在告訴我們媽媽的所在。」男子黯然說。

男子溫柔備至把母貓撈出來，看狀態剛斷氣一陣子，背上有刀砍的傷口，應該是致命傷。

「有人虐貓，不是學生，也不是撲滅小隊。」男子義憤填膺，太陽穴上青筋暴現，「用不著趕盡殺絕吧，真的沒有共存的方法嗎？」

女人中邪似地小聲絮語：「這是牠們的宿命，不知哪裡來又往哪裡去，從一開始就微不足道，不會得到關注，也不可能有出路……」

男子將那具冰冷的屍體攤平在地，小貓旋踵撲上前，發了狠使勁舔舐母貓的臉龐，想藉此喚醒牠。女人見狀，跪下來把牠攬在胸前，「媽媽走了，別哭！」小貓不依，卻始終敵不過人類的力氣。

用膠袋包裹好屍體，男子慎重地捧起來說：「找個地方燒了吧。」

女人以瘦骨嶙峋的左手，隔著膠袋撫摸母貓，唸起悼辭：「此生辛苦了，妳做得對，應該躲起來的，否則被送去堆填區不就沒有尊嚴。」

男子緩緩抬起眼，近距離看她那悱惻的神情，心臟猛然揪了一下。

女人嘴唇顫抖，眼裡蘊含著千愁萬緒，回望他說：「在世人眼中，我們都是沒有臉孔的存在，最終即便死在旮旯，也不會有人念掛……」她的笑臉猶如畫在臉皮上，不真實。「有朝一日，你我也像爸爸那樣匿藏起來，靜悄悄離開，不丟人現眼，好不好？」

兩人相顧無言，回憶化作走馬燈席捲而至。不知不覺中，噬骨的痛已然氾濫成一片海，浮華均淹沒在不見底的黑洋。受沖刷的靈魂蕩來蕩去，宛若一隻小舟，把破碎的肉體拖往歲月盡頭——

在四壁蕭條的房間，男子恍恍惚惚，面向床褥上長眠不醒的女人，心坎暗潮湧動。

□

劉士杰大模大樣踏進病房，房中擺了四張床：靠窗那邊有位女士在打點滴，在呼呼大睡；靠門則躺了一名胖乎乎的女生，在讀韓文愛情詩集；另外兩張被單整整齊齊的，沒有使用。他不動聲色走近門側的病床，毫無私隱概念翻看插在床尾的病歷，姓名一欄寫著姚穎佳。

「有人探病不招呼一下。」劉士杰開腔。

姚穎佳從書沿露出半張臉，用滿懷敵意的眼神射向他，沒料到在醫院也有人搭訕。「叔叔你誰呀，怎麼進來的？」

劉士杰對稱謂不斤斤計較，自顧自拿一把膠椅坐下，「妳是襲擊案的生還者吧？

我來錄口供。」

「證件呢？怎知道你是不是假冒……」

劉士杰呑聲忍氣，掏出內袋裡的證件，「ＯＫ？」

姚穎佳頷首，把書蓋上放到床頭櫃，表情瞬時平和不少。這時候謝思羽姍姍來遲，方才他在外面跟護士收集情報。

「妹妹好，打擾妳休息了。」謝思羽笑盈盈，依舊是處世術一流。

姚穎佳瞅見謝思羽，忽然耳根充血泛紅，「……沒關係。」

「聽護士說當時妳心口中刀，流了許多血，狀態很危險吶。」

「失血過多，但肋骨擋了一下，醫生檢查說沒傷及器官。要不是有人給我即時急救，現在便不能和你說話啦。」姚穎佳像在談論與自己無關的事，語氣樂觀。

「看妳紅光滿面恢復得不錯呀，要留院觀察幾天？」

姚穎佳靦腆地用手梳梳劉海，答：「十天應該可以出院。」

慘變「電燈膽」的劉士杰暗忖，這態度落差也太明顯了吧。「康復就好，我問妳幾句。」他單刀直入問，「妳認識何世育嗎？」

姚穎佳被流氓冒犯似地反詰：「怎麼可能！」

「是我問得不好，換個講法。」劉士杰老氣橫秋地開腿坐，「當日明明是工作天，妳身穿制服卻沒有上學，是爲什麼？」

「我、我睡過頭。」姚穎佳口吃。

「學校響鈴時間是八點鐘，妳十點還在坐地鐵，大遲到也有個譜啊，再說列車前進的方向不對。」

「那天……我……逃課，不很正常嗎？」

「厲害呀，逃那麼遠。」劉士杰輕易識破她的謊言，「那妳身壯力健為何坐優先座？是不是因為和何世育約好碰面，而那兒好記認？」

姚穎佳暴跳如雷，「胡謅，我去見那種變態幹嗎！」

兩人你來我往，完全不給人插話的機會。「等等。」旁觀的謝思羽強行介入，「你的意思是，妹妹跟他約定在地鐵上見面？」

劉士杰總算把謝思羽納入視界，「當時席上坐了兩個人：一個是男人，就是路見不平的目擊者；另一個即是姚穎佳。據何世育寫的編號，第四組只寫了優先座，實際上那兒有兩個座位，他沒指明是哪一個。可在影片中，他攻擊時直接刺向靠邊坐的人，那是因為他已把握對象是個女的，而不是男的。」

狀況外的謝思羽把細碎的線索拼湊起來，如劉士杰所說，事發時席上坐了兩人。在何世育踏入車卡之際，男人才後知後覺逃生，卻因目睹姚穎佳遇害，受不住良心責備，折返營救。

謝思羽頓覺水太深，「如此大費周章，到底……」

劉士杰把臉擰向姚穎佳，不厚道地以身分威脅她：「別以為我虛張聲勢，不快點從實招來的話就視妳爲同犯！」

識時務者爲俊傑，在被捲入更深一層的風眼牆前，姚穎佳決定坦白。

「好好好，你別動怒。」姚穎佳面有愧色，「其實那天我去追星了，因爲歐巴難得來一趟，哪有心情上課，便假裝出門，趕到他住的酒店埋伏。從早上起扛著大砲鏡頭通處跑，腰痠背痛，想著反正上班時間剛過，沒很多人就隨便坐了，絕對沒有別的含義！」

劉士杰火眼金睛觀察，從頭到尾沒看出破綻，不禁心中一凜。

姚穎佳不明就裡，繼續解釋：「如果你們不相信可以去我家找找，書包裡有相機和記憶卡。只是不要告訴我媽，我跟她說那天逃課，她沒有懷疑。」

機不逢時，護士敲著鞋跟過來，「到此爲止吧，其他病人也須要休息。」

兩人退出病房後，在空蕩蕩的走廊聊了起來。

「媽的，擺烏龍。」劉士杰抓耳撓腮，往窗戶錯開幾步。

謝思羽顰蹙問：「你覺得何世育和受害者接觸過？」

劉士杰裝作看風景，惱羞成怒地反問：「不然呢，除了事前約好，否則不可能四人同時出現。」

「若然他們是仇家會乖乖露面嗎？」

劉士杰嘿然不語，忖度著。

謝思羽咕噥，「驟眼看他們平平凡凡，職業各有不同，生活圈子沒有重疊，是如何結怨的……」

「聽姚穎佳的說辭應該是無辜的，或許是他認錯人了。」劉士杰摸著下巴，不著邊際地思考，「不過到了要殺人的地步，怎會不認得臉？」

為避免他鑽牛角尖，謝思羽老實交代自己的考察。

「關於那四個編號，不是說頭字解不通嗎？我有個想法，假如在何世育的計畫裡，車卡確實是以ACD的順序，只是執行時有變故呢？」

劉士杰饒有趣味地追問：「解釋一下。」

「我查過，車卡號碼的排列方式和編制有關，通常分為六卡和八卡，最少四卡。A—C、C—A、B—C必須是一組，而D是自由組合。什麼情況下會出現ACD？是在八卡的時候。上班時間人多，承載量需求最大。可事發時列車的第一至第三卡是ACB，我問了地鐵公司，那天因車務調動換成七卡。」謝思羽遞上平板電腦。

螢幕顯示了編制排序：A—C D B—C D C—A（八卡）/A—C B—C D C—A（七卡）。

「D是可有可無的，移除也不影響行駛。」劉士杰一點就通，「如果何世育和受害者相約時以車卡號碼為記，那第三、四組收據編號所代表的人物，很有可能到後面去。」

「因此他才會搞錯對象。」

劉士杰一拍謝思羽肩頭，「聰明！回署裡把全部影像翻出來。」

□

暗無燈火的演講廳內，投影機放射的光束打在牆上，成為不可忽視的存在。人人皆注目著，猶如觀賞電影，聆聽講台上教授滔滔不絕。然而，在畫面容納不下的黑框外，坐著裝扮平淡的柳永詩。她在階梯式座位的中間排，凝視眼前唯一能夠實實在在掌控的光芒。

冷色的平面世界裡，是通訊軟體的對話紀錄，沒有溫度的光輝給予了虛假的慰藉。即使如此，依然只能捧著機器為心靈取暖。每當跳躍至新視窗就會代入不同視角，他們同病相憐，正因如此，並不孤單。

照明拭去虹膜上的倒影，教授離開，散場的人由低往高處倒灌出去。柳永詩一一收拾私人物品，漫不經心踩著梯級踏出門口，倏忽被叫停。

「欸，同學！」劉士杰繞到她面前，評頭論足一番才道：「對不起，我有臉盲症，能幫幫眼嗎？」他舉起一份剪報，報上刊登著襲擊案的新聞，「這個人是不是妳？」他手指向新聞的角落，那兒印刷了一張全彩照片，是姚穎佳接受急救時的情景，旁邊有名女生替她撳著血流不止的傷口，和柳永詩長得一模一樣。

柳永詩睥睨他，「是我。」

「太棒了！妳有所不知，我跑了整座教學大樓就是爲了妳。」劉士杰摺起剪報收好，「妳太不起眼啦，老男人眼花分辨不了。」

她笑而不語。

劉士杰得寸進尺，「妳大概在想我是誰，爲什麼來找妳吧？」

「你是警察，我看出來了。」柳永詩晏然自若。

「好極。」他搓搓手，「我來是爲了問何世育的事。」

「怎麼來問我？」

「噢，難道你們不是朋友？」

柳永詩誠懇地回答：「他不是我朋友。」臉上看不出半點端倪。

「不可能，我知道你們那天本來要約會。」劉士杰刻意誇大其辭。

柳永詩仍然保持緘默。

劉士杰不動如山，全身流露出無聲的威嚴。「我們調查過，何世育當天約了四個人，可惜中途出了差池，誤傷了無辜。我想怨恨那麼嚴重，都要公開處刑了，怎會記不住長相？後來靈機一動，也許他沒見過本人，只是按描述。我翻過監控片段，把坐在D卡優先座的女性找出來才想明白。他收到的情報應該是，對方是學生，所以刻板印象認爲是穿制服的中學生，萬萬沒想到也可以是大學生。」

「爲了不遺漏任何線索，我們把每一段有妳出現的影像都確認一遍。妳在發覺騷動後一股腦兒衝到現場，恰恰碰見姚穎佳遇襲，還和何世育對上眼。正常人在那種情況受求生本能驅使，會往反方向逃，妳卻生怕錯過什麼主動過去，因而推斷妳是知情者。回想起來，案發時受害者任人宰割，太不自然了。估計何世育早就透過某種途徑接觸你們，設計了這場大龍鳳[7]。」

柳永詩感覺到言語間的強烈暗示，一下子心緒紛亂，定了定神，覺得否定也沒有意思，便輕描淡寫說：「諸多阻滯令計畫不順利，幸虧有驚無險達成了。」

「既然妳承認，能否交還證物？妳趁亂把掉在地上的手機撿了起來，對不對？」

柳永詩手伸進袋的夾縫把它掏出來，珍而重之摸了摸，交給劉士杰，「這是他的遺物，請小心保管。」

劉士杰接過去看，是舊型號的智能手機。回望柳永詩，見她的視線尚未剝離，於是問：「怕什麼？裡面有不可告人的祕密？」

「沒有。」

劉士杰細察她的微表情，「雖然不理解你們的動機，恐怕是見不得光的理由吧，否則用不著偷它，妳的目的是掩藏和何世育的關聯？」

「認識他是我畢生的榮幸，怎會怕人知道呢。」柳永詩以空靈的聲線道：「是他救贖了我，這一文不值的人生重新有了意義。比起隱埋，我更想讓人知道這奇蹟。」

「奇蹟？」

柳永詩眼神近乎咄咄逼人，一開一合蠕動著乾燥的嘴巴，「我們有的是無親無故的獨居者，有的是無家可歸的小女人，有的是在社會不上不下的打工仔。還有，爸爸不疼媽媽不愛、缺乏存在感的可憐蟲……總是順從別人、沒有掙扎的本錢，即使明天在街上暴斃，誰會在乎？可與他邂逅改變了一切，他告訴我不應甘於躲在黑暗當透明人，應讓全世界看見，即便是死亦要轟轟烈烈。」

漸漸，柳永詩由說夢囈變得歇斯底里，「事件後我重見光明，有生之年第一次被看見。我成爲受訪人物、關係者感謝我、父母關心我，不再被忽略了！不只是我，還有其他人，他們日日被報導，歷史留名了！這些都拜他所賜。」

她講得雲山霧罩，害劉士杰摸不著頭腦。「妳跟他到底是什麼關係？」

「他是我的知音，雖然只見過一次，但我絕不會忘記與他視線碰撞的瞬間。那雙琥珀色的眼睛望穿了我的靈魂，那份震撼、那份激動，鮮明如昨。」她感激涕零，

7 大龍鳳：指故意造假演一齣騙人的戲。

「是他用鮮血洗滌了我內心的無助和不安，他無言指派任務，命我傳承下去。」

劉士杰對她疑竇叢生，「他給妳任務？」

「我必須頂替他拯救迷途的人，儘管沒有臉孔，也有資格獲得有尊嚴的死，就像那三人一樣。」柳永詩咧嘴笑，別有深意地衝著他說：「這就是我的夙願。」

□

會見室外，劉士杰定成了一具人形蠟像，攬著胳膊靜候。稍頃，謝思羽推門而出。

「怎樣？」劉士杰扶住迎面拍來的門。

謝思羽繃著臉，「我覺得柳永詩知覺正常，對自己做的事情也有認知，自願性質居多。」

「所以她是眞心受感召，認爲自己是被選中的人……」

謝思羽百思不得其解，「不過是看了一眼，那男人眞有這般魅力？」

「說不定何世育沒有那個意思，而是偶然性產物，兩人對視製造了某種錨定效應，使柳永詩主觀覺得是命定的。」劉士杰細心分析。

彷彿有所覺悟，謝思羽凝重道：「我讓女警去搜身，發現她身上有假冒的記者卡片。盤問後她也直認不諱，說正在研究何世育的作案手法。按我猜測，她可能打算追隨他的步伐重演事件。何世育的手機由於太古舊，用黑客工具就能輕易攻破，因此她也參考了裡頭的資料。」

「她想做copycat[8]？」

「沒錯。」

劉士杰五味雜陳，低罵了一句：「關得一時，關不得一世，畢竟無法以未犯下的罪行審判終身監禁。」

謝思羽惆悵地道：「唉，唯有加強把關。」

「對了，那手機我教人解鎖查了查。何世育透過交友平台漁翁撒網，鎖定十個目標，花了兩星期與上鉤的人溝通、篩選。起初他們僅透露自殺傾向，到後來被說服，轉而執行他的計畫。」

聽罷，謝思羽全身激靈。「不就是邪教洗腦——」

「類似吧，實情是集體自殺，但以無差別殺人的表皮包裝。」劉士杰神色不驚地接話，「因此何世育沒有見過真人，唯獨那叫蕭逸意的婦女事前提供了個人照片。另外，他對四人下達的指令是『從車頭開始數直至指定車卡』。我猜蕭逸意之所以沒有

8 copycat：指模仿者、模仿犯罪。

走錯位，是因爲她數到C以後，沒有確認下一卡是不是D；而柳永詩弄錯則因爲要找D卡，幾乎要到最後面。」

謝思羽語帶憐憫，「曾聽說自殺是刹那的衝動，事後必然後悔，不幸中之大幸，柳永詩逃過一劫卻……」

劉士杰眼中掠過一絲睿智，「在黑暗裡待了太久，對突如其來灌注的光明便會上癮，不甘平凡反而令人心身陷囹圄，或者憧憬本身就是一種歪曲的信仰。」這番話彷彿在對謝思羽說，又彷彿在自言自語。

一星期後，兩人收取驗屍報告。女屍身分是曾素薇，死因爲熱射病，是致命性極高的重度中暑，大概與連日酷熱天氣有關。經過化驗，從一隻貓的胃囊中，抽取並配對出與曾素薇基因一致的東西，相信臉上傷痕是死後造成的。

「哎喲，謝Sir料事如神。」劉士杰揮一揮報告書，沒心沒肺地說：「你指出的那隻貓，果眞是曾素薇的寵物。」

謝思羽沒把話擱在心上，「眞可憐，被囚禁在房間裡足足兩星期，還要和主人的屍體睡在一起。何世育怎可以這麼狠心，將毛孩置之不理？」

劉士杰嘆息，「他自幼身世坎坷，孩提時代亦沒有快樂回憶。難得和母親團聚，過不了三年她便猝死。這一切令他萬念俱灰，失去人生樂趣才會鋌而走險，做出那麼極端的行爲吧。」

謝思羽感知到他話中有話，追問：「怎麼說？」

「我向同事打聽過那家兒童之家，都說不是什麼好地方。十數年前發生了一場風波，與虐待兒童有關，屈指一算和何世育入住的時期吻合。他之所以轉院數次，也是因爲事件被揭發後鬧人荒，唯有把孩子當人球踢來踢去。」

「難怪阿姨的表情很古怪！」謝思羽憤憤不平。

一會兒，文質彬彬的男子穿過醫院大堂的人群來到他們面前，那是法醫精神科的醫生，三人互相打招呼。

「我完成了何世育的診斷，他腦筋很清晰，要說問題在哪只有極端思維罷了。」醫生和善道：「還有你給我看的畫，就是案發現場牆上的那個，我稍微問了一下，不是他畫的，應該是他媽媽。」

「曾素薇？」劉士杰一字一頓地說。

醫生悠然開口：「依我的個人意見，那幅畫有可能出自視覺失認症的患者。」

「什麼病？」

醫生解說：「簡單而言，就是無法辨識特定東西，和視力好壞無關，是大腦受損產生的認知障礙。他媽媽除了精神分裂症，恐怕罹患了其他疾病，但由於沒有複診，無法及時接受治療。」

謝思羽垂下眼沉思，未置一詞。

「沒事的話我先走，保持聯絡。」說畢，醫生匆匆走了。

劉士杰耐性告罄，粗暴地捋捋頭髮。「結果還是不知道她畫了些什麼！」

「那個，我可能知道。」謝思羽把寶貝平板拿出來，「這張畫作的照片，要是把它縮小……」他以兩根手指調節了照片尺寸，「像不像是她家寵物貓的毛色？」

劉士杰左右掃視螢幕，對照畫作與貓的正面照，顏色分布的位置確實有不少相似點。他百感交集，唏噓道：「縱然她已病入膏肓，還是不想遺忘那一張張臉呀。」

〈Faceless〉完

貓狩

陳浩基

這世上「魔法」的確是存在的。

有人稱它為巫術或法術，也有人叫它作神通、仙術或咒法等等，但其實都是指同一事物，是那些超越物理法則、以科學無法解釋的機制達致某些結果的手段。

我不知道為什麼我會是得到這「魔法」的幸運兒，但就是某天醒來，我便發現我不再平凡，擁有與眾不同的能力。

我猜這可能是上天的意旨，是要我替天行道的意思。

畢竟這世界已充滿歪理，我想或許造物主也看不過眼，既然人們老為自己的邪惡行徑套上冠冕堂皇的藉口、歪曲事實，祂乾脆親自動手，故意將現實法規扭曲一下。

這是因果業報吧。

□

「阿卞，幹嗎『爌口爌面』[1]，給頂爺『照肺』[2]了嗎？」

1 爌口爌面：指憤怒而面色陰沉。
2 照肺：指被上司嚴厲斥責。

「不，瑪莉又亂發小姐脾氣，九成姨媽到，心情不好所以無理取鬧……」

重案組辦公室內，阿卞向同僚偉仔發牢騷。他有一個已談婚論嫁的同居女友，雙方父母兼一眾姨媽姑爹過時過節總會「提點」他們快快拉埋天窗[3]，皆因四位老人家都恨不得早日抱孫。阿卞和女友其實也有此打算，但阿卞工作甚無表現，眼看升職無望，女友瑪莉又只是個普通的幼稚園老師，一旦結婚生小孩，兩人薪水根本不足以應付，所以只好暫且拖延一下，對長輩大耍太極。

不過，近來阿卞懷疑瑪莉跟自己可能不再有下文，九年感情因為一個他們從沒想過的理由而完蛋。

因為貓。

阿卞很清楚瑪莉不是因為月事而鬧情緒，二人之間的裂痕早在幾個月前已浮現。事情的原委要從兩年前某官員的餿主意談起。

兩年多前，市區鼠患愈趨嚴重，記者多次拍攝到街市老鼠橫行，在市場開門前或關門後，老鼠就像開派對似地穿梭於各攤檔；食肆出現鼠蹤並不稀奇，有市民在外賣飯盒裡找到老鼠殘肢這種奇聞卻竟然不只發生過一次；有多個市民被病鼠傳染戊型肝炎，連世衛亦重視這種罕見的傳播途徑，派員到本地調查分析病例。鼠患嚴重，除了因為政策落後，更多少是一種不可抗力，由於市區人口過度密集、居住環境愈來愈擁擠，垃圾處理方式追不上環境改變速度，而個別地點興建大型基建，當局沒有到地盤滅鼠，結果給老鼠提供良好的繁殖條件，到官員察覺問題時，爲時已晚。

理論上，即使鼠患再嚴重，只要找出病灶、對症下藥，總能好好解決問題。然而由於既得利益者干預，這社會問題無法根治——狹隘的居住環境便是一例，立例管制單位最小面積可能拖垮樓市，引起經濟泡沫爆破的連鎖反應，政府自然不敢在此動手——所以鼠患不但沒改善，反而每況愈下，甚至連低密度的高尚住宅[4]區亦被老鼠大軍入侵。

然後，某官員在會議上提出一個「聰明」的點子，政府無視專家意見，直接採用。

這方法就是引入大量街貓。

那官員的想法很簡單，貓是老鼠的天敵，那就乾脆一物治一物，讓動物代勞。他指出古時航海員都會在船上養貓，目的就是剋制老鼠，那今天他們也可以有樣學樣，讓貓咪代替人類工作，而且還不用付薪水。有專家指出這方法不一定能成功，說要留意生態平衡，但今天官場風氣是長官意志凌駕科學，領導人拍板贊成，部下自然沒有

3 拉埋天窗：即台灣的「結婚」。

4 高尚住宅：即台灣的「高級住宅」。

反對的道理。

這方法初時頗有成效，而且受不少愛貓的市民讚賞。鼠患最嚴重的地區很快受控，而街坊鄰里亦對幫助他們滅鼠的野貓十分感激，熱心市民樂於每天定時餵貓，一時之間，全城掀起一股街貓熱潮，報章大幅報導介紹各區的「明星貓」，吸引市民跨區拍照打卡。

可是這個蜜月期只持續了幾個月。

最先引起反彈的，是貓兒的噪音問題。不少居於低層的住戶投訴，指貓兒半夜叫春的聲音擾人清夢，而流浪貓更不時在凌晨打架爭地盤，互相廝殺的叫聲令不少長者及小童難以入睡。政府發言人當時回應指市民應該包容，因爲相比鼠患，間歇的噪音滋擾可說是微不足道，而且受影響的只有一小撮市民，警告一旦撤走街貓，鼠輩橫行的噩夢便會重臨。這說法獲大多數人支持——畢竟住在低層的受滋擾戶只是小眾——結果在犧牲掉這「一小撮市民」的權利下，野貓照舊每晚吵吵嚷嚷，成爲深夜各街道的主人。

然而情況卻漸漸失控，野貓開始聯群結隊走進市場覓食。

貓的懷孕期只有六十多天，而幼貓在出生後約十五週性徵便成熟，雌貓更通常一次誕下多胎，在缺乏節育考量下，街貓的繁殖數目可說是以幾何級數急遽增長。由於數目飆升，餵貓的義工發覺難以每天提供足夠的貓糧，而原先怕人的流浪貓們逐漸變得大膽，偷偷竄進街市魚檔搶鮮魚吃。一開始魚販們只是見一隻驅趕一隻，可是後來野貓們實在太多，難以招架，而且除了魚檔外，肉檔亦成爲貓兒的目標，後來連小食店及食肆、超市和便利商店都一一受災，各戶各店申訴無門，只能增聘人手趕跑入侵的街貓。

這情況令政府不得不回應，但由於民間愛貓者眾，加上引貓滅鼠的政策由政府訂定，政府內部研判不能承認當初推行政策時沒思慮周詳，只要有民眾仍贊成讓街貓擔任「滅鼠專員」，當局就撒手不管，讓街市攤販、食肆東主自行應付。

處事的官員沒想過，一天不好好正視問題，問題便會一天一天地膨脹。兩個月前那個提出政策的官員，爲了給當局塗脂抹粉、建立關心民間疾苦的形象，在副手和記者陪同下到人口密集、「貓患」最嚴重的舊區訪問。那邊的街貓因爲糧食不足，會從窗口偷偷走進低層的一般住家找食物。那官員到訪某家，聽住戶訴苦時，一隻橘色的野貓闖進單位，眾目睽睽下大搖大擺走進廚房，在記者的直播鏡頭前翻倒垃圾桶覓食。官員自然不能讓這等有失面子的醜態影響他將來的升官之道，情急之下抓起身旁的一個木衣架，往橘貓砍過去。

諷刺的是，他不但沒打中野貓，更反過來被貓撲到臉上，留下多道血痕。

翌日政府對街貓的態度一百八十度大變，發言人語調激昂，指「貓患」已比「鼠患」嚴重，必須以雷厲風行的手段控制這「災害」——政府決定由漁農處作爲骨幹、衛生處作輔助，成立跨部門應急小組「有害物種控制辦公室」，執行「人道處理街貓」行動。「害控辦」獲授權撲殺對市民構成任何危險的動物，而貓就成為這新部門的頭號獵物。

政策出台後，民間自然強烈反對，指責政策不人道，不過由於好些市民在過去一年多被流浪貓所害，損失慘重，所以支持的聲音亦有不少。雙方異見隨著「害控辦」接連高調抓捕街貓變得激化，各陣營組成立場迥異的民間團體更加劇社會對立。一群支持政策的民眾成立「守護民眾對抗惡貓聯盟」，不但舉辦集會、遊行宣揚政策，更自組小隊巡邏，協助當局執法；另一邊廂，反對政策的愛貓人士組成「尊重生命關注組」，和前者打對台，利用互聯網集結反對的力量。愛貓者指責「守護民眾對抗惡貓聯盟」殘忍無道，故意將對方的名字改成諧音的「狩貓盟」，沒想到對方對這名字並不反感，反而批評「尊重生命關注組」偽善，無視現實，話中帶刺地替關注組改綽號「Cat Lives Matter貓命貴」。

阿卞本來對這議題沒什麼立場，只是身為紀律部隊的受薪僱員，自然傾向支持政府；不過他女友瑪莉是貓痴，大大反對撲殺街貓的行動，兩口子就此事吵過不只一次。

「我真不敢相信你是這種無人性的傢伙！」某一晚瑪莉指著阿卞鼻子大罵，「你怎可能同意那離譜的政策？我們家也有小咪，你能接受牠被當局『人道處理』嗎？」

小咪是阿卞和瑪莉養的蘇格蘭摺耳貓，雖說是共同飼養，實際上只有瑪莉照顧，阿卞一向覺得小咪是「女友的寵物」而不是「我們的寵物」。

「一碼歸一碼，小咪是家貓，妳將牠和街貓相提並論就不合理啊！害控辦有說明，這政策只針對街上爲禍的流浪貓，養貓的市民不用擔心家貓會成爲計畫針對的對象，只要街貓數目受控，一切便會回復正常……」

「什麼正常？正常就是我們人類可以隨意決定其他動物生死嗎？我在幼稚園教導小朋友要愛惜生命，難道他們問我爲什麼政府要殺死街貓時，我要自打嘴巴，說有些動物的生命寶貴，有些就不用珍惜嗎？」

「那也是事實嘛，我們不就每天吃著牛肉豬肉……」

阿卞到今天仍有點後悔，當時要是忍一下不將心底話小聲吐出，二人關係可能不會弄得那麼糟糕。

雖然份屬同袍，阿卞和同事不算熟，所以從來不將私事說得太清楚，像瑪莉因爲滅貓政策跟自己不和，阿卞就打死都不會告訴同袍，怕有損自己的形象。

正當偉仔說著門面話，說到「女友只要哄一下就好，花點錢買束花便能解決」的經驗談之際，他們稱爲「頂爺」的重案組指揮官王Sir緊急召集，說要馬上出動。

「東區發生凶殺案。」

阿卞心想這來得正好，可以讓思緒暫時跳離瑪莉的事，只是他沒料到案件還是跟貓有關。

而且是首當其衝地相關。

□

我用「魔法」殺死那傢伙，或許太高調。

就算他和家人都該死，我其實應該先找其他目標。

我不知道警察的調查方式，但根據電視和電影，他們都會先推測凶手動機，從跟死者結怨的人物開始調查吧。這便有點麻煩，我實在該先殺一、兩個特徵沒那麼明顯，但同樣罪孽深重的雜碎當作熱身。

不過，同樣是來自電視劇集的知識，我想這個稱爲「密室殺人」的案件類型，大概能令無能的警察摸不著頭腦。

試問誰會想到，這個「密室」的成立手法，居然是現實不可能發生的「魔法」呢？就算是福爾摩斯再世，也不可能想到答案吧。

□

雖然這不是阿卞首次到凶案現場調查，但卻是最令他毛骨悚然的一次。

死者是一對年約三十多歲的夫婦，他們伏屍床上，床單和枕頭就像浸在血池般一片暗紅。根據鑑證人員初步檢查，致命原因在於頸動脈破裂，失血過多，但兩人脖子上的傷口實在太詭異——頸闊肌、胸鎖乳突肌、斜角肌等等都血肉模糊，就像被人用工具亂挖一氣，或是野獸噬咬而留下的慘狀。傷口邊緣可以看到一些距離只有幾毫米的平行傷痕，彷彿是來自小動物的爪子。死者似乎是在睡夢中被殺，從凌亂的床鋪和屍體的動作估計，死者曾企圖呼救，嘗試逃離，但大概因為傷口太深，或是因為某些無法理解的緣由，只爬到床的邊緣便再動不了。

發現凶案的是死者的鄰居，她上午外出時聽到A座的鄧宅傳出小孩哭喊聲，擔心鄧氏夫妻疏忽照顧他們那個只有四歲的小孩，讓他冒險獨留家中，於是通知管理員，拍門沒有回應後，決定報警。軍裝警員到場後認為情況異常，破門內進，結果發現孩子蹲在客廳一角嚎哭，貌似遭受嚴重驚嚇，警員接著便在睡房看到那殘忍的命案現場。醫護到場檢查孩子，確認他沒有受傷，但從他衣衫上的血跡看來，他曾到父母房間目睹他們的死狀，造成精神創傷，說話含糊不清。

「貓……貓……」

那孩子只是神情呆滯地不斷重複說著這一個字。

「阿卞，你負責調查死者的交友關係，看看哪個跟他有仇的傢伙嫌疑最大；偉仔，你跟進法醫報告。」王Sir對他們下命令後，不得不親自到大廈外的警戒線見記者。這案件太嚴重，王Sir知道身爲指揮官的自己不出面，肯定會引起蜚短流長，激起一堆陰謀論。

因爲男死者是「狩貓盟」的召集人鄧金龍。

王Sir之所以一口斷定死者結下不少仇家，正是基於這事實。鄧金龍近期不時登上報紙新聞版，畢竟他代表了民間支持政府殺貓的聲音；同時他每天在街上也引來不同人士辱罵，指責他助紂爲虐，搞狩貓盟只是沽名釣譽撈油水，他根本不關心政策是否有效、街貓是否該殺。

阿卞聯絡了狩貓盟的成員，說明情況後查問鄧氏夫婦背景，那些鄧金龍的同志們都先是對死訊感到震驚，再不約而同地拋出相同的嫌犯名字——潘達志。潘達志便是跟狩貓盟打對台的「尊重生命關注組」、亦即是被蔑稱「貓命貴」的組織發起人，據說潘鄧二人多次同場辯論，他們之間的火花才不止於口舌之爭，已升至人身攻擊，甚至恐嚇威脅的程度。

「阿Sir，你直接抓那個姓潘的到警局，嚴刑逼供就對。」鄧金龍的副手Michael忿忿不平地說：「我啊，親耳聽過那混蛋詛咒鄧大哥不得好死，說他滿手血腥，今天支持殺貓，他日就換他被殺，天理循環報應不爽之類……什麼『尊重生命』？我呸，尊重生命的人哪會說出如此惡毒的咒罵？」

阿卞查證後，發現眾人雖然有強烈立場，口供都有事實根據，Michael說的那段話甚至有在網上留下影片紀錄。不過，阿卞同樣查出死者也不是善男信女，他的火爆言論比姓潘的有過之而無不及。

「主張消除那些『低等物種』何錯之有？野貓就是『下等生物』嘛。我們叫那些不付錢便拿走貨品的壞蛋作什麼？對，就是強盜、小偷。現在這些野貓就是強盜貓、小偷貓，難道我們懲罰牠們是錯誤的嗎？牠們只懂吃喝拉撒睡，還要不斷交配繁殖下一代，我們人類怎可以任由這些低等生物稱王稱霸？不給牠們一點顏色好看，牠們怎會知道自己不是主人？『貓命貴』那些敗類有一個說法倒沒弄錯，他們是『貓奴』，是甘心當奴隸的賤種，但爲什麼我們要陪他們一起爲奴爲婢？」

在那條公開辯論的影片裡，鄧金龍曾如此說道。

不過，阿卞的同僚很快便找到潘達志的不在場證明。鄧氏夫婦被殺當晚，正職爲設計師的潘達志在工作室通宵加班，他的同事都能替他作證，公司所在的商業大廈夜間設有門禁，出入要由警衛開門，另外還有閉路電視錄影大廈正門。就算姓潘的同事是共犯，阿卞認爲跟對方毫無利害關係的警衛不會爲他作僞證，而閉路電視更是中央管理，除非潘達志買通超過二十人，否則他不可能犯案。

事實上，案發現場本身已令調查陷入膠著。

重案組蒐證後發現，現場是個「密室」。大門雖然被軍裝警員破壞，但從門鎖和門鏈的碎片看來，大門當時的確被反鎖，而且還推上了門閂。鄧宅位於三樓，理論上犯人有可能利用窗戶出入，可是單位裡所有窗戶都安裝了窗花，窗花上亦沒有被撬開再接回的痕跡。王Sir發現這事實時一度大爲緊張，以爲凶手仍躲在單位內，但逐一檢查像衣櫃或床底等等可以藏身的地方後，確認單位內沒有第三者存在。

「就算凶手懂『縮骨功』，也不可能穿過窗花那些只有十公分寬的空隙啊。」一名蒐證探員嘆道。

法醫排除自殺的可能後，重案組對案情更是如墜五里霧中。

「傷口被很小的硬物持續磨擦刮削，所以才會變成這個樣子，實在很難確認那是什麼工具……」在殮房裡，法醫脫下老花眼鏡，聳聳肩，「從傷口旁的傷痕來看，也有可能是貓狗或類似體型的小動物用利爪造成，不過動物才不會失去常性在傷口上磨爪，所以我還是覺得是犯人利用某些金屬製的工具弄成這樣子。我會再仔細檢查，看看有沒有碎屑可以拿去化驗，但目前你們還是不要抱太大期待。」

偉仔回到警署向同僚複述法醫的話，令各人心裡不是味兒——他們都在想，會不會這次要抓的不是「犯人」，而是「犯貓」？

死者兒子不斷重複說著「貓」，讓阿卞不禁想到相同的結論。因爲死者兒子進入過睡房，碰過屍體，鑑證科無法判斷地板上的某些血跡是他還是犯人留下；不過阿卞倒記得清楚，當他在現場窗戶向外望，看看犯人有沒有可能從這邊逃走時，他看到相鄰的大廈平台上有三隻野貓抬頭瞧著自己。他從來沒察覺，貓的瞪視能讓他感到如此不舒服，彷彿自己是老鼠，那些流浪貓正準備一躍而上，往他的喉嚨施以利爪。

雖然案情一籌莫展，探員們還是得下班，阿卞便在晚上九點多回到家裡。

「瑪莉？」

平日這時候回家，阿卞總聽到瑪莉的回應以及小咪的叫聲，可是這一晚房子裡一片死寂。他正擔心著瑪莉是不是遇上什麼意外，卻看到餐桌上擱著一張字條。

我帶小咪回家住。我想我們需要分開一下。

阿卞心頭揪緊，立即掏出手機打給瑪莉，可是對方拒絕接聽，只轉到留言信箱。他焦躁地說了幾句違心話，沒有像偉仔所說的「好好哄一下女友」，反而以責備語氣說瑪莉不要小題大做，話畢便狠狠掛線。

他思緒裡仍殘留著鄧氏夫婦死亡的畫面，腦袋仍無法釐清那個離奇的密室之謎，他按下手機螢幕上的紅色按鈕後壓不下情緒，將原本買來跟女友和好的花束用力丟到地上。

「該死的……」

阿卞不快地解開領帶，將窗子推開。小咪在家時，瑪莉只准阿卞將窗戶開一丁點，因為家住中層單位，她怕貓兒不小心墜樓——她多次提出為了貓兒搬到低層單位，可是阿卞總以「一動不如一靜」爲理由拒絕——既然如今瑪莉帶走了小咪，阿卞便故意讓窗子全開，讓晚風吹進室內，沖散一下他的怨氣。

「喵。」

阿卞看到，樓下有些街貓正在流連。其中一隻黑貓像在抬頭望向他，他回想起在鄧宅看到的那三隻不懷好意的貓兒，悻悻然關上窗子。

「先不管手法，就算姓潘的不是凶手，犯人也一定是跟他立場相同的混蛋吧。」阿卞想。

□

姓鄧的就是該死。

他的言論惡毒，鼓吹仇恨，最可怕的是他竟然有不少追隨者，認同他那些狗屁不通的歪理。

「低等物種」？「下等生物」？爲什麼世上居然有人接受這種目空一切、否定眾生平等的狂言詐語？他和他的擁護者有沒有考慮過今天將貓說成「低等物種」，他日外星人搭飛碟降落地球，是不是可以用同樣理由屠殺人類？

好吧，外星人是天方夜譚，但同樣道理，也可以適用在不同膚色、宗教和民族背景上。人們不是常常說反歧視嗎？為什麼換個對象、改個說法，大家便欣然接受？

既然他認為生命價值如此低賤，我就讓他親自領略一下被奪去性命時的感覺吧。

殺死他並不困難，因為我擁有「魔法」。只要我和那些「低等生物」對上眼，我就能將我的意念灌輸進去，恍似操縱傀儡。就算體型和力氣上吃虧，但只要出其不意，一樣能夠下殺手。有這種遙控殺人魔法，我便可以隨心所欲地對付那些混蛋，讓他們不得好死。

警方大概還傻乎乎地考慮什麼「不在場證明」。我姑且做做好心，多殺幾個垃圾給他們提供新線索吧，嘿。

□

鄧金龍夫妻命案曝光後，引起公眾譁然，激起更猛烈的辯論。狩貓盟的支持者一口咬定是反對人道處理街貓政策的人所為，指責這是恐怖主義；反對者則指狩貓盟內部混亂，有人嫁禍殺人以貶低愛貓者的形象。網上除了這兩種聲音外，還有一些零碎的雜音，比如說以收租維生的鄧金龍夫婦一向刻薄，可能是被剝削的租客報復殺人；也有人從小道消息知道現場乃奇異的密室，指這是鄧金龍殺妻後再用詭計將自殺偽裝成他殺，目的是即使臨死也要惡整死對頭潘達志和貓命貴的成員，陷他們於不義。

不過，無論這些爭論多熾熱，害控辦的「人道處理街貓」行動如常運作中。當局每天公布「已處理」的街貓數字，但持續強調「即使每天能處理約五十隻街貓，牠們的繁殖速度依然高於減少速度」，而狩貓盟即使失去領軍人物，仍繼續爲害控辦貢獻業績，取代鄧金龍的Michael每晚依舊率領厭貓的同伴，帶備捕網和鐵籠到「貓患」嚴重的地區「協助執法」。網上有人甚至聲稱鄧金龍是被自己人殺害，只是相關言論很快被刪除，大概是討論區怕被告誹謗。

重案組沒有在乎那些七嘴八舌的推理或陰謀論，按著傳統辦案手法調查命案，可是王Sir始終無法找到有用的線索，就連較合理的假說也沒有想到。阿卞和偉仔看見頂爺終日眉頭緊皺，也不敢胡亂提供想法，他們深明在此風頭火勢，亂出頭只會先被打槍，少做少錯，不做不錯。

況且，阿卞根本沒有心情辦案。瑪莉一直不回覆他的電話，他也從每天打四次給對方，漸漸變成四天打一次。他開始意識到這次不是兩口子的「怡情小吵」，而是眞眞正正的「不歡而散」。

「南區有案子。」

就在眾人仍埋首於鄧宅血案，南區發生了離奇的墜樓案，重案組奉命到場調查。原則上，墜樓案通常不用重案組接手，只是這回死者身分特殊，區域指揮官不得不調動重點部門負責，好向上級交代。

墜樓的是議員梁芝玲女士。

梁議員住在南區一棟五十層高的豪宅頂樓，她丈夫是著名企業家李億田，二人是今天政商界炙手可熱的大人物，尤其李董事長今年未到五十，梁議員亦只是剛剛三十出頭。早上十點左右，有人聽到停車場平台傳來轟然巨響，管理員前赴查看，赫然發現梁議員伏屍一輛七人車車頂，車頂凹陷。

救護員接報趕至，發現梁議員已無生命跡象，而教人震驚的是梁議員的屍身下壓著另一具屍體——她是抱著三歲半的女兒一同墜樓。

梁議員的丈夫事發時不在家，他一開始稱自己在公司，但在警員盤問下，承認他在外遇對象家中。因爲單位大門反鎖而且室內沒有第三者，警方初時認爲案件無可疑，妻子受不了丈夫的婚外情，憤而抱著女兒跳樓自殺，但仔細調查家居環境後，又發現疑點重重。

死者墜樓前正在吃早餐，餐桌上放著剛煮好的咖啡、咬了兩口的麵包，以及完整沒動過的煎雙蛋。由於正値假日，李家外傭放假，家裡就只有梁議員和她女兒，警方無法相信梁議員在早餐吃到一半時萌死念。

「就算她是吃早餐吃到一半得悉丈夫不忠，也不會突然跳樓自殺吧？」阿卞在廚房檢查垃圾桶時對偉仔說。

「但假如她一時失常就很難說。」偉仔隨口回答。

「人家是尊貴的議員，會突然失常嗎？」

「天曉得。她早陣子在電視台的對談節目爲政策落力護航，跟記者差點大打出手，我覺得她頗有失常的潛力。」偉仔以帶著挖苦的語氣說道。

阿卞這時才記得這個梁議員便是那事件的女主角。在某個新聞節目裡，主持邀請了各方人物針對害控辦人道處理街貓的政策發表意見，由於鄧金龍身故缺席，支持一方只有梁議員一人，反方則有潘達志和另一位有名的生態學者。一如預料，雙方唇槍舌劍，劍拔弩張，但沒人想到梁議員戰力低下，身爲代議士卻遠不如鄧金龍那般牙尖嘴利，言詞交鋒下漸露疲態。當記者請梁議員爲她「讓街貓安樂死比起替牠們絕育更爲人道」的說法詳細說明時，梁議員忽然翻臉，指記者有違中立原則，偏幫潘達志一方，一怒之下拂袖而去。

梁議員的言行令輿論稍稍偏向反對政策的陣營，不過在害控辦的主事官員召開記者會，重申措施如何必要、情況如何緊急後，民間的聲音又再度平衡起來。

「坊間指政府推行政策是因有官員落區被貓抓傷，惱羞成怒於是找街貓報復，這是沒有根據的指責。我們不妨想像一下，假如受傷的不是政府官員而是嬰孩，大家會不會反過來控訴政府反應太慢？會不會責怪我們沒有與時並進？流浪貓氾濫成災是不容否認的事實，我們面對這場硬仗，使用一些稍微激烈的手段，實在是迫不得已。」

阿卞當時聽到這番言論，覺得應該也讓瑪莉聽一下。

偉仔提起梁議員在這政策上的立場，令阿卞不由得聯想到鄧金龍的案件。雖然一件是凶殺案，一件是墜樓意外，兩者看起來沒有共通點，但他就是隱隱覺得，兩件案子裡都有一些不現實的成分，飄散著一股異樣的氣息。

「喵。」

一聲貓叫令阿卞怔住，偉仔更整個人彈起，朝聲音來源做出警戒。一頭虎紋的混種短毛貓從角落冒出，向著二人張開口伸懶腰，再無視他們往客廳走出去。

「撞鬼。」阿卞吐出一句，「所以死者其實有養貓？」

「似乎是了，」偉仔打開壁櫥，拿起一個貓糧罐頭，「我還以為她很討厭貓，所以才會高調支持政策。『死道友不死貧道』，只要自己的貓兒沒事就無所謂，看來一切都只是政治計算吧……」

二人在廚房沒有發現，阿卞走到露台，跟正在為欄杆掃指紋蒐集線索的鑑證科同事打一聲招呼，再越過欄杆探頭向下望，遙遙看到那輛車頂遭壓壞的七人車，以及地上的一灘血跡。

「她是從這兒跳下去的吧。」偉仔走近，順口說道，「旁邊的椅子正好可以當腳踏，兩步便能登上跨過欄杆。」

「位置好像有一點點偏差？似乎是從這邊掉下的？」阿卞往露台左側走過去。露台左邊欄杆外不遠處是凸出的睡房窗台，兩者之間還有一個體積不小的分離式冷氣機室外機掛在外牆，越過冷氣機向下不到一公尺便是下一層的窗台頂部，阿卞看到上面有些鳥糞。

「這邊或那邊都差不多吧。」偉仔說。

「嗯，或者是……」阿卞回頭，卻被映入眼簾的景象嚇一跳。緊接露台右側的是相鄰單位的露台，兩者的欄杆距離不足兩公尺，而此刻阿卞看到鄰家露台的玻璃門後，有四雙眼睛緊緊盯著自己──在那個客廳裡，有四隻白色的波斯貓站在梳化椅背上，直愣愣地透過玻璃看著阿卞他們。

「見鬼。」阿卞用下巴向鄰戶的露台呶了呶，偉仔和正在工作的鑑證科人員都轉頭看了看。

「有錢人就是喜歡養貓。」偉仔沒有特別感到驚訝，「我去問問那一家人，看看他們有沒有看到墜樓過程，幸運的話或者有安裝家居監視鏡頭，拍到事發經過……」

偉仔離開後，阿卞仍留在露台，思考梁議員自殺的理據。他不認同死者是一時失常，但她在空無一人的家裡抱著女兒躍出欄杆飛墜五十層卻是事實。

「喵。」

梁議員的虎紋貓在客廳中間穿過。

不是空無一人──阿卞想到。至少當時還有一隻貓。

阿卞回頭再望向露台兩側，一個怪異的想法在他腦海中閃過。

——梁議員會不會不是「尋死」，而是恰恰相反的「求生」？

假設當時梁議員受凶手威脅，身處餐桌的她只能抱著女兒往露台的方向逃跑。她抱著孩子跨過欄杆，是爲了躲避某人——或某物的殺著。

某人或某物……

阿卞再次望向隔壁的露台，那四隻波斯貓仍在，不過牠們已沒有瞧向自己。

「啊！」

「是？」鑑證人員以爲阿卞呼叫他，轉頭問道。

「啊，不……麻煩你一有結果便將報告轉交我們。」阿卞隨便找個話題胡混過去。他剛才想到一個可能，但因爲內容太瘋狂，他不願意向他人透露。

他想，梁議員可能是被她的貓兒威脅，被迫跳樓。

阿卞不知道當時那虎紋貓構成什麼威脅，但梁議員不得不抱起女兒，到露台逃命。她可能想到跨過欄杆到右邊的鄰居露台可以躲避襲擊，沒想到那邊一樣有威脅。

那四隻白貓。

無計可施之下，她只好往冷氣機的方向逃跑，期望可以逃到下層的窗台上方，可是不幸失足直墜到地面，粉身碎骨。

或許當時嚇怕死者的不只她的虎紋貓，搞不好樓上樓下還有其他養貓戶，那些貓兒竄進這單位，離奇地群起攻擊——阿卞如此猜測。他會有這荒謬不現實的想法，是因爲這答案可以一併解釋鄧金龍的案件。鄧宅那個密室對街貓而言不是密室，牠們可以穿過窗花走進室內，鄧氏夫婦脖子上的傷口也跟野貓的利爪和牙齒吻合。

「這太荒誕無稽了。」阿卞搖搖頭，驅走這怪異的想法。假如這是事實，警方便無法解決這些案件，阿卞想，自己總不可能送貓咪上法庭吧？

不過，假如背後有人操縱貓兒行凶就作別論。

鑑證科在現場——包括客廳、睡房以至露台欄杆上——只找到梁議員、她的丈夫、女兒，以及家傭的指紋，沒有證據顯示當時室內有第三者；而偉仔從鄰居方面沒找到線索，梁議員墜樓過程仍是一個謎。無計可施之下，王Sir指示阿卞循例跟進調查一下潘達志。梁議員的社交網頁上有不少反對者留下辱罵，而梁議員曾稱這些騷擾是潘達志在背後指使。雖然就算因爲兩人私下有爭拗，某些狠毒的言論令梁議員自殺，潘達志也不用負刑事責任，但考慮到即將爆發的輿論衝突，王Sir認爲警方最好先掌握情報，以備記者的質問攻勢。

「Poon's Studio……是這兒吧。」下午一點半，阿卞按著地址來到東區一棟商業大廈外，看著大堂水牌[5]，確認潘達志的設計工作室在哪一樓，然而他剛打算搭電梯，卻因爲看到某人而本能地轉身躲避，不想被發現。

阿卞無法理解他剛看到的一幕，但同時他深信自己沒有眼花。

從電梯走出來的人群中，其中一人正是潘達志。阿卞猜他可能和其他人一樣到外面吃午飯，但令阿卞無法理解的，是他和同行女伴愉快地聊天，表現言談甚歡。

那個女伴，是瑪莉。

□

我有時會想，我的殺人效率未免太低了，不計「附帶傷害」，到今天只解決了兩個。

可是我同時深信，仇恨不是世上唯一的道理。在「人道處理」那些混蛋的同時，我也得爲自己的幸福好好著想。

在這個紛亂的時代，我能遇上這麼好的對象，是上天的恩賜。

「我慶幸我終於認清我前男友的眞面目，我一點都不後悔離開他。」

瑪莉曾如此說過。

聽說那個男人是警察，和瑪莉在撲殺街貓的議題上嚴重分歧，令二人分手。我首

5 水牌：在香港指的是標示著公司名字的企業牌，通常放在辦公大樓（香港稱「寫字樓」）的大堂中。

次覺得那邪惡政策也會帶來一丁點好事。

我要不要一併制裁那個男人呢？

這種垃圾該死，不過我的名單上還有更多要解決的人物，姑且留他一命吧。

暫時留他一命吧。

□

「我和你已經完了！你不要再來騷擾我！」

「瑪莉！」

「你再不離開我便報警！」

任憑阿卞按多少下門鈴，瑪莉都不再打開家門，門鈴聲更在幾下之後消失，阿卞猜瑪莉乾脆將室內門鈴的電池拔掉。

阿卞目睹瑪莉和姓潘的共進午餐後，沒有履行他的警察職務，反而悄悄監視二人，直到他們在飯後分別。他猜潘達志會回工作室，所以先追蹤瑪莉，打算找機會當面好好談一下。這天瑪莉下午不用回幼稚園工作，飯後便搭巴士回家，阿卞一直尾隨，到她回到父母家樓下，他才上前攔截。

他沒想到的是，瑪莉一看到他便露出嫌惡的表情。

「我們找個地方好好談一下，可以嗎？」阿卞以近乎哀求的語氣問道。

「不，我和你之間已經沒有什麼好談。」瑪莉轉身走進大堂。

阿卞嘗試追上去，但被管理員阻擋，他想過祭出警員證，但又想到這肯定會令自己的紀錄加上一筆惡評，到時不要說升級，給「燉冬菇」[6]調回軍裝甚至炒魷魚也不出奇。他在大廈外一個街角等了好幾個鐘頭，留意著大門和位於二樓的瑪莉家窗戶，好不容易逮到管理員交更，他便把握管理處無人的空隙殺上瑪莉家求見。

然後當然是吃了閉門羹。

在瑪莉威脅報警下，阿卞只好撤退。他打電話回重案組謊稱自己正在跟進某條線索，然後回家，思考如何追回女友的心。他考慮到瑪莉和自己是因爲對如何處置街貓一事而吵架，所以打算順著對方的意思，承認之前自己的想法太無情。

翌日他趁著瑪莉從幼稚園下班，趕緊走上前去說明他如何覺悟前非，求對方原諒。可是，瑪莉的回應就像一盆冷水，將最後一絲復合希望狠狠沖刷掉。

「貓兒的事只是壓垮駱駝的最後一根草，我倆本來就個性不合，勉強走下去不可

---

6 燉冬菇：即台灣的「降級」。

能幸福。」瑪莉緊緊蹙眉，「人家說官字兩個口，你警官兩個字加起來就足足有四個口，平日你要人家聽你，你卻從來沒好好聆聽過身邊人的話。我受夠了，我寧願失去花在你身上的九年青春，也不願意拿往後數十年的光陰作賭注。卞Sir，你就好好地當你的男子漢大丈夫，找個願意當你寵物的小女人吧。拜託你不要再煩我，再見。」

阿卞被瑪莉用如此冷峻的言詞噴得自信全失，往後幾天回到警署猶如行屍走肉，三魂不見七魄。偉仔猜到他和女友分手，同僚們便由他冷靜一下，沒有分配重要的工作給他——他們不一定是出於好心，王Sir就是不想阿卞愈幫愈忙才故意讓他投閒置散，畢竟前面兩宗案件全無起色，上級又一再催促，要求好歹有一些進展，好向官員交代。這時候王Sir才不想阿卞犯錯，爲組員添煩添亂。

然而重案組裡沒有人想到，一波未平一波又起，這回他們連交通部的工作也得插手。

梁議員墜樓半個月後，東區發生駭人的嚴重車禍。晚上九時許，一輛汽車在東區高架高速公路失控，越過護欄飛墜橋下，直插在接近三層樓高度下的馬路上。車上一家四口全員罹難，而重案組接手的原因，是因爲警方高層擔心這不是單純的意外。

死者是害控辦的主事官員，漁農處助理處長麥聖文和他的家人。他就是那個說「流浪貓氾濫成災，使用激烈手段實在迫不得已」的人物。

當時麥聖文和他的妻子、他的五歲大兒子，以及七十多歲的母親，正開車回家。

據調查得知，他們事發前到東區一間中菜館用膳，預祝兒子翌日生日。麥聖文沒想過他的孩子活不過六歲。

根據尾隨的貨車車cam紀錄，事發一刻可說是毫無預警，麥家的車子忽然轉向，往左方切線，衝向邊緣，釀成意外。汽車殘骸已送到化驗中心查看意外是否機件失靈引起，重案組同時調查麥聖文背景，看看這意外只是巧合，還是第三宗與「人道處理街貓行動」核心人物相關的連鎖事件。

儘管這個猜想沒有任何實質支持，麥聖文的死訊傳出後，幾乎每個市民都有相同的猜測。

有人替被殺的街貓報復了。

政府發表聲明，對麥助理處長「意外」身故深表哀悼，讚揚他在崗位上盡忠職守，爲廣大市民謀福祉，保護民眾免受「貓患」所害。發言人更強調坊間流傳著不實的謠言，將一宗謀殺案、一宗自殺悲劇和一宗交通意外連結，指這種穿鑿附會的陰謀論是別有用心的反政府人士故意製造出來，勸喻市民認清事實眞相，別被「假新聞」誤導。

言下之意，是政府才不會因爲這三樁案件而改變目前的「人道處理街貓」行動。

事發翌日，阿卞在重案組辦公室裡沒精打采地檢查著現場照片——這是王Sir分配給他的工作——嘗試找出任何有用線索，但他根本無法集中精神。檢視插在馬路上、宛如廢鐵的汽車照片才不可能有意義，阿卞其實想做一些更重要的調查，好讓自己暫時忘記失去瑪莉的痛楚，用工作麻醉自己。

在螢幕上翻過一張又一張的照片，阿卞忽然回過神來，坐直身子，將畫面放大。

他在照片裡的確看到線索。

已撞毀的汽車沒有特別，特別在於照片的背景。在湊熱鬧的人群裡，他看到潘達志亦身處其中，他抱著一隻黑色的貓，經過一間便利商店門前。和相中其他人不一樣，背景中人群都注視著汽車殘骸，唯獨潘達志抱著貓，頭也不回走向另一邊，像是對意外不感興趣。

是不感興趣，還是因爲清楚知道車裡的人是誰，所以裝作漠不關心？

阿卞翻出貨車拍到出事一刻的影片，反覆觀看，甚至將速度減慢至正常的一成，希望找到他想像中的那個東西。

可是他看不到。

他心裡有一個想法：這意外是人爲的。麥聖文扭軚轉向，不一定是零件故障，也可能是看到高速公路上突然有障礙，連忙迴避。阿卞希望他能在影片中，看到有貓躍過進行車線，造成意外。他估計有人使用現實無法解釋的方法操縱貓兒來殺人。

而最大嫌疑的，自然是「貓命貴」的領袖潘達志。

可是阿卞看了半個鐘頭也沒看到公路上有貓。流浪貓雖然猖狂，但牠們不蠢，不會貿然跑上高速公路冒被輾斃的危險。

或許只是剛好拍不到吧——阿卞沒有放棄他的理論，畢竟這是最吻合已知案情的說法。

即使他無法解釋潘達志如何操縱貓兒。

阿卞決定抖擻精神，調查潘達志這傢伙。他總覺得這個表面上正氣凜然的男人有著不為人知的黑暗面——或者該說，他渴望對方有這種黑暗面，因為假如他能證明對方就是三宗案件裡殺害八人的主謀，便能讓瑪莉知道那些披著善人外皮的傢伙其實比他更虛偽，說不定有令她回心轉意、重投自己懷抱的可能。

兩天後，阿卞在沒有向王Sir說明的情況下，私自拜訪潘達志。他這次沒有前往對方的工作室，而是直接到對方的家按門鈴。

他認為比起工作的地方，住所更容易洩露一個人的底蘊。

「潘達志先生？我是重案組探員卞翊良。」阿卞舉起警員證，向一臉訝異的潘達志說，「我想請你協助調查……」

「你們不是昨天才來過？我說得不夠清楚嗎？」潘達志有點不快地反問。

阿卞沒想到王Sir吩咐了同僚跟進這邊，只好硬著頭皮想方法死纏。

「那個同事辦事馬虎，很多事情沒問好。」阿卞探頭望向室內，「我能進去嗎？」

雖然潘達志不大情願，但還是移過一步，讓阿卞進門。

「潘先生，請問你大前天晚上八點至十點在哪兒？」甫坐下來阿卞便掏出記事本，裝模作樣地問道。

「怎麼又問相同問題？我不就說我在這個家囉。」

「這段時間你一直在家？」

潘達志一臉不耐煩，正想開口之際，他突然頓了頓，摸了摸下巴，再說：「啊，我有外出十五分鐘左右。」

「媽的。」阿卞心裡罵了一句。他本來的計畫是假如對方說沒有外出過，他便祭出照片，證明潘達志曾經到過車禍現場，指控對方說謊。潘達志是凶手的話，阿卞猜想在這個節骨眼上會有所隱瞞，但對方似乎也不是省油的燈，在快要掉進陷阱前勒馬，採用了沒有矛盾的供詞。

「去了哪兒？」阿卞問。

「找貓。」

「找貓？」

阿卞提出這疑問時，一隻黑色的貓從窗外躍進，阿卞認得那是照片中潘達志手抱的黑貓。潘達志家住唐樓二樓，窗外是樓下商戶的簷篷，貓兒能夠從窗戶自出自入。

「就是這傢伙囉。」大概看到貓兒，潘達志心情稍稍變好，「我大前晚發現黑仔又扯脫了頸圈，所以立即跑到外面找牠。害控辦只會憑有沒有頸圈來判定是家貓還是街貓，萬一遇上捕貓隊，黑仔便凶多吉少。」

潘達志伸手抱起黑仔，但黑仔很快從他的臂彎躍下，自顧自地跑到寵物飲水機前伸舌頭喝水。

「假如你不想牠遇難，我勸你還是少開窗就好。」阿卞不自覺地想起瑪莉禁止他開窗的往事。

「怎可能？貓是自由的動物，牠們愛怎麼走就該讓牠們怎麼走。」

潘達志這句話在阿卞耳中卻聽出另一種意思，彷彿對方說的不是貓，而是瑪莉。

阿卞眼看引對方自打嘴巴的計謀失敗，只好作教科書式的偵訊，查問潘達志與麥聖文、梁芝玲和鄧金龍等等死者的關係。在對方說出一堆阿卞早就知道的內容期間，黑仔喝完水，在室內繞了幾圈，便再一次跳上窗緣到外面去。

「潘先生，我有需要的話會再拜訪你。」阿卞從潘達志身上找不到任何發現，只好離去。

「請。」潘達志像是對眼前這個不速之客終於肯離開感到高興，一邊替阿卞打開家門，一邊伸手示意。阿卞剛踏出玄關，正想補充一句囑咐對方暫時不要離境，以便警方調查，赫然看到梯間有個頭戴棒球帽、揹著一個大背包的男人拾級而上，向他和潘達志投以奇怪的眼神。

「卞Sir，麻煩你們重案組下次想找我問話前，先打一個電話，我十分樂意跟警方合作，但請考慮一下我們這些小市民工作繁忙，拜託你們行個方便。」潘達志朗聲說道，就像故意奚落對方，損毀警方形象。

男人經過時仍用眼角盯著他們，然後往樓上繼續走，消失在梯級轉角。阿卞看到那男人的表情，對方眼神就像在好奇阿卞的身分，想知道這兒是不是發生什麼驚天大案。

阿卞回到街上，對白跑一趟感到氣餒。他過馬路後抬頭望向潘達志的單位，室內依然燈火通明，而戴著頸圈的黑仔正在簷篷上悠然自得地踱步。

這時候阿卞才想起西方有「黑貓不祥」的說法。他記起喜愛閱讀的瑪莉以前提過，中世紀的女巫和巫師普遍有養貓。

而且好像都是黑貓。

□

我似乎真的弄錯順序，不該一開始便殺那個姓鄧的。

如果先是「意外墜樓」，再來是「車禍」，接下來才是「密室殺人」，警方便不會對三者產生聯想。

而且我還料不到世事如此巧合——我認得那個警察，他就是瑪莉的前男友。我見過瑪莉和他的合照。

他直接找上門殺我一個措手不及，但我肯定他不會想像到我的「魔法」。況且他知道了又如何？他能說出來嗎？「魔法殺人」，人家會相信他嗎？人們只會以為他是個瘋子吧。

不過，我還是有一絲不安。見過姓卞的傢伙後，我好像有點疑神疑鬼，覺得事情會急轉直下。

畢竟我現在有所牽掛。

「寶寶一定會平安的。」對魔法或殺人一無所知的瑪莉如此對我說。

為了未出生的孩子，無論多殘酷的事我都願意做。

這是身為父親的責任。

□

阿卞愈想愈覺得不對勁。

和潘達志見面後的一週裡，阿卞總覺得自己忽略了什麼，但又說不出所以然。

直到有天偉仔在警署抱怨說市民不合作。

「小市民都怕我們找他們協助調查，就像怕惹事上身，又怕被鄰居誤會以為他犯了什麼事……」

「對！就是這個！」阿卞聽到偉仔的話，豁然開朗。

阿卞離開潘達志住所時，對方的態度很怪異，故意大聲奚落，就像不介意被住樓上的那男人知道自己被查。然而假如反過來思考，那就很合理。

潘達志是故意大聲說明阿卞的警察身分，讓那男人知道。

讓樓上的鄰居知道阿卞是警察，很可能是爲了警告對方，不過當時阿卞正要離開，才不會跑到三樓的單位看看戶主有什麼不可告人的祕密。

那唯一的答案，便是那個戴帽的男人根本不是樓上的住戶。

他是來找潘達志的。

潘達志大聲說明阿卞是重案組探員，對方便立即明白要裝作陌生人，於是繼續爬樓梯。換言之，潘達志不想給阿卞知道自己和那個人的關係。

那男人到底是什麼人？

「潘達志？你找到什麼線索嗎？」阿卞向王Sir提出派人監視潘達志後，王Sir問道。

「沒有什麼具體的，但……」

「鄧宅血案中他有完美的不在場證明啊。」

「假如他是主謀，動手的是共犯呢？」

「那也得看疑點吧？他和死者在公開論壇上的確勢成水火，但假如將立場不同當成動機，現在恐怕有數萬甚至數十萬個反對撲滅街貓政策的市民也有相同嫌疑吧。除非你有實質理據，否則我不會同意攤分人手，跟蹤一個可能性不到百分之一的疑犯。」

阿卞無法借用同僚的力量，唯有私下調查，下班後親自盯梢。他考慮過該到潘達志的工作室還是住所外監視，但因爲他目前最在意的是那個戴帽子男人的身分，所以決定還是守在住所外。

接下來連續幾天，阿卞都在潘達志家外留意對方的一舉一動，他有時會光顧馬路對面的快餐店，坐在玻璃門旁的座位，一直坐到打烊；有時他會靠在附近的路旁欄杆裝作講電話或等人，每隔半個鐘頭換一下位置。然而幾天以來他都沒找到線索，只是看到潘達志下班回家後頗爲尋常的日程——每晚七點左右，潘達志通常會在附近的餐廳買飯盒，偶爾會在食肆裡用餐。十點後他會外出散步，阿卞悄悄跟蹤，看到他習慣帶著一大包貓糧到兩個街口外的公園餵飼街貓。雖然害控辦不時出動，但一如麥聖文生前不時在記者會所說，街貓繁殖比「人道處理」來得快，公園依然被大大小小的貓兒佔領。

阿卞看到潘達志餵貓的情景，感覺有點不可思議。貓兒沒有像害控辦聲稱的那樣猙獰，反而秩序井然地輪流湊近潘達志，慢慢進食；其中不少更用身體磨蹭潘達志的褲管，態度親暱。潘達志有時會凝視街貓，跟牠們對視，然後貓兒便會轉身離開，彷佛一人一貓透過眼神交流對話。

在跟蹤監視的這幾天，阿卞曾經擔心過自己會看到瑪莉和潘達志約會，甚至到對方家裡過夜，畢竟瑪莉家就在公園附近，說不定愛貓的瑪莉就是到公園探望流浪貓時結識潘達志；不過阿卞在意的情景一直沒發生，連續幾天潘達志到公園餵貓都是孤身一人，其間亦沒有與他人交流。

「他是怕被害控辦或狩貓盟的人盯上找麻煩，還是有其他不可告人的祕密？」

阿卞心裡那個超越常理的假設中，潘達志利用貓兒殺人，而對方的確每晚都接觸過大量「共犯」。他隱隱覺得，只要知道那個帽子男的正體，便能察知真相。

監視了超過一個禮拜，帽子男仍沒現身，阿卞開始覺得也許王Sir沒說錯，跟蹤潘達志只會浪費時間和人手。然而皇天不負苦心人，在盯梢的第九天，他等到了。

晚上八點多，那個帽子男一如上次，揹著沉甸甸的背囊踏上潘達志居住的唐樓樓梯。十五分鐘後那男人便離開，阿卞肯定他是潘達志的客人，因爲這幾天阿卞已經弄清楚那棟唐樓三至六樓各戶的情況——在這棟一層一戶的建築裡，潘家樓上只有四樓和五樓有人居住，四樓的獨居住客在醫院工作，這天上夜班，而五樓的年輕夫婦在帽子男出現前半個鐘頭外出用膳，家中無人留守。假如帽子男摸門釘[7]，才不會在梯間等十五分鐘才離去。

阿卞決定尾隨調查。他猶豫著好不好利用職權，攔下對方問話，可是他怕對方看到他的警員證，認得他的名字——即使他有戴上眼鏡、換了髮型作偽裝。阿卞自知自己的姓氏特別，潘達志九成告訴過帽子男要提防重案組的卞姓探員，一旦被看到警員證上的名字便露餡。

走了一個街口，阿卞仍想不出辦法，眼見對方走到巴士站等巴士，心想對方一上車便錯失機會，於是決定兵行險著，直接盤問對方。

就在他準備開口之際，眼角瞥見兩個軍裝警員路過。他靈機一動，往警員的方向走過去。

「師兄，自己人，重案。」阿卞一邊向軍裝警員出示警員證，一邊小聲說，「那邊有個可疑分子，但我怕打草驚蛇，麻煩兩位師兄幫幫忙。」

兩個警員看到阿卞的證件後，頓時緊張起來，阿卞指目標不是持械重犯，他們才稍鬆一口氣。他向二人簡略說明做法後，二人便來到仍在等巴士的帽子男身邊。

「先生，麻煩你給我看看身分證。」其中一個警員向帽子男命令道。對方有點詫異，巴士站其他候車乘客見狀也紛紛行注目禮，但帽子男仍乖乖地掏出皮夾，遞上身

7 摸門釘：即台灣的「撲空」、「吃閉門羹」。

分證。

警員循例向總台核實身分證資料，在歸還證件前先轉交給阿卞，讓阿卞看到對方的個人資料。這男人叫鍾家銘，二十八歲，總台回覆確認身分，沒有任何問題。

「你的工作是？」警員問道。

「公務員。」鍾家銘略帶緊張地回答。

「哦？哪個部門？」

「漁、漁農處。」鍾家銘從口袋掏出職員證，向三人出示。

阿卞感到驚訝，因爲證件上不單寫著部門名稱，還印著他的工作單位——有害物種控制辦公室。

爲什麼害控辦的職員會和「貓命貴」的領袖碰面？

「背囊裡的是什麼？」阿卞問道。

「沒有……」鍾家銘沒認出阿卞，他只以爲對方是和軍裝一起巡邏的便衣警員。

「沒有？打開給我看看。」軍裝警員命令道。

「眞的什麼都沒有。」鍾家銘卸下背囊，打開給三人看，「裡面是空的。」

看到空空如也的背包，阿卞和其餘二人面面相覷，這結果頗出乎他們意料。軍裝警員瞧向阿卞，期待他做出下一個指示，但他一時之間也想不到下一步，只好說：

「先生，沒問題了。」

三人走遠後，阿卞向兩位同僚道謝，他們問阿卞還要不要幫忙，例如抓對方到警署盤問，阿卞搖搖頭。

「知道名字和工作部門已足夠，勞煩你們了。」

阿卞沒說出來的，是他知道現在不能再追問，那個空無一物的背囊令他十分在意。他肯定鍾家銘到潘達志家前，那個背囊裝了重物，換言之，他是將裡面的東西交給潘達志了。

那會是什麼？

阿卞無法想像到。

由於已確認帽子男的身分，阿卞暫停監視，畢竟每天下班後仍火眼金睛地留意潘達志的行動，精力消耗不少。他決定在想出下一步行動前，先觀望一下。

只是他沒有什麼頭緒。

他目的是找出潘達志使用了某種科學難以解釋的方法殺人的具體證據，問題是他根本想不到可以拿什麼當證據。假如對方真的能操縱貓兒，根本沒辦法逮到破綻——就算阿卞拍攝到貓咪咬破受害者的喉嚨，他也無法指證潘達志就是幕後黑手。

不得要領下，阿卞漫無目的地瀏覽網絡，看看網民能否提供一些靈感、一些新角度新看法。

三件案子八條人命，早在網上引起轟動，各大大小小討論區都有網民談論，當然在不同立場的討論區，焦點和氣氛都不一樣。不少政策反對者直呼天有眼，一切皆是報應，在另一些論壇裡，支持者則怒氣難平，哀嘆造化弄人，為民請命者卻不得好死。阿卞看過一篇篇的陰謀論，然後偶然一句話抓住他的視線。

這一定是咒術。

回應網民紛紛指發文者看太多漫畫，但對方卻說得頭頭是道，引經據典，還提供連結支持他的論點。他舉出不少例子，從泰國的降頭到雲南的苗蠱逐一闡述，其中令阿卞最在意的，是「貓鬼」這兩個字。

隋朝曾發生很有名的貓鬼事件，這事情還有史實紀錄，《隋書》和《資治通鑑》都有記載。隋文帝楊堅的老婆獨孤皇后患病，御醫診斷為貓鬼所害，最後發現是皇后的弟弟獨孤陀貪財，指使婢女對皇后使用貓鬼。《資治通鑑》原文如下：「延州刺史獨孤陀有婢曰徐阿尼，事貓鬼，能使之殺人，云每殺人，則死家財物潛移於畜貓鬼家。」就像西洋巫術中巫婆操縱的使魔，貓鬼就是一種類似降頭的咒術，能令人死於非命。

阿卞驚訝於這描述跟他所追求的線索完全吻合，反覆細讀整個討論串。有人在留言問如何作法操縱貓鬼，發文者再次以專業的口吻回覆。

如何養貓鬼倒沒有資料留下，因爲當年隋文帝大怒，下令嚴懲所有飼養貓鬼的百姓，就算只養老貓，也可能被誣告，據說有數千個家庭遭殃。《隋書》有說「每以子日夜祀之」，即是日夜用老鼠祭祀，但倒沒提過那隻貓鬼是將活著的貓變成貓鬼，還是要拿貓的亡靈附在活生生的貓身上。或者我們可以看看日本傳統咒術的「犬神」，犬神也是一種操縱使魔害人的咒術，下咒方式是先將活生生的狗半埋在泥土裡，以肉食引誘但讓其捱餓，在快餓死前斬去狗頭，那隻狗便會成爲惡靈，將屍骨燒成灰祭祀便變成施咒者可以操控的犬神。我不知道貓鬼是不是有類似的做法，但既然稱之爲鬼，我想可能差不多吧。

看到這篇留言，阿卞茅塞頓開，想到如何抓住「具體的證據」。

阿卞再次每天到潘達志家外面，進行常規監視。和之前不確定目標不同，這次他有著明確的計畫，就是等候執行的機會。

一個星期後，機會降臨。

晚上八點多，他再一次看到鍾家銘到訪。對方再次揹著背包，逗留約十五分鐘便離去。這回阿卞不需要跟蹤對方，他等的是接下來的機會。

十點鐘，潘達志離家到公園餵街貓。

潘達志離開後，阿卞抓緊時機，跑到潘家大門外，從口袋掏出開鎖工具，花了約一分鐘成功開鎖，躡手躡腳地闖進潘達志的單位內。按一直以來的觀察，潘達志會在半個鐘頭後回來，阿卞只有三十分鐘進行搜查。他知道他要找什麼東西——那些鍾家銘交給潘達志的東西。

貓屍。

阿卞從「貓鬼」和「犬神」獲得提示，察覺鍾家銘的職業是關鍵。假設貓鬼和犬神一樣，須要用上懷著怨念而死的屍體，那害控辦每天「人道處理」的數十隻街貓，便是理想的貓屍來源。他不知道潘達志如何或何時用屍體施法，但只要逮住鍾家銘供貨當天，他就有機會拿到貓屍當作證據。

阿卞打開手電筒，環顧一下，再逐一檢查客廳各處，拉開抽屜、打開壁櫥，翻箱倒籠。花了約五分鐘沒找到，阿卞便到浴室查看——他想到對方可能會準備先替貓屍放血——可是一樣沒有收獲。

「不會放雪櫃[8]吧？」

阿卞按捺不安的心情，走進廚房，深呼吸一口氣，打開雪櫃。他料想會看到毛茸茸的貓屍，塞在啤酒汽水的間隔旁，但結果裡面沒有任何異樣。他接下來翻過廚房各個櫃子也沒有發現，正當他走進睡房，打算查看床底時，客廳傳來令他愣住的聲音。

「你在幹什麼！」

「啪」一聲電燈打開，潘達志站在大門前，怒視著阿卞。阿卞沒想到對方會提早回來，他進屋才不過十五分鐘，按道理戶主至少十五分鐘後才回來。

「啊……」看到潘達志腳邊後，阿卞為自己的失策感到懊惱。那隻名叫黑仔的黑貓從潘達志腳邊走過。

對方能操縱貓鬼，自然能夠知道我偷偷進來——阿卞記得剛進門時，瞥見一道黑影從窗子跳出，他當時沒想過那代表的嚴重性。

功虧一簣。

「身為警察知法犯法，就算你們橫行霸道，我現在報警，你的同事也得依法辦事吧？」潘達志舉起手機，準備撥電話。

「好啊，快打吧。」阿卞裝作鎮定，努力思考如何反過來利用這情勢，「我的同僚來到，搜一搜房子，你的所作所為才會曝光吧？」

「所作所為？嘿，我做什麼了？」潘達志反脣相稽，沒半分退讓。

8 雪櫃：即台灣的「冰箱」。

「我知道那個姓鍾的身分和職業。」

潘達志聞言怔住，阿卞心下暗喜，猜想這記反擊成功威脅到對方。

「知、知道又如何？我不可以和害控辦的職員交朋友嗎？」潘達志面有難色，但嘴上仍在硬撐。

「我只要將那傢伙交給你的東西公開，你的罪行便隱藏不了！」雖然阿卞還沒找到證據，但他決定虛張聲勢。

潘達志陷入沉默，只直眉瞪眼，凝視著阿卞。兩人僵持著，潘達志的手沒離開手機，可是他也沒有按下撥號按鈕，而阿卞則不斷偷瞄四周，嘗試找出對方收藏貓屍的位置。

然而對峙只維持了十秒，雙方的僵局便被打破。

黑仔向阿卞踏前一步。

「別過來。」阿卞視線往來黑仔和潘達志之間。

「黑仔。」潘達志稍稍喊叫一句，就像下命令。

但黑貓仍繼續向前踏步。

「我說給我停下來！教你的貓停步！」阿卞大喊。他感到來自貓兒的殺意，彷彿那個小小的軀體裡，有著無數死貓的怨念，衝著自己而來。

「黑仔。」

黑仔仍沒停下來。

阿卞眼見「貓鬼」迫近，不禁後悔這天沒帶佩槍，身上沒有武器。他猜想眼前黑貓一旦撲上來，自己才不會像那個被橘貓抓傷臉的高官那般幸運，很可能落得像鄧金龍夫婦頸動脈破裂、流血致死的下場。他瞥見客廳茶几上放了一盤蘋果，想到逃生的唯一手段。

「潘先生，你應該不會在這兒動手吧？」阿卞邊說邊往茶几方向緩慢移動。

「動手？」

「假如我死在這兒，你便法網難逃——你可以差遣黑貓潛入鄧宅殺人，可以命令牠逼迫梁芝玲抱著女兒跳樓，可以製造致命車禍令麥聖文一家慘死，但我死在你家，你便不可能撇清嫌疑。」

黑貓此時驟然停下。

「你在胡說什麼？」潘達志就像故意裝傻反問。

「我說，我很清楚你用咒術操縱貓鬼，殺害你看不順眼的仇人。你以爲使用咒術便不會留下證據，法庭也束手無策吧？」

「咒——」

就在潘達志被阿卞的話分神之際，阿卞一個箭步衝到茶几旁，伸手往果盤抓去。盤子上除了五顆蘋果外，還有一把水果刀。

潘達志沒料到阿卞有此一著，連忙後退一步，伸手嘗試阻擋對方來襲，但阿卞撿起刀子後沒衝向潘達志，而是轉向黑貓撲過去。

阿卞知道，殺死施咒者的話，貓鬼便不能傷害自己，可是他便得蒙上殺人罪名，即使之後找到貓屍，法官也不會信納「貓鬼殺人」這種無稽之談。兩害取其輕，這時先解決貓鬼，解除眼前威脅，接下來的最壞情況也只是被控告「擅闖民居」和「殺貓」。在現今街貓不斷被「人道處理」之下，第二條罪名隨時會變得更輕，可能只是「損害他人財物」而已。

黑貓像是對阿卞突如其來的動作嚇呆，既沒有立即躍開，也沒有迎上去反擊。眼見刀子快要刺往貓兒時，潘達志及時衝前撲倒阿卞，混亂中阿卞伸手一揮，用力一推，潘達志被他推往茶几，頭部撞上桌角，臥地不動。

這時候，阿卞才發現手上的刀子已刺在潘達志的腹部上。

「吁……吁……」阿卞喘著氣，六神無主地看著地上的潘達志。他想上前察看對方傷勢，但同時不確定這樣做有沒有危險——畢竟對方是個懂咒術的危險人物。

黑貓躍上茶几，再跳到潘達志身旁，以臉孔和鬍鬚磨蹭對方的臉，又推了推他的手腕，就像要叫醒沉睡中的主人。看到這一幕，阿卞猜也許附身在黑貓身上的貓鬼隨著施術者死亡而歸天，黑仔變回普通的貓兒，不再是惡靈化身。

可是，阿卞猜自己麻煩可大了。

「放心，他沒死，只是昏過去了。」

一把聲音響起，阿卞驚訝得連忙轉身，望向身後——

然而他後方沒有人。

「你望向哪邊啊？笨蛋。」

阿卞聞言寒毛直豎，不安地回頭確認聲音來源。

「對，這邊。」

說話的，是眼前的黑貓。

「貓、貓鬼——」阿卞吐出這話，即使他已深信咒術存在，可沒料到貓鬼能通人語。

「貓鬼個屁，那種騙小孩的故事你也信啊。」黑仔提起前肢，就像二足動物般用後腿站立。

「貓、貓會說話……」

「我不知道是不是太小看你了，」黑仔嘆一口氣，「唉，我發現你闖空門後不應該到公園讓阿志察覺有異，令他提早回來……爲了預防這事發生，我應該一早連你也殺掉。」

「果……果然！這傢伙就是殺人主謀，他利用你去殺死鄧金龍他們——」

「主謀？阿志他對案件一無所知，我甚至從沒對他開過口。我才是你要找的犯人。」黑貓笑了笑——即使阿卞不知道那是不是笑容，「或者該說，『犯貓』。」

「別過來！」坐在地板的阿卞後退數步，用手護著脖子，「我知道你打算像對鄧金龍那樣子對付我，你才不會得逞！」

「剛才你說我潛入鄧宅殺人，威逼那女人自殺，你搞錯了。我才不用親自動手殺人。」

「那你就是利用其他貓去實行殺人詭計——」

「我是利用共犯作案，但從來不是我的同胞喔。」黑仔用爪擦了擦鬍鬚，一臉得意的樣子，「我操縱的，是你們人類。讓人類殺掉人類，這才是我們一族的復仇。」

「人類……？」阿卞腦袋裡一片混亂。

「我能夠操縱你們的小孩，只要對上眼，我便能下達指令，就像你們人類那些什麼催眠術，不過只有心智未成熟的小鬼才有效。」黑仔侃侃而談，「我指示鄧家的孩子用刀子割他父母的脖子，之後再拿叉子在傷口亂挖一氣，令你們無法確認凶器。假如你們蒐證仔細一點，大概會在廚房發現被水沖洗過的刀叉，以及用來當踏台的椅子吧。我想那姓鄧的受傷醒來，看到刺自己的是四歲兒子，一定捨不得重手反抗，然後只能莫名其妙地死在親兒子手上。想起來就眞痛快啊，『低等物種』？不知道誰才是『低等』呢？」

阿卞聞言赫然想到梁議員墜樓的眞相。

「你……你控制了梁芝玲的女兒，要她攀上露台欄杆……」

「嗯。那女人一定很驚訝吧，我本來要她承受喪女之痛，但她奮不顧身去救女兒，兩人一起墜樓，就結果而言也很不錯，可喜可賀。」黑仔緩緩走到窗邊，「南區的路有點遠，但我只要躲在一些貨車上，也能輕鬆往返。反而確認那小女孩得花上不少工夫，因爲梁芝玲很少親自帶女兒，只讓傭人照顧，要趁他們出入那棟豪宅時找出目標，眞是不容易。」

「麥聖文的車禍……」

「我讓他兒子在父親開車時，從後座伸手掩著對方眼睛，用口咬他的耳朵。能一口氣滅門眞是幸運。我從來不確定能否殺死那些人渣，我只是要好好教訓他們，姓鄧的可能只會發現兒子失常企圖用刀刺殺自己，那女議員會喪女，姓麥的大概會撞車受傷，但結果全部都一命嗚呼，證明多行不義必自斃，你們每天殺我一堆同胞，老天爺便讓我解決你們八條人命，算起來，要公平還要死更多人呢。」

阿卞啞然，無法反駁。他一向認同鄧金龍的說法，人類比其他物種高等，自然手握生殺大權，但假如現實不是如此呢？

「人道處理」的「人道」其實是不是「人類唯我獨尊」的遮羞布？人殺貓，貓殺人，人可以反駁說前者是正義，後者就是邪惡嗎？

「順便一提，」黑仔躍上窗邊，「我猜你完全弄錯了鍾家銘交給阿志的東西了。

阿鍾是臥底，他和害控辦的一些愛貓職員報大數，每天偷偷放掉很多街貓，另外偷取物資，送給各區照顧街貓的同志——漁農處除了『人道處理』我們一族的部門外，還有檢疫設施，讓各類入境動物暫住，阿鍾偷的是阿志每晚送到公園的貓糧……」

阿卞腦海變得一片空白。沒有貓屍，自然更無法解釋他行動的合理性。

「對了，你是瑪莉的那個前男友吧？」黑仔再說，「我在她和閨密訴苦時聽過你的事，看過你的照片，她跟你分手實在太好了，要不是瑪莉回老家住，我也沒機會認識小咪。」

「瑪莉！你想對她……」

「我才不會對她做什麼，瑪莉和你這些壞心眼的人類不同，她連擅闖她家的我也沒嫌棄，逗我玩逗我說話，更任由我和小咪相好。」黑仔用爪子撥了撥頸圈，「我一向很討厭戴這鬼東西，但瑪莉看到上面的資料，聯絡上阿志，看來它也有好處。他們之間沒有什麼，但我覺得比起你這法西斯主義雜碎，他們合襯多了——瑪莉以為我聽不懂她的話，曾說過覺得我的主人是個溫柔的人，我和小咪的孩子出生後，他們一定會更常見面，男未婚女未嫁，應該有發展機會吧？」

「你——」

「嗚——」

漸響的警笛打斷了阿卞的話。

「哦，救護車來了。」黑仔探頭望向下方，「我忘了說，阿志平日收很多支持殺貓的混蛋的死亡恐嚇，他在智能手錶裡設置了緊急求助功能，剛才我已偷偷按下，手錶發送了求助訊息和地點。我勸你趁救護員上來前好好思考減輕罪名的藉口，畢竟你如實相告，人家只會以爲你思覺失調，說什麼貓會說話、貓會殺人之類。你不想在精神病院度過餘生，便好好把握這數分鐘吧。再見。」

黑仔話畢便躍出窗外，留下一臉呆然的阿卞。

就像作了噩夢，阿卞看到地上的潘達志，聽著樓梯傳來的腳步聲，只能坐在地上，直愣愣地瞧向已消失於窗外的黑貓。他不知道黑仔到底是什麼，但他隱約看到，黑仔跳出窗外時，尾巴好像一分爲二，留下奇妙的殘影。

阿卞想，也許世上就是有一些比人類高等的異物。

這是因果業報吧。

〈貓狩〉完

作者訪談

01 你是貓派還是狗派？

陳浩基：差不多，貓多一點點？

譚　劍：常被誤會爲貓派的狗派。

莫理斯：貓狗雜家派，不過因居住環境和生活方式不適合養狗，所以只養過貓。

黑貓C：從筆名來看只能是貓了，沒有反轉。

夜透紫：堅定的貓派。雖然我大貓貓黨統治地球指日可待，但我們與狗狗黨、兔黨等等長期維持友好關係。我們也盡力向鼠鼠黨伸出友誼之爪，相信我們的關係很快就會得到改善。

柏菲思：兩派都是，但養過的是狗。種類貴婦犬，杏色，名字是たける（Take-ru），漢字寫作「健」。作爲體驗，將來可能想試試養貓。

望　日：曾經是貓派。約一年前出現情緒問題，後得兔子拯救，從此變成兔派。

02 有沒有發生過跟貓有關的趣事？

陳浩基：在日本參觀神社時蹲下來逗貓，結果被貓撲上大腿取暖。

譚　劍：沒養過貓卻寫出以台南為背景的《貓語人》系列。讀者看作者簡介才知道我是香港人，卻看不出我是狗奴。

莫理斯：我至今還健在的貓兒子是在二〇〇二年農曆新年期間在街上救回來的。當時我行經金鐘地鐵站旁的夏愨花園，突然有隻虎斑貓從樹叢探頭出來跟我打招呼，我禮貌地回應，牠便跳了出來追著我，邊走邊叫。我發覺牠身上有多處傷痕，看來是跟流浪貓打架被抓傷的，知道牠在求救，便馬上抱了去愛護動物協會。獸醫估計牠那時約莫兩、三歲，已絕了育，不是走失便是被遺棄的家貓，於是我便領養了牠。可惜後來我因為愈養愈多貓，終於弄到嚴重過敏入醫院，不得不把貓咪送人，不過我最愛這貓兒子，所以一直以來都有不時探望。

黑貓C：沒什麼印象呢。實際上接觸貓的機會不多，可能就是去朋友家看他們的貓而已。但家貓通常都怕陌生人，所以說眞的接觸很少。這樣說的話趣事可能就是經常被問有沒有養貓，我都回答沒有。

夜透紫：有天回家發現我的比賽獎座被我家貓咪打破了，出乎意料地我居然沒有半點生氣，那時候我才發現「原來凶手是貓的話我眞的可以不生氣啊……」。換成是人的話，後果就難說了哦？

柏菲思：分別兩次去新加坡旅行時，在同一地點遇上同一隻貓。街名是Yong Siak

Street，在探訪獨立書店的路上，遇見毛色灰灰黃黃的虎紋貓。明明季節和時間不一樣，但牠同樣伏在街道電箱上睡覺，睡姿非常舒坦。我的IG上有圖爲證，哈哈。

望日：說不上有趣，但覺得可以分享一下。我外婆以前是開士多的，當時飼有店貓。不知道是否環境影響，我接觸到的兩任店貓，其性格和能力都有點像，例如抓老鼠超強，性格也很強悍。曾經不只一次，有些心地不好的主人，明知店內有貓，還故意帶一些體形不小的狗進店挑釁，最終卻反被貓咪嚇退甚至眞的出手擊退。店貓好像全心全意地守護著士多。第二任店貓後來有一日失蹤了，據說牠的屍體稍後被發現在附近的公園內（牠就是從這裡被撿到士多）。看來牠是知道自己命不久矣，不想死在店內，於是躲了起來。

因著這些經歷，我從小就對動物有種敬畏之心。

03 最喜歡或印象最深刻與貓有關或以貓爲角色的作品是什麼（可包括電影、電視劇、書籍、動漫、遊戲等）？

陳浩基：稻葉そーへー老師的漫畫《しらたまくん》（白玉同學）和《白玉教授のしろねこ》（白玉教授的白貓），是以一隻因爲身體發生異變、獲得人權的白貓爲主角的校園小品喜劇。（感謝熊貓さん送我作者的親筆簽名本！）

譚　劍：《蝙蝠俠大顯神威》（*Batman Returns*）（一九九二）裡的貓女，由蜜雪兒．菲佛（Michelle Pfeiffer）飾演。她在電影裡的演出，讓我覺得她是由貓投胎轉世。

我第一部看的動物電影是《南極物語》（一九八三年版），讓年少的我瞭解動物在自然界生存的艱難，從此刻意避開以貓狗爲主角的電影，特別是以狗爲主角的，往往涉及生離死別、安樂死或其他探討生命意義等沉重題材。

莫理斯：今年《偵探冰室》的主題是貓，我馬上聯想到仁木悅子的名作《貓知道》[1]，〈貓咪在夜裡的奇怪事件〉裡的小妹妹悅悅便是向這位前輩致敬。「貓＋偵探」或甚至是「貓=偵探」是推理文學一個十分流行的設定，亞洲有赤川次郎的「三色貓」系列[2]，西方也有Lilian Jackson Braun的「*The Cat Who...*」系列和Rita Mae Brown的「*Sneaky Pie Brown*」系列，大多可歸類爲cozy mystery。我個人則喜歡嚴肅一點的作品，印象最深刻的是土耳其裔德國作家Akif Pirinçci的小說《*Felidae*》，以一隻家貓調查連環殺貓案的故事影射人類世界種種問題，極富冷硬社會派味道之餘亦十分有哲學性。

黑貓C：想起來，在動漫遊戲裡面很多以貓爲角色的都是黑貓，而且大多都會說話。動畫像是《魔女宅急便》，遊戲的話有《穿越時空的貓》。至於最喜歡的可能是漫畫《日常》的黑貓阪本先生，很有趣。

夜透紫：印象最深的是《旅貓日記》，看到最後讓我哭得死去活來，眞不愧是有川浩老師。還有《魔法咬人》的獸王可倫，獅子當然算是大貓貓。女主角初遇獸王快要幹架的第一句話居然是「喵？喵喵？」，光想像畫面就好笑，也很出色地強化了雙方的個性。

柏菲思：近來印象最深的是東照宮的睡貓；幼時很迷《魔女宅急便》的ジジ（Jiji），相信很多人喜歡吧；後來迷上《心之谷》的ムーン（Moon）

1 《貓知道》：台譯爲《只有貓知道》（臉譜，2010）。

2 「三色貓」系列：台譯爲「三毛貓」系列。

望　日：和貓男爵，這部作品以追夢爲題材給予我很大原動力；小學時期讀赤川次郎《三色貓》，喜歡福爾摩斯；長大後看李龍漢的《再見小貓，謝謝你》；好些章節都哭了；遊戲的話我喜歡《零～刺青之聲～》的ルリ（Ruri），因爲是鬼屋裡唯一的天使（笑）。《加菲貓》。小時候家中有加菲貓毛公仔，當時覺得很可愛，到稍微長大後第一次看到《加菲貓》的作品，才驚覺牠的性格如此「奇特」，簡直是毀滅童年的體驗，因此印象很深刻。（當然到《熊麻吉》出現後，就覺得《加菲貓》其實不算是什麼。）

04 你想擁有與貓溝通的能力嗎？爲什麼？

陳浩基：能和其他物種溝通當然想，但不能只有我擁有。因人家會把你當騙子。

譚　劍：希望擁有與貓狗溝通的能力，但同時害怕聽到牠們講自己的流浪經歷後會徹夜難眠。其實這題目已經是科幻或奇幻小說題材，讓作家去探討人與動物的關係。能和動物溝通會否改變人類對待動物的方式？我的想法非常悲觀，你看俄軍屠殺烏克蘭平民就知道。

莫理斯：我已經擁有這種能力。

黑貓C：其實貓自己也不用上課唸貓語也能夠溝通，貓的智商聽說跟幼童相約吧，我認為只要相處得久就能夠互相理解，溝通不應被語言局限。只不過就算貓能理解你的意思，牠要不要跟著做就是另一回事了。

夜透紫：這很為難。雖然有時很想跟自己養的貓說話，但最好還是可以選擇性接收。貓咪不說話的迷惑能力已經這麼高了，你能想像自己走在路上被一堆街貓包圍還會開口求包養的狀況嗎？怎麼想都不妙吧。

柏菲思：還是不要，感覺一天到晚都會被罵（汗）。如果可以用這溝通能力，交換其他超能力，會考慮看看。

望　日：不想。萬一知道貓眞的把人當成貓奴、背後總是在鄙視人類的話……

05

以往有試過從貓或其他動物身上獲得創作靈感嗎？

陳浩基：應該有？

譚　劍：太多了。除了《貓語人》外，我在《偵探冰室》系列裡的每篇故事，名莫理斯：稱都是地方（「重慶大廈」、「禮義邨」、「樂景灣」、「西營盤」）配搭動物（「非洲雄獅」、「黑貓」、「鱷魚」、「金被銀床」），裡面每一個地方都是香港的縮影，每一種動物都是某一類香港人的投射。〈貓咪在夜裡的奇怪事件〉這篇故事，靈感便是來自我的貓兒子。牠的新主人每年都會回英國過聖誕，所以不在的時候會讓擁有後備鑰匙的朋友和鄰居來照顧貓貓。鄰居吵架踢破門的部分便眞的發生過（當然沒有故事裡那麼戲劇性），而貓敏感的點子則來自我自己。

黑貓C：人……應該算吧？我說特別是香港人，被偉大的祖國養得這麼好。

夜透紫：與其說我從貓身上獲得創作靈感，倒不如說我都靠吸貓來獲得創作靈感。嗯，眞香。

柏菲思：通常收到一個主題時，我先思考有什麼訊息想傳達。〈Faceless〉的靈感來自一本街貓散文集，裡面提到「不被關注的人和街貓一樣不受重視。」這句話成了全篇的重心。開首部分，參考了Takeru以前吃魚乾〈狗用〉時，要是不從頭部吃的話會噎住，覺得作爲意象和故事扣連起來不錯，因此加進去。我認爲世間萬物都是靈感之源，反過來說，無法從中得到靈感的東西，不是更難找嗎？

望　日：這次的〈老虎家族〉就是從貓身上獲得靈感。其實我今年本來想專心寫長篇作品，不打算參與《偵探冰室．貓》，但在機緣巧合下看到一篇文章，解釋貓有那個行爲的原因。那時不幸發生了政府要求市民交出倉鼠一事，我於是想到把兩件事連結起來，寫出了〈老虎家族〉。而結果我完成〈老虎家族〉後，也趕起了那部長篇作品，算是被貓推了一把吧。

06 如果能夠變成貓，你會希望是怎樣的貓？

陳浩基：只要不是眞人版電影《*Cats*》那種就行了。

譚　劍：在草原上自由奔跑的大型貓科動物，把來打獵的人類趕走。

莫理斯：小時候最愛看的日本電視片集之一，名叫《快傑獅子丸》，基本上便是古裝版的《假面騎士》。當主角唸咒語，平時扣上鎖鏈的寶刀便會出鞘，讓他化身成一個獅頭人身的武士，還可以召喚一匹長有翅膀的白色飛馬作爲坐騎。我到現在還記得怎樣唸那變身咒語……

黑貓C：唯一能肯定的是不希望當家貓。貓本來跟人類只是合作關係，貓負責抓老鼠，人類就給牠們吃的。但有些不是眞心喜歡貓的人類只是把貓養在家裡當娛樂，這樣的家貓不一定會幸福。

夜透紫：希望是短毛的米克斯。米克斯比純種的健康多了，而長毛理毛很麻煩也會常常吐毛球。不過最希望還是可以有愛貓的人收養，那我就可以過著整天吃和睡的躺平生活，再胖再老都會被稱讚很可愛，看不順眼哪個人類還能隨便巴掌，眞是太爽了……啊，不想努力了……

柏菲思：兔猻。胖胖的很可愛，眼神有戲。

望　日：可以變成獅子嗎？

07 最後，有什麼想跟讀者說說或分享嗎？

陳浩基：這次的主題雖然是「貓」，但各篇作品都不約而同談及生命的價值，希望能讓讀者（尤其是年輕的讀者）有所啓發。

譚　劍：一、今年我這篇借用《貓語人》的主角巫眞。這系列至今出版四集。第一至三集是我在四十歲前完成，裡面的男主角巫眞和女主角方圓較年輕，做事也較直率。這三集必須順序去讀。第四集是我在二〇一九年尾四十歲後半段時完成，男女主角已經世故很多，故事風格也接近我在《偵探冰室》的寫法，可以單獨閱讀。〈西營盤的金被銀床〉在時序上是排在第四集後發生的故事，同樣能獨立成章。

二、我住的地方沒有流浪動物，也沒有店養貓，我懷疑已經有好幾年沒見過貓。

三、今年Q＆A的問題難度是歷年之冠。

莫理斯：領養代替購買。

黑貓C：願天下的貓得到幸福。

夜透紫：希望大家能對動物更友善一點，首先從多了解開始吧，可以不愛但請不要傷害。另外，我的老讀者看到這次《偵探冰室》的主題是貓，一定會猜是我加入的關係。但是，先入爲主可是推理的盲點！提議的另有其人啦！大家猜猜看？

柏菲思：我們用心寫，你們用心看，支持香港原創！

望　日：飼養寵物是一生一世的承諾，也是一生一世的負擔，沒有覺悟的話請不要飼養，也不要隨便棄養。

〈作者訪談〉完

偵探冰室／系列

「推理故事與都市化息息相關，香港這座城市不可能沒有推理故事！」
集結多位華文推理界的指標性作家，以香港文化和地景書寫，融合當代生活景象、大環境中充滿焦慮與動盪的微妙浮動，以及近年社會議題的連動，創作出一篇篇題材多元，具有時代價值的短篇推理小說。
此系列因兼具解謎趣味與呈現「道地香港風味，真實城市景象」，而深受海內外讀者喜愛，不只在台港兩地皆有獲獎肯定，更曾多次登上Readmoo暢銷榜單，包含年度暢銷榜及文學小說類前五名。

偵探冰室系列作品（陸續出版）——
偵探冰室
偵探冰室・靈
偵探冰室・疫
偵探冰室・貓

《偵探冰室》

陳浩基、譚劍、文善、黑貓C、冒業、望日

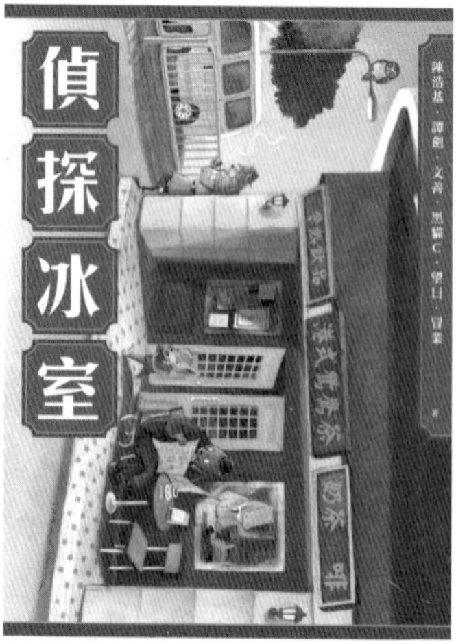

推理　懸疑

所有謎團背後，都揭示了最急迫的生存困局。

從重慶大廈、李氏力場、香港地鐵、二樓書店、窄小劏房到動漫節，荒誕罪行無所不在。以敏銳的觀察力切實捕捉當今香港環境中無處不在的謎與局。

★獲第43次文化部中小學生優良課外讀物推介
★獲香港出版雙年獎文學及小說出版獎

《偵探冰室‧靈》

陳浩基、譚劍、莫理斯、黑貓C、望日、冒業

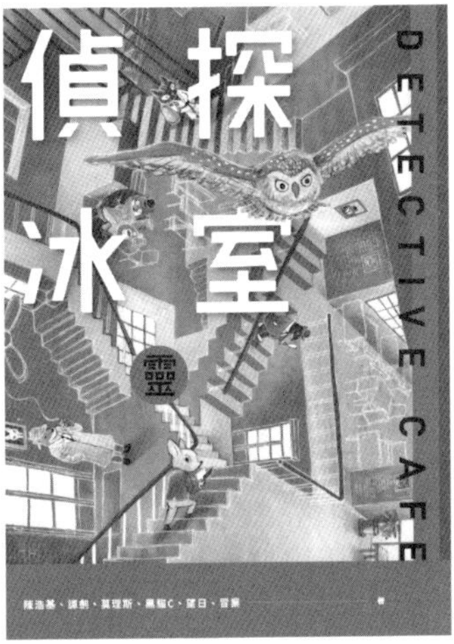

推理　靈異　社會議題

死因無可疑，線索全數歸「靈」！
比起靈異，現實更令人不寒而慄……

「揉合『偵探推理』與『冰室雜談』精神，增添新元素『靈聞異說』開拓更多元繽紛的敘事，同時保有虛構情節的基底是荒謬現實的主調，濃重的黑色情懷或幽默或殘酷地開展。」──推理評論人 冬陽

《偵探冰室‧疫》

陳浩基、譚劍、文善、莫理斯、黑貓C、望日、冒業

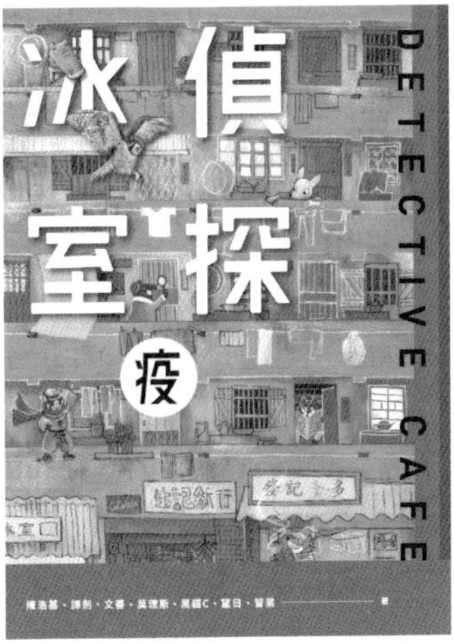

推理　疫情

打疫苗、限聚令、防疫隔離、病毒檢測、圍封行動
當防疫措施，成為罪惡的行凶道具……

「疫情不只沒離我們遠去，反而不幸地已融入我們的生活中。我們的日常舉動，都遭疫情徹底改變……我們希望把這些屬於這個年代的故事好好寫下來，側面記錄市民在這個年代面對的困難和掙扎。」──望日

國家圖書館出版品預行編目資料

偵探冰室・貓／ 陳浩基, 譚劍, 莫理斯, 黑貓C, 夜透紫, 柏菲思, 望日 著.
——初版.——台北市：蓋亞文化，2022.10
面；公分. (故事集；29)

ISBN 978-986-319-702-7（平裝）

857.61 111015958

故事集 029

偵探冰室・貓

作　　者　陳浩基、譚劍、莫理斯、黑貓C、夜透紫、柏菲思、望日
封面插畫　變種水母
裝幀設計　莊謹銘
責任編輯　盧韻亘
總 編 輯　沈育如
發 行 人　陳常智
出 版 社　蓋亞文化有限公司
地址：台北市103承德路二段75巷35號1樓
電話：02-2558-5438　傳真：02-2558-5439
電子信箱：gaea@gaeabooks.com.tw
投稿信箱：editor@gaeabooks.com.tw
郵撥帳號 19769541　戶名：蓋亞文化有限公司
法律顧問　宇達經貿法律事務所
總 經 銷　聯合發行股份有限公司
地址：新北市新店區寶橋路二三五巷六弄六號二樓
電話：02-2917-8022　傳真：02-2915-6275
初版一刷　2022年10月
定　　價　新台幣 400 元
Published and printed in Taiwan

ISBN 978-986-319-702-7

GAEA

GAEA